青鳥

趙熙之——作

上

BLUE BIRD

目錄

第一章

好大的雨！像是從四面八方湧來，勢要將長安淹沒。

鋒利的閃電催趕著雷聲，一陣陣捶擊宮殿樓闕，李淳一感到地面都在顫抖。

深夜，殿中除了她，一個人也沒有，燈火如螢，飄飄晃晃，隨時要滅。天冷得教人戰慄，李淳一牙根瘦痛，胃氣翻湧。雜沓的腳步聲隨著雨水在迫近……

人，全是人……

「轟隆」一聲，驚雷當空劈下，殿門被數十隻手一起推開。

光影幢幢，人面如魔，同洶湧的雨氣一道撲進殿內。李淳一想逃，卻如被魘住一般動彈不得，連驚叫聲都被遏在喉嚨口。數隻手朝她伸來，暴虐地拽過她單薄的衣袍，將她扯出殿門。

「嘶啦」一聲伴隨著被銳物劃傷的疼痛驟然襲來，李淳一面目幾近扭曲。暴雨淋透衣袍，黑乎乎的雨水灌湧入耳，一陣天旋地轉。這無休無止的雷雨聲忽然消停了一瞬，緊隨而至的是金器顫動般的噪音，引得耳內鳴叫，尖銳得甚至蓋過了雷雨聲。

她被拽下龍尾道，長二十一丈的步道，數百階蜿蜒而下，每一階都硬且冷。血腥氣在潮冷的空氣中浮動，她想喊痛卻無法作聲，數隻手撕扯著她的頭髮，血滴在黑漆漆的雨水裡，湮開，再湮開……

頭痛欲裂，耳朵幾乎要失聰，呼吸遲滯而沉重，她睜開眼，模糊的視線中只有一座巍峨的宮闕，雨夜裡的燈暈圓成一團，隨風飄移。

飛翹的簷角下鈴鐸叮叮作響，聲音細碎緩慢，似響在飄渺的霧中，就在李淳一意識將散之際，將她召回。

李淳一血肉模糊，疼痛撕心裂肺。她痛苦喘息，努力回想，也只意識到自己將去往刑場，去見證某個人短暫人生的終結。

雨夜的燈極盡吝嗇，子時風中滿是陰溼。

她被拖進夾城，數隻手倏地鬆開，將她扔在步道入口。豆大的雨傾倒而下，碾壓得她幾乎喘不過氣。閃電撲下來，雷聲轟隆隆，李淳一奄奄一息地抬頭，只見得一層又一層的階梯，卻不見是誰在受刑。

哀號厲鳴聲直竄入耳，一隻烏鴉落在她耳畔啄她的頭髮，她想往上爬，手剛攀上一級階梯，那嘶鳴聲戛然而止。

血腥氣洶湧而來，幾乎是同時，她嘔吐了起來。

胃腹強烈的痙攣顛倒夜日，顛倒陰晴，顛倒夢與現實。

車駕的巨大顛簸讓她從未關好的車廂側門跌落下來，車夫聞聲一驚，旋即停穩車駕，回頭一看，即瞧見了從車上滾進河邊蓬堆裡的李淳一。

李淳一的嘔吐從夢裡延續到現實，痙攣令她臉色煞白、渾身發抖，彷彿有人將手伸進她的嘴裡，掏挖她的五臟六腑。趴在地上的手青筋凸起，根根分明，好像隨時都會爆開，額顳處的血管突突跳動，這一瞬，簡直生不如死。

一隻通體漆黑的烏鴉撲稜稜飛下來，落在她肩頭，尖喙啄散她的髮髻，一下又一下，悄無聲息。喘息聲終於平靜下來，李淳一費力地睜開眼，輕盈的蓬落在她臉上，細碎又溫柔。蘆花開遍的時節，風過白浪起，灰褐色的鶺鴒撲騰竄出，京都的秋風裡藏著一縷蕭索、三分溫情，天是湛藍的，生機勃勃。

酸澀黏膩的胃液汙了她身上的禮服，於是她坐起來剝掉這沉重的外袍與鞋履，光著腳走到河邊，俯身洗了臉。車駕在不遠處悄悄等著，誰也沒有過來。李淳一逕自洗完，慘白的臉被冷水逼出一絲血色，周身虛汗都已經涼透，身子像是從水裡剛剛爬出來，潮膩得難受。

她步子有些虛，額頭微熱，是在發燒。獨自回到車廂，她輕拍門板提示，車駕便繼續往西，直奔長安城。

李淳一有七年沒回長安，上一次走時，淒風苦雨夜；如今遊子返途，天朗氣清，卻掉入虛夢窠巢，算不上是什麼好預兆。

長安如牢，方方正正；坊牆林立，涇渭分明。暌違多年的都城，似乎一絲未變。

車駕行至朱雀門，向左監警衛兵出示金魚符，得核驗後予以進皇城，再一路奔馳，即可見高聳樓闕，那是承天門。進得承天門，乃是舊宮城，如今仍住著她的親人們。

母親、阿兄、姊姊，還有主父。

而她母親，既是宮城的主人，也是帝國的掌權者。

當年她母親跟隨她祖父打天下，最後排除萬難接手帝國大權，同樣也繼承了她祖父的鐵腕與氣魄，在位將近三十年，政績斐然，幾乎無可指摘。

如今這位威名赫赫的女皇也已垂暮，大壽在即，預備熱鬧辦一場。被遺忘在封地多年的么女李淳一，也因此終可回歸。

她剛進承天門，便被告知太極宮內這會兒正有一場擊鞠比賽，前來賀壽的西戎人與帝國朝臣之間正鬥得如火如荼，請她直接前往觀看。

李淳一下了車，年長的隨行侍女發覺她已將禮服換成了玄色道袍，在她卸去妝容、束起長髮後，再無先前的狼狽了。

她翻身上馬，直奔擊鞠場。

小內侍匆匆趕在她之前去報信，就在她下馬之際，擊鞠場觀臺上即報「吳王殿下到——」，皇儲連同幾位朝臣和外使在內，都朝她看過去。

場內鼓聲激越，塵土飛揚，馬嘶聲不絕於耳。李淳一在一片嘈雜中進了觀臺，未見女皇，只有她姊姊李乘風坐在主位上。

她躬身行禮，李乘風抬頭看她一眼。「坐。」

後面幾個外使交頭接耳，議論忽然到來的吳王；帝國朝臣們亦各懷鬼胎，但都閉口不言，目光若有似無地掃過李淳一的玄色道袍。

李淳一剛剛落座，即傳來騰騰鼓聲，以慶賀帝國騎手們擊球入門。

帝國朝臣們面露喜色，外使卻個個皺眉不服。飛揚了許久的塵土終於平靜下來，馬蹄聲也漸漸停歇，為帝國擊進制勝一球的那人，騎馬前行了兩步。

內侍宣布比賽結果，他沒有走得更近，只下馬微微躬身行禮，接受了嘉獎。

「此乃我大周中書侍郎！」某白鬚朝臣指著那人同外使如此說道，言下之意是：我朝文臣入可運籌帷幄，出可安邊護國，僅文臣出戰即能擊敗爾等蠻夷。

李淳一聽出了其中的炫耀意味，她瞇眼看向偌大的擊鞠場，在這後面是大片植被，各色樹木蓊蓊鬱鬱，春日裡桃花開遍，粉霞接天，此時層林盡染一片紅雲，熱氣騰騰。

臂上繫著紅巾的中書侍郎，似乎正在看她，但面目被護盔遮了，看不明朗。

「喜歡嗎？」身側的李乘風看著大周的騎手們，開口問了李淳一，又道：「陛下想讓妳從中挑一人，將婚事定下來。」

「姊姊，我出家了。」李淳一抬起玄色袖袍，一雙明眸帶著笑意看向李乘風。

「出家？」李乘風無謂地笑了笑，側過身，罔顧身後的一群人，抬手就捏住李淳一的雙頰。「這樣好看的孩子，怎能出家？不可以。」

她面上在笑，下手卻一點兒都不溫柔，李淳一痛得要命，但也彎起眼尾來附和她。

實際上在多年前，已是少女的李乘風就這樣對尚是幼童的她下過手。那時李乘風狠命竄個子，比她高了一大截。在朱明門與兩儀門之間的橫街上，李乘風忽然俯身用力捏住她一團稚氣的臉，笑意盈盈卻又咬牙切齒地說：「真是好看，眼睛同妳阿爺的一模一樣。」

她以前不懂其中緣由，只覺得疼，長大後明白了那言語裡的微妙，仍覺得疼。

李乘風倏地鬆手，看向大周騎手們，鳳眸斂起，特意強調：「總之這些人中妳選一個，不過中書侍郎，不行。」

她言罷起身，內侍便宣告比賽結束，這秋日下午熱氣騰騰的活動也走到了尾聲。

李乘風一走，李淳一即緊隨其後，就像是許多年前一樣。

「今日擊鞠，陛下本要出席，但頭風犯了，這會兒在內殿。」李乘風邊走邊道：「妳既然回京，就回我原先的府上住著，好好玩上一陣子。」

李乘風言語間已是安排好一切。自太子犯事被廢，她一躍成為皇太女，儼然是帝國下一任掌權者。接手帝權需要魄力與能力，她的行事風格與女皇的極為相似，狠辣程度甚至青出於藍。如今女皇頻頻為風疾所困，儲君李乘風便順理成章替女皇分擔政務。

她忙得分明沒空顧及么妹的吃住，卻仔細到叮囑對方住到她原先的府邸上。

李淳一知道這不是出於長姊對么妹的關心，李乘風只是想掌控她。於是她又不厭其煩地重複道：「姊姊，我出家了，住觀裡方便些。」她頭髮束著，白淨面容上連粉黛也沒有，看起來倒真像是清心寡欲的女冠。

李乘風眸光無波，手忽然伸過去探她的額頭，聲音穩淡：「道士非要住到觀裡去嗎？」

李淳一被她按著腦門，老實交代住處：「興道坊至德觀。」

李乘風倏地收回手，遞了結論：「妳在發熱。」她不顧李淳一的話，側過身向同行一名男子道：「送吳王回府。」言罷領著一眾人往中殿去，直到消失在廊廡盡頭，也沒再回頭看一眼。

李淳一身邊的男子恭敬開口：「殿下請——」

這男人的衣著不是內侍的，也不是朝臣的，能如此堂而皇之著私服出入宮廷，很可能是內寵。

李淳一沒興趣也不打算理會，自顧自往前走。日頭西沉得越發厲害，彷彿要藏到樓闕後面。舊宮城在日落時看起來十分壯麗，與她夢中的宮闕不太一樣，只有鈴鐸聲是一致的。

「叮——叮——」

不慌不忙，飄渺如霧。

女皇一手締造了這盛世，浩大的新宮城正在東北角龍首原上如火如荼地築建，似乎預示著帝國將走向更繁盛的明日。

李淳一在這滿目繁榮中駐足，漆黑的烏鴉落在她肩頭，獵獵東風翻捲她的袍角。熟習天文的她知道，黑夜將至，長安城也很快要變天。她懼怕的黑夜和雨季，將攜手而至。

內侍將馬牽來，她轉過身，見那年輕男人還在，忽然伸手往他袍上貼了張符章，神神道道又十分客氣地說：「送你符章，辟邪長命，請勿再跟。」那男人一愣，她卻已翻身上馬，策馬朝承天門疾馳而去。

她肩頭的烏鴉霎時飛起，哀鳴聲迴盪在承天門上空，長安城的閉坊鼓也終於敲響了。

李淳一預測到的這場雨，在夜幕低垂時攜侵人的秋意徐徐到來。

道觀上了年紀，走廊裡的陳舊地板被細雨悄然覆溼，後來雨點驟急，積水一時下不去，走廊裡便溼答答一大片，行走時，每一步都踏著潮冷。

屋外雷雨交錯，間或冒出幾聲鳥鳴，夜風時緩時急，走廊裡的燈也被折騰滅了。

李淳一渾身乏力，伏在軟榻上，空氣裡浮動著藥味。白日裡摔下車，遭遇傷痛，夜晚拉下衣袍抹完藥，卻無法緩解這持續的惱人低燒，連意識也混亂。潮氣氾濫，一盞燈柔柔弱弱地亮著，李淳一在半夢半醒間，甚至錯以為自己泡在雨季的古桐林裡。

夜晚迷幻，夢境潮膩。

屋外走廊裡響起腳步聲，最終在李淳一門口停下來。道觀寮房的門有些年頭了，被推開時發出「嘎吱」的聲響，但混在夜雨聲中，也不至於吵醒夢中人。

那身影跨進門，室內燈苗便隨氣流跳晃，直到人在榻旁止步才消停下來。頎長身軀擋掉了大片燈光，李淳一的身體便隱在陰影中。她的臉埋在散開的長髮裡，只有光潔的背裸露在空氣中，一對蝴蝶骨伴隨呼吸聲起伏，皮膚上覆著一層帶藥味的薄汗，又溼又涼。

來人一身單袍，攜進深夜雨氣，但從容齊整，連髮絲都是乾燥的。他在榻旁坐下，手抬起來便能輕易觸到李淳一的脊背，但他並沒有這樣做，而是抓過搭在李淳一腰間的薄毯，往她脖頸的方向拉起。

在那毯子覆上李淳一脊背的同時，他俯下身，唇瓣幾乎貼上李淳一的耳朵。

氣息盤旋入耳，李淳一痛苦地睜開眼，但還沒來得及坐起，對方便貼著她的耳朵低語：「聽聞殿下需要內寵？」

語聲終止，然氣息猶在，繼續招惹她耳窩、臉側、鼻尖，甚至蜻蜓點水般掠過她涼涼的皮膚。就在李淳一想努力擺脫那熱氣時，一隻乾燥熱燙的手卻隔著單薄的毯子握住她的後頸，手指沒入汗溼的散髮中，指腹溫柔卻強勢地摩挲她的皮膚。

李淳一忍不住戰慄了一下，肩頭微微縮起，連呼吸也越加沉重。她無法辨別對方的臉，只知此刻他們挨得很近，而那氣息，是在這秋夜裡顯得相當突兀的桃花氣味。

低燒令人迷亂，她甚至難以分辨夢與現實，對方卻不厭其煩地糾纏。

李淳一短促地補了口氣，藉著昏昧的燈火，用眼角餘光瞥到一張模糊的假面。那金箔面具幾乎遮掉了他的大半張臉，卻掩不住挺拔的鼻梁與漂亮的脣形。

她幾乎喘不上氣，想要側頭看清楚他的臉，但後頸的壓力制約了她的動作。他忽地扳過她的臉，迫她看向自己，眸光則糾纏她的雙目不放，鼻尖交觸，脣瓣幾乎要碰到，彼此氣息相撞。

短兵相接中，他用壓抑的聲音追問她：「臣夠格成為殿下的內寵嗎？」

李淳一喉間似被鎖住，連聲也發不出。金箔面具下的那雙眼睛，她終於認出來了。她本能地要往後退，卻動彈不得。對方彷彿看不夠她，要在這雨夜裡將她這些年的變化徹底看透。兩人間氣息不斷升溫，呼吸聲越發急促，屋外雨點也驟然轉急。李淳一腦海深處的記憶再一次翻湧上來，嘶啞的聲音逼到喉間之際，頂上驚雷乍響。

伴著那撼地雷聲一道撲來的是棲在頂梁上的烏鴉，黑漆漆的身影俯衝而下，尖喙狠狠啄向男子後背，深入皮肉，毫不留情。血腥氣在一瞬間漫開，燈檯火苗猛烈跳動一下，男子倏地坐起，烏鴉卻穩穩落在燈檯旁，嚴陣以待，隨時準備撲向對方。

整個過程中，李淳一趴著沒動，她閉眸又睜開，本打算掙開對方箝制，然而對方的手卻始終壓著她的後頸。哪怕遭遇方才這樣的意外，哪怕皮肉被啄開，對方根本沒有因此而動搖，仍從容坐於榻上，掌控著主動權。

他一直都是如此，從小到大，幾乎沒有失過手。

李淳一頭痛欲裂，低聲開口：「宗相公。」

「臣在。」

「能移開手嗎？」

請求才剛剛說出口，他乾燥熱燙的指腹便抵住她枕骨下的風池穴揉了一下。「殿下覺得不舒服嗎？」

手溫妥貼，力道適中，且按壓風池穴解頭痛，但李淳一覺得「不舒服」，於是她倒吸一口氣。「疼。」

「是嗎？」他眸光微垂，又問：「殿下在發熱嗎？」

「嗯，宗相公來錯了時候。」

李淳一語速變緩，低啞的嗓音裡壓抑著情緒。

「來錯了嗎？」他輕聲反問，又不容置疑。「殿下雨夜因病臥榻，周圍卻一個信得過的人也沒有，如此境況，若有人欲圖謀不軌，殿下只會像方才那樣無能為力。」他略略低下頭去，親切又緩慢地說：「只有臣能保護殿下。」

說話間，他抬手握住臉上假面，緩慢移開。那張臉隨七年時光變遷，到如今仍然璀璨奪目，教人移不開眼；且時間將他的眉目養得越發溫潤無害，彷彿是謙謙君子，但沒人知道，這皮相之下，藏著一顆怎樣的心。

金箔面具落地，砰然聲響，恰逢屋外閃電，激怒了燈檯旁的烏鴉。漆黑的影子一瞬躍起，然還沒來得及啄人，下一瞬就落入敵手。

他的力量與速度都驚人，他將烏鴉的羽翼箝在手中，下手沒有半點猶豫。

烏鴉只通主人之意，對陌生來者時刻戒備，遂出其不意俯頭猛啄其手。傷口很深，血液飛快湧出，滴落在榻上，但他沒有鬆手。

似乎越疼痛，反而越有力量。

他手背上分明青筋暴突，面上卻浮了半分淡笑，越發溫和地向氣呼呼的烏鴉道：「既然嘗了我的血肉，又何必再如此咄咄逼人？」言罷，他幾乎要折斷牠的雙翼，卻聞得一聲「住手」傳來。

「宗相公，適可而止。」

他應聲鬆手，烏鴉避到一旁，然他手上鮮血卻不斷往下滴，帶著腥氣，又有些鐵鏽味，或許還混雜著一絲隱祕的桃花氣，落在榻上湮開，於暗光中綻出花來。

一滴血擦著李淳一的鼻尖滴落在她散亂的頭髮裡，隨後那隻手垂下來，帶血的指腹擦過她的唇角，血腥氣便隨之湧來。

她那因病而發白的唇變得豔麗，只聽得對方耐心地問：「殿下可也要嘗嘗看？」

李淳一卻抿著唇翻過身，只留了個背給他。

她看一眼角落裡受傷的烏鴉，道：「宗相公所言並非一無可取，我初回長安，的確沒什麼人值得信任。但你弄傷了牠，我眼下能仰靠的力量便又少一分，宗相公說可以保護我——」

她下意識地闔上雙目，又睜開。「我是很容易輕信別人的人，你可不要食言。」

「絕不。」他俯身理她被虛汗浸溼的頭髮，她也安安靜靜地接受，似乎方才這些求援與許諾，都是十足真誠。至於是否有虛情，是否有假意，只有各自心知肚明。

這之後，李淳一闔上眼，睡了很久都沒有翻身，自始至終她都以背示人。燈油緩緩燃盡，夜雨也悄悄停了，室內只剩下呼吸聲。薄毯下的身體因為發燒不斷冒出虛汗，呼吸沉緩，肩膀微微起伏。

夜深人靜，他伸手至裡側探她額頭，光滑觸感下是即將恢復的體溫。這場影響她狀態的風寒或許快要結束，他似乎更願看到她生機勃勃的模樣，而不是毫無反擊之力的痛苦樣子。

他收回手，發覺屋外廊燈不知被誰點亮，竟有幾縷光線照進來。他於暗光中起身下榻，又轉過身，掖好李淳一身上的毯子，這才打算離開。

恰這時，他又看見那隻烏鴉，烏鴉亦看見了他。他將長指移至脣中央，竟對烏鴉做了個禁聲的動作，又回頭看一眼床榻，這才像個合格的內寵一樣，在侍奉對象入睡後悄無聲息地離開。

他腳步聲輕緩，走到門口打開房門，有些許風湧進來。就在他關上房門之際，李淳一卻於黑暗中睜開眼，舌尖緩慢地舔了一下脣上已經乾涸的血液。

低燒將退，雨夜也要結束，過不了多久，鼓聲就會從承天門開始響起，坊門次第打開，晨光將慷慨地鋪滿整座都城，所有人都會被喚醒。

舌尖上的腥氣漸漸消失，鐵鏽般的苦澀味道返潮一般強烈起來。

這味道，其實她是嘗過的，一模一樣的味道，來自同一個人，他的名字喚作宗亭。

七年前，他不過是尚未弱冠的白衣國子監生，但如今他是高門世族的繼承人，亦是獨當一面的朝廷要臣，執掌帝國政令核心的中書省，位次僅低於中書令，是為中書侍郎——

他雖為中書省副官，卻已位居紫袍宰相之位，時人尊稱為「相公」。

第二章

雨後黎明，空氣格外清新，街鼓聲與道觀鐘鼓聲此起彼伏催人醒。角落裡的烏鴉低低哀鳴，似乎因雙翼損傷而感到痛苦。李淳一睜開眼，伸手取過銅罐給牠，裡面還有些食物，足夠牠吃上一會兒。晨光肆無忌憚地爬上床榻，讓人無法繼續安睡，李淳一裹著毯子坐起來。

燒退了，身體乾燥且涼，她取袍子穿上，下榻時回頭看了一眼，褥面上血跡斑駁，提示昨晚一切並非夢境。宗亭的確來過，弄傷了她的烏鴉，還將金箔假面留在這裡。李淳一俯身，撿起了地上那只假面。

時間催生出很多東西，包括這假面。久別重逢，各懷鬼胎，就譬如各自戴上假面，騙人欺己。

李淳一將假面丟進妝奩，敲門聲隨即傳來。

來者是至德觀的常住道人，道號司文，三十來歲，是個面目清秀的女冠。

李淳一的隨行侍女就跟在司文身後，此時正捧著漆盤候在門口。漆盤上疊放著乾淨整齊的親王禮服，與先前被胃液汙了的並不是同一身。顯而易見，這是從宮城裡送出來的新物。

司文道：「昨晚便送到了，說是陛下今晚設宴，請殿下赴宴。」她說完接過侍女手中的漆盤，吩咐道：「殿下尚未刷牙洗臉用飯，去準備吧。」打發走侍女，司文將漆盤放在憑几上。李淳一坐在几案後，抬手摸了一下那衣料，忽問司文：「有話要同我說？」

司文遣走侍女正是為此，她道：「昨夜是太女遣人到觀中送禮服，那人欲單獨見殿下傳話，但被道長攔下了。」

李淳一問：「來者是哪個？」

「來者是太女府上的一位幕僚，據聞近來十分受寵。」司文說得含蓄，實際是指李乘風的所謂內寵。

李淳一忽然想起昨天傍晚想要送她去太女府上的那個男人。

李乘風明知道她發熱體弱，雨夜卻遣內寵前來，打算單獨見面傳話？其中的心思不太好猜，但李淳一知道，送禮服也好，探病也罷，都是藉口。

她驟抬眸，又問：「昨日可還有其他人來過？」

「沒有了。」司文眸光中沒有半點隱瞞，這應是她所知道的實情了。

那宗亭的到來又如何解釋？不從大門進，難道翻牆入？可他昨夜似乎乾燥清爽得很。至德觀是女觀，晚上閉門後便謝絕男客，宗亭避開耳目悄無聲息地進來，並不是太容易的事。

他為何要來？

李淳一短促閉目回想一番。昨夜他前後態度很是不同，起初戴著金箔假面時的狠戾模樣差點嚇到她，摘去面具後則又是一番姿態。

他偽裝成陌生人前來嚇唬她，又說她因病臥榻，周圍無人可信，若遇人圖謀不軌，便無計可施，分明是警告。好像倘若他不到此，就會有心懷不軌的人前來，且後果嚴重到難以估量。

因此他移去假面，流露虛無飄渺的溫情，給出信誓旦旦的承諾。他低著頭同她說「只有臣能保護殿下」，這一句，李淳一仍記得十分真切。

她下意識地舔了一下脣角，忽聽司文道：「觀中如今也未必太平，殿下可要多做些防備，或是避一避？」

李淳一移開那禮服，將她推演幻方的盒子搬上几案，似乎並不害怕，只說：「避無可避，要來的總會來的。」

司文看她低頭推演的幻方已達百數，繁複細密、變幻莫測，遂問：「殿下推演幻方之法，是賀蘭先生所授的嗎？」

李淳一思路驟停，抬首回說：「不，另有其人。」

司文只知她在江左封地這些年，是以年輕名士賀蘭欽為師，沒想到另有師父。幻方是孤獨的算學遊戲，不便打擾，司文遂識趣離開，只留她一人沉迷於這數字變幻。

秋日天光漸短，臨近傍晚時，天陰了下來，東風颳得很是恣意，似乎明日又要變天。年輕女冠們在日暮前忙著收符章，晒了一天的符章已經乾透，每一張在俗世人眼裡都顯得神神祕祕。

李淳一練完功，換上新禮服往宮城去。她很久沒見女皇了，甚至不太記得那張臉。女皇不喜歡與她親近，只扔下一座空蕩蕩的偏殿給她，撥幾人照料起居，也不帶她讀書，完全放任自流。而那時她姊姊李乘風與兄長李琮，早已入東宮館閣學習，似乎再長幾年就要成為國之棟梁。

她到十幾歲才勉強入了國子監，與門閥世族家的子女們同窗。國子監的生活短暫，談不上十分愉快，但也不能說一無所獲。如今回想起來，那大概是她人生中最恣意的時期，不過都過去了。

長安傍晚的街景顯得匆忙，到處都是在閉坊前趕著回家的人。紅衣金吾衛騎著高馬騰騰而過，即將開始夜間的警備與巡查。

這時李淳一的車駕也駛進了宮城。承天門外東西朝堂，為中書、門下二省，是最接近帝國權力核心的地方。繼續往裡，是外、中、內朝，格局規整，涇渭分明。途中可見忙著點燈的小內侍，宮燈必須在規定的時辰內全部亮起，風雨無阻。

晚宴所在的兩儀殿，已算是內朝，女皇習慣在這裡宴請群臣。今日晚宴，請的是昨日贏得擊鞠比賽的大周騎手們。昨日西戎人遣出的皆是強勁騎手，因之前戰敗給大周，本想在擊鞠賽中贏回一口氣，可最終還是輸了，且還要被大周朝臣嘲笑西戎所謂的菁英騎手連大周文臣也打不過。

擊鞠是危險的遊戲，但尚武的大周人嗜之如蜜糖。

讓西戎受辱的騎手們，是今晚女皇嘉獎的對象，也是供她挑選的成婚對象，因此，這宴會的動機顯得耐人尋味起來。

「殿下來遲了半刻鐘。」

熟悉的聲音在李淳一身後響起，聲音的主人正是不在被選擇之列的中書侍郎宗亭。

他往前一步，與李淳一並行。

李淳一好像不在意遲到，攏攏袖說：「相公走路沒聲，真是嚇了我一跳。」

「殿下這麼好嚇唬嗎？」

「本王膽子一向不大。」李淳一說。

宗亭不以為然地笑道：「殿下這些年沒長個子，不好好吃飯嗎？」

李淳一這才意識到他長高了不少。七年前，他不過比自己高了大半個頭，現在她只勉強搆到他肩膀。

「本王不矮，是相公太高了。」李淳一仍攏著袖子。

兩人都走得不著急，好像因為身邊反正有個墊背的，所以根本不在乎遲到。

外面夜風涼涼，兩儀殿內卻歌聲不歇，甚是熱鬧溫暖。主位坐著女皇，東西兩邊分別坐著太女李乘風和騎手們；中間圓地毯上，高昌樂工正奏琵琶曲，叮叮咚咚即將收尾。

李淳一兩人進殿時，樂聲剛歇。一番行禮、免禮聲之後，李淳一終能抬頭看一眼女皇。七年前她頭髮漆黑如墨，如今已是花白。

「怎麼來遲了？」

「兒臣估錯了時辰。」

「那罰妳舞個劍吧，琵琶拿來。」

女皇言罷，內侍即將琵琶遞過去，同時又有內侍將劍遞給李淳一。

她舞劍，女皇親自伴奏。錚錚聲響，女皇才是舞劍節奏的控制者，李淳一只有配合的分。不僅舞劍，在所有的事上，都是如此。她不需要有想法，乖乖地服從就是正理。雖然看上去女皇對她一直放任不管，但女皇的掌控欲，絕不亞於她姊姊李乘風的。

舞劍全程，都在女皇的掌控與注視下。女皇以前也看過她舞劍，七年過去了，這么女劍越舞越好，女皇甚至隱約察覺到了其中被悄悄按捺下的銳利與鋒芒。

與其說是罰，不如講是試探。李淳一收劍躬身，女皇也將琵琶擱置一旁，道：「坐。」

李淳一應聲入座，她對面的小案後面，坐的正是李乘風。李乘風右手邊的位置，依次坐著宗亭等三人。李淳一右手邊也同樣坐著三個人，皆是昨日上場的騎手。

其中李淳一只認出三個人：中書侍郎宗亭，左千牛衛中郎將謝翛，還有一位起居舍人宗立，是宗亭的堂弟。

共同點是，他們都是她的同窗。

不同點是，其他人都安安分分用餐觀舞，只有宗亭隔著兩丈遠用唇語同她說話。他說的是「離他們遠點兒」，要命的是，她居然看得懂。

有些默契就像是本能一樣難棄，於是她張了張嘴，用唇語回敬「本王不懂」。

對李淳一而言，如此宴會無趣至極。事實上，這樣的無聊場合有許多，譬如國子監以前毫無新意的講學集會，老夫子一講便是一、兩個時辰，令人昏昏欲睡。她曾和宗亭在集會上隔著很遠的距離講脣語，甚至用脣語下完了一盤盲棋。

以前集會人多，但今日人少，明目張膽用脣語交流太顯眼。李淳一講完那句便不再開口，只低頭喝了些羹湯，期待宴會能早些結束。

她把案上一碗素羹湯幾乎全部喝完，其餘菜品一點兒也沒動。舞樂聲暫歇時，對面的李乘風問她：「那罐燴肉不合妳胃口了嗎？妳小時候分明很愛吃。」

李淳一回說：「姊姊，我如今不吃肉了。」

「葷腥不沾？」

「嗯。」

「可妳方才喝的那碗素羹，是加了肉湯的，不要緊嗎？」

李淳一將脣角不起眼地一壓，但隨即又笑道：「不要緊。」她看向宗亭，輕輕張了下逐漸變冷的脣，是一個「走」字。然宗亭穩坐著不動，不慌不忙地飲盡了面前的酒。

李淳一胃氣翻湧，自覺等不到宗亭回應，正打算起身告退，宗亭卻穩穩當當地站起來，在這時當了一回諫官：「陛下，明早還有朔日大朝會，實在不宜休息得太遲。」

女皇淡笑，飲了一口酒，終開金口：「那就散了吧。」於是起了身，幾個內侍緊跟其後，諸人連忙恭送。

女皇走後，李乘風亦帶著內侍打算離開，然她剛走兩步，又折回來，湊到李淳一耳邊道：「聽姊姊的話，別在中書省過夜。」她說完，意味不明地瞥了一眼宗亭，轉過身便帶人回東宮去了。

幾位臣子各自結伴離去，唯宗亭與李淳一還在原地。他們還未走遠，李淳一忽然轉過身直奔廊廡盡頭，最終在高聳的槐樹前停下，彎腰嘔吐了起來。

那嘔法似要將五臟六腑都吐出來，她大口喘氣，有胃液濺到袍角上，空氣裡浮動著酸澀氣味。她闔了下眼，放緩了呼吸，宗亭已走到她身後。

「這麼多年，臣還以為殿下的毛病早已經好了，看來沒有啊。」他緩緩說著走到她面前，摸出帕子伸手過去擦她的脣。帶了一點兒潮氣的夜風輕捲他的袍角，與他的動作一樣溫柔。

宮燈暗淡，這夜沒有月光。他擦完俯身，盯著氣息未定的李淳一，單手握住她顫抖的肩，很是篤定地低語道：「殿下的病不在胃裡。」手往下移，按在她起伏不定的心口處。「是在這裡。」

心病難醫，尤其是經年累月拖成大疾，更是難上加難。李淳一是合格的道家子弟，在天文曆法、符章經文、醫理單方上皆有造詣，但對自己的毛病束手無策。

治無可治，就藏起來。她藏得一直很好，可回了京便原形畢露，吐得一塌糊塗。

風過柳梢頭，窸窸窣窣。李淳一心口傳來隱隱壓力，隔著初秋袍服甚至能感受到對方的手溫。宗亭離她很近，肩膀隨時可以借給力氣透支的她倚靠，不過她聽到不遠處的腳步聲，於是只抬手摘了一片葉子，後退一步轉過身，低頭吹響了薄薄的葉片，不滿意地說：「長安的樹葉吹起來還是這麼難聽。」

她言罷，大步跨上臺階，廊廡下恰有一隊衛兵經過。衛兵停下來向她行禮，領頭郎將道：「末將奉命送吳王出宮，夜已深，殿下不宜在此久留。」

「知道了。」李淳一說著又轉頭，指向宗亭道：「不過那個傢伙難道就能留在內朝過夜？」

郎將瞅見宗亭，愣了一下。「宗相公也要一起走。」

「宗相公。」她隔著三丈遠對他說話。「你也該走了。」說完逕自走了，走出去好些路，才聽到宗亭跟上來的聲音。她回頭稍稍看了一眼，暗淡的宮燈下見宗亭低聲同郎將說話，郎將心領神會。

在宮裡安插心腹，是本事，不過權臣都愛玩這套，不稀奇。

李淳一下了臺階，走得很快。空氣越來越潮了，她不想淋雨。衛兵將他們兩人一路送到承天門，核驗魚符後開門出宮城，非常順利。

門再次關上，李淳一站在門道外，抬首一看，黑夜裡巍峨的樓闕好像幾十年如一日的老樣子，但是分明又不同。

「晚上進出宮城什麼時候變得這樣容易了？」

「出易入難。」

「喔。」

不，其實是一樣的。只要門打開，不管是出是入，宮廷的危險都會多一分，不然她那位太子兄長，又怎能挑起元平年間那場政變呢？

李淳一攏袖轉身，卻不往前邁步。前面是承天門街，此街同她所在的橫街交會處西側，就是中書外省。

李乘風「別在中書省過夜」的臨別警告在耳畔迴響，李淳一彎了彎脣角，豆大的雨點便突襲下來。

雨由疏轉密，由緩至急，討厭淋雨的李淳一拔腿就往橫街那邊的官署跑。她往東，但一隻手卻突然伸過來將她拽往西邊。待她氣息初定，人已是站在了中書外省的廊廡下。只喘夠了氣的工夫，地上就已溼透，頂上匯聚的雨水如流線般順簷角飛落。在耳房值夜的庶僕聞聲打開窗，飛快地朝這邊瞅了一眼，見是宗亭，轉瞬又飛快地關上小窗，彷彿未見。

李淳一見那扇窗被關上，抖落抖落身上的雨水。「庶僕避得這麼快，莫非視相公如猛虎？」

「殿下看臣像猛虎嗎？」宗亭背著手往東側樓梯走，李淳一緊隨其後。

她回「說不好」，又瞥一眼廊廡北側公房。此時燈火通明，值宿官員仍在忙碌。此處是帝國政令的草擬與決策機構，事務繁重，不過長官倒似乎一臉輕鬆。宗亭停住步子，下意識地將手伸給李淳一，是要帶她上樓。

狹窄的樓道一片漆黑，李淳一將手伸過去，跟他往上走。行至拐角處，李淳一差點以為這樓梯是在國子監，而他們是深更半夜偷偷去閣裡尋書，並非去什麼中書省公房。

然光亮就在出口，再往上走兩階，夢就醒了。

樓梯東面一扇門，推開便是中書侍郎公房。雖然中書省最高長官為中書令，但中書令往往在禁內的中書內省辦公，中書外省的常駐長官則是中書侍郎宗亭。

李淳一脫掉潮溼的鞋履，摸黑要往裡走，宗亭握住她的手臂攔了一下。李淳一於是待在原地，等他點起燭臺，四下看了看，這才走進去。

不過是皇城內的一間普通公房，毫無特色，外面的樹一貫的高，從窗戶伸出手去就能摸到溼漉漉的樹葉。夏天草木最蓊鬱時，坐在窗邊甚至會覺得陰涼。往邊上走有個小間，可供休息。李淳一抬手拍拍門板，若有所思地皺了皺眉，摸出一張潮溼的符章貼上去。

「殿下是在裝神弄鬼嗎？」

「怎麼會？本王是為你好。」

她言罷看看那扇門，煞有介事地說：「這裡曾死過人哪。」隨後逕自走到案几前跪坐下來，陰惻惻地評價。「中書外省的風水好像不太好。」言罷，眸光迅速將長案掃了一遍，最後落在一只推演幻方的盒子上。

九九八十一子，不算多也不算少。潮溼的手指探進去，扒拉了兩下，她頭也不抬。「相公還在推演九九圖？」

宗亭在案對面坐下，看她靈巧纖長的手指在盒子裡翻動標著數的小木塊，也不阻止她。

她卻說：「知道姊姊臨走前同我說了什麼嗎？」她頓一頓。「她講不要在中書省過夜。」又說：「雨停了，本王就會走的。」

「殿下要當乖孩子，臣絕不阻攔。不過殿下何時開始對太女言聽計從了呢？」

「從小到大。」她仍低頭推演幻方，卻另起話頭：「相公的手還疼嗎？」

「怎麼會不疼？殿下沒受過傷嗎？傷口不會一朝一夕就好。」他當著她的面打開小屜，開始換手上的藥。幾句話明明說得直白，卻好像另有所指。

李淳一不理會他話中深意，繼續推演幻方。這時樓下傳來一些說話聲，聽不太清楚，總之小小地熱鬧了一陣子。

李淳一問：「發生什麼事了嗎？」

「公廚給值宿官員送吃食。」他說著，低頭咬住紗布打了個結，又問她：「殿下方才吐了個乾淨，可要吃些東西？」

「不吃。」李淳一語聲固執，忽然瞥了一眼硯臺邊上的一盆金錢菖蒲，那幾乎算得上是無趣的公房裡的唯一亮點。

這種東西沒有養成龐然大物的風險，小巧可愛，香氣文雅，一隻手就可以蓋住。她曾經因為喜歡，興匆匆地種了一盆，不過後來她離開長安，就再也沒有養過菖蒲。

「看它眼熟嗎？」他捕捉到她神色轉瞬即逝的變化，將那盆長了很多年卻依然小巧玲瓏的金錢菖蒲移到案桌正中央。

李淳一抬頭注視它半天。「它又沒有臉，我要怎麼認它？」

「殿下真是薄情典範。」宗亭靜靜地笑了一下。「自己親手種下，卻一走了之，說不要就不要。那年天冷，又下了很多雨，妳將它丟在國子監，它差點就死了。」

「我好像想起來了。」李淳一認真地看看它。「所以之後一直是宗相公在養？我依稀記得宗相公那時候去了邊地任職，莫非將它也一道帶去了？」

七年間，他禁受歷練，因仕途輾轉多地，難道還隨身帶一株盆栽？

「怎能不帶？若我不養，它就只能死了。」他說得一本正經，措辭唬人。「我對殿下的對象，可是一貫長情。」

「我信。」李淳一低頭繼續推演幻方，語氣誠摯：「相公說什麼，本王都信。所以本王想問一件事，請相公慎重回答我。」

宗亭眉頭輕挑了一下。「問。」

外面雨聲漸緩，樓下也安靜了。皇城內醒著的人寥寥，燈也一盞接一盞地熄滅。李淳一停下手中動作，拈了一個木塊懸在盒子上方，抬起頭，不疾不緩地問宗亭：「陛下突然召我回來，當真只是因為大壽嗎？」

女皇素來不愛辦壽辰，今年卻說要大辦，且還藉此機會將她召回，有反常態。她心中有一些揣測，但也想聽聽宗亭的說辭。

「皇夫身體每況愈下，據說已難回天。陛下之所以大辦壽辰，大約有為他沖喜的意思。而大壽之際召殿下回來，臣也沒覺得有什麼不妥。」

他講得輕描淡寫，李淳一聽完不置可否，終於將手中最後一個木塊放進盒子裡。她緩慢轉了一圈盒子，將正面呈給宗亭。「推演完了，請相公算一下對不對。」

宗亭沒有算，他知道這結果一定無誤。不論行列、對角，她肯定已經心算妥當才會給他看，她有這樣的把握。

以前她到國子監，他教她最簡單的幻方推演辦法，那時只有九個數，變幻有限。後來她自己推演，數字越玩越多，且樂此不疲，很快就顯出青出於藍的架勢。而如今他確定，她是真的青出於藍了。

九九圖他推演用了很長的時間，但現在她只花了一頓飯的工夫便將其中的一種完整呈現，這期間甚至還一直分心與他說話，這意味著她已經玩到了更高階，九九圖對她來說算不上什麼了。

李淳一仍保持跪坐姿態，雙手按住幻方盒，眉頭輕輕地皺了皺。

「怎麼了？」

她上身前傾，壓低聲音，一字一句地說：「腿、麻、了。」言罷，抬頭看他，聲音更低，幾乎是用唇語吩咐道：「你抱我起來。」

宗亭眸子緊盯住她，她便不甘示弱地回盯。「本王想去裡間休息一會兒。」

宗亭繞過案几，俯身將她抱起，他袍服上的桃花熏香便瞬間盈滿她的鼻腔。這懷抱有力卻溫柔，完完全全屬於成年男子，與七年前那個介於男孩與男人之間的胸膛已大不相同。

李淳一的手自然環住他的脖頸，指腹卻觸到他的喉結。她不太避諱這觸碰，那喉結在她指腹下的每一次輕動，她都可以清晰感知。他皮膚很熱，對她來說甚至有些燙，這與七年前倒幾乎是一樣的。

「殿下在摸我嗎？」

「沒有啊，是不小心碰到了吧。」李淳一緊挨他，說話時，氣息就在他頸間縈繞。她藉著暗光細細觀察歲月帶來的一切變化，閉眼輕嗅了一下這潮溼隱祕的桃花氣味，聲音微啞：「相公到底在期待什麼呢？」

指腹下喉結輕滾，李淳一忽然湊過去，將指腹移開，柔軟的脣便觸到他的喉結。「這樣嗎？」

李淳一的舉止雖沒有更近一步，她甚至將脣移開了半分，但鼻尖仍擦碰著他頸間的皮膚。氣息令人覺得有幾分暖，更多的則是麻酥酥的癢，宗亭抬腳踹開了通往裡間的門，門上的符章顫顫巍巍要落，被李淳一伸手抓住。

「重新貼好。」她說。

「臣抱著殿下，又如何騰出手來貼？」宗亭睨她一眼，繼續往裡走，連燈也不點，逕自將李淳一放在榻上。就在李淳一打算坐起時，他卻將雙手撐在她肩側，俯身看黑暗裡的她。

李淳一蜷躺在榻上，回盯著他，手裡緊握著符章，聲音低啞，語氣則顯出一絲神祕。「符章掉了可是會出事的。」

「符章不重要。」他像是看蟄伏將醒的小動物那樣看她。「殿下知道臣不信這些，何必拿這些把戲來唬人？」

鼻音稍稍拖長，身體再往下低兩寸，帶來的是近在咫尺的壓迫感。

「我倒是覺得相公太盲目了。相公平日裡不在這裡歇吧？因躺下就作惡夢，哪怕只是打個盹，是不是如此？」她陰惻惻地說完，右手抓了抓榻上的褥面，上面手感潮溼，隱隱散發著許久未換洗的陳舊氣味，同這小間一樣。一貫挑剔的宗亭怎可能容忍自己睡在這樣的地方？有榻不用，那麼只可能是他因為某些緣故，不願意歇在這。

而其中原因，李淳一好像能猜到一些。

宗亭暗中的確皺了下眉，卻將身體壓得更低，他甚至能聽到李淳一吞嚥唾液的聲音。「殿下賣弄小聰明的本事絲毫不遜當年，不過臣不會再上當了。」幾乎是在音落之際，他低頭吻了下去。

近乎壓迫的強勢親吻，帶著一些酒氣，混雜著桃花氣味侵襲而來，李淳一後腦抵著褥面，避無可避。

她張脣迎接他的親吻，手探進他寬大的袍袖。年輕男人的皮膚乾燥又溫暖，反之李淳一的手又潮又涼，觸感奇異交錯，帶來極其隱祕又久遠的體驗。隔著單薄的皮膚甚至能感受到血管的搏動與線條分明的肌肉。她不出聲，舌尖與他相觸糾纏，溼潤的涼掌心覆著他越發燙人的皮膚。

喘息升溫，宗亭卻咬住她的下脣瓣，她肩頭輕顫了一下，他卻鬆開牙關，潮溼的脣瓣移到她耳邊，聲音中充溢著壓迫感，甚至帶了些惡狠狠的意味。「這些年，殿下可有一丁點想念過我嗎？」

「想，每天都想。相公期待的可是這個？」她胸膛起伏，越發感受到他的壓迫。「相公壓得我喘不過氣了，我很累。」

她承認得太輕而易舉，每個字都透著不願意過腦子的無情無義。宗亭壓著她肩窩，一言不發，天知道他剛才多想咬她。

黑暗中的角鬥難分勝負，李淳一也不太想贏，她從他袖袍裡抽出手，送到他脣邊。「相公想解恨就咬一口吧，本王不怕疼。」

宗亭到底沒有下口，他說：「既然累了，殿下就睡吧。」

「今晚雨會停嗎？」

「殿下精通天文之道，何必問臣呢？」他扯過一條毯子躺下來，李淳一翻了個身面對他。他分了一半的毯子給她，在屋外漸小的雨聲中閉上眼。

李淳一跟著闔目，但過了一會兒又睜開，視線裡是昏昏暗暗的一張睡顏，她伸手想去觸摸，但最終沒有碰到他。

屋外雨聲停的時候，李淳一悄無聲息地坐起來，躡手躡腳地下了榻，光著腳往公房內去。

燈早已經熄了，窗戶虛閉，有隱隱光亮照進來。她藉著微光翻了翻公案上的摺子，粗略讀了幾本，手探到案下，摸到一只匣子。

有鎖。

她小心地將匣子移出來，摸到那把鎖。鎖身有七個轉環，每個轉環上刻著一圈圖文，需每一輪都轉對位置才能打開。李淳一湊得很近去解那把鎖，她記得宗亭在國子監時便習慣鎖匣子，當時用的與這個似乎並沒有什麼不同。銅輪緩慢轉動，聲音極細小，然就在她轉到最後一個時，頭頂忽地傳來呼吸聲。

「找什麼？」他貼著她低聲問，冷冷的，像是黑夜中驚醒的毒蛇。

李淳一脊背緊繃，頭皮甚至有一瞬發麻，但她一動未動，手仍按在那把鎖上。

「殿下想知道什麼，我都會告訴妳。」他聲音輕緩，聽起來卻充斥著壓抑。「所以何必要偷偷找呢？」他的手越過她，握著她的手將最後一輪轉了小半圈，鎖應聲打開。

李淳一背後一層冷汗。

她道：「我餓了，想找些吃的。」

「是嗎？可誰會將吃的鎖起來？」

「別人不會，換作相公就不好說了。」她仍能面不改色地狡辯。

宗亭笑笑，轉過臉忽然面色一沉，李淳一還不知發生了什麼，他已是起身往窗邊走去。

他推開虛閉的窗，一隻溼漉漉的信鴿跳進來。他解下牠腿上的細竹管，搓開字條藉著微光看完，鳳眸瞬斂，隨後走回公案前點亮燈檯，將字條燃盡。

李淳一也站了起來，若無其事地問：「發生什麼事了嗎？」

「小郡王死了，半個時辰前。」

李淳一沒有見過這位小郡王，儘管他們是親姑姪。因小郡王出生那年，她就已經去了江左封地，如今回來，一面也沒見上，就得到了他的死訊。

一個孩子的死，對於子息單薄的皇室來說，是大事。

這位小郡王的父親，正是被廢的太子。太子被女皇折翅斷足，如今拖著病體被軟禁在夾城內，他唯一的兒子，被養在掖庭，每日也見不到幾個活人。

幼小的孩子受急功近利的父親牽連，似乎喪失了重新繼承帝國大權的機會。然而，皇太女李乘風成婚七年無子，吳王李淳一入道出家，在許多保守的大臣心中，他們仍隱隱希望這個孩子能夠成為帝國的掌權者。老臣們雖不敢言女皇是非，但他們對男性繼承者的渴求，從沒有減少過。

可現在，小郡王死了。

從他死，到消息傳開，用了半個晚上。因此一大早的大朝會，氣氛越發顯得劍拔弩張。

拜宗亭的耳目所賜，李淳一半夜就得到噩耗。徹夜未眠之後迎來的早晨，濃雲低垂，秋雨欲來，太極殿裡黑壓壓一片，氣氛分外壓抑。

李淳一頭次參加朝會，站在西邊柱子旁，聽朝臣咄咄逼人地要求徹底追查小郡王死因。

「郡王一向身體康健，區區傷寒竟會不治？此間或有隱情，還望陛下將此事追查到底。」

「眼下應將郡王身邊御醫、宮人即刻拘押，徹查用藥及照料中是存有疏忽還是有人授意，故意為之。」

「倘若是人為致郡王暴斃，便是蓄意謀害皇長孫，其心可誅。」

李乘風耐心地聽完朝臣意有所指的詰問，終於開口。「郡王年幼，孩童幼體總不如成人堅強。諸卿如此咄咄逼人，似已有鑿鑿鐵證，全然不顧陛下喪孫之神傷，可是不妥？」又道：「此事自會有查證定論，諸卿於朝會上緊追不放，實無必要。」

「殿下眼中，這竟是無必要追問之事？我朝龍脈單薄，郡王早夭，更是雪上加霜。況且殿下身為儲君，到如今膝下仍無子嗣，如何令陛下放心，令天下安心？」矛頭直指已經成婚多年卻無子的李乘風。

與尋常人家生養孩子不同，天家子嗣乃是國事。李乘風既然已是太女，是帝國名正言順的繼承人，倘若一直無子女，便只能從兄妹膝下過繼子女；不過顯然李乘風對被廢的太子子嗣毫無興趣，因只要這個小傢伙在，朝臣們就永遠惦記著夾城裡被廢的太子。

矛頭悉數指向李乘風，但她毫不在意，只淡笑了一聲。

此時朝臣裡忽有人道：「吳王殿下已到婚齡，為何遲遲不訂下親來，為大周宗室開枝散葉？」

「正是，吳王早已成年，理應擇婿完婚了。」

「臣等懇請陛下為吳王選婿——」

原本指向李乘風的矛頭，倏地之間都對準了李淳一。

李淳一從進殿到現在一句話未講，只安心做個擺設，但她留意著每一個人的動向。

各方聲音便是派系，朝臣們的心思其實並不複雜。逼著女皇徹查小郡王暴斃死因的，多是懷疑太女「為毀掉最後一點兒威脅弄死了小郡王」，恐怕是平日就對太女不滿；追問子嗣的大多也是這批人，但其中也有中立派。至於最後扭轉矛頭，將話題挪到她身上的，那多是太女心腹。

大臣們議論得火熱，女皇卻一言不發。

李淳一面對大臣們的逼婚，同樣無動於衷。

過了好半天，她攏攏袖正要開口，忽聞宗亭道：「宗正寺卿，我朝僧道還俗可是不得強迫？」

所謂宗正寺卿乃宗正寺長官，宗正寺掌皇族宗親事務，並管理僧道。

年輕的宗正寺卿忽然被問到，愣了一愣，忙說：「是。」

「那麼——」宗亭將目光轉向身穿朝服的李淳一。「臣想請問吳王殿下，可自願還俗嗎？」

宗亭忽將問題拋給李淳一是諸人未料的，一眾人靜等李淳一的表態。

李淳一速瞥了一眼李乘風，又看向宗亭，不慌不亂道：「相公問得實在太唐突了，教本王如何答呢？倘若出家還俗都是臨時起意做決定，那是對神靈的輕慢。我朝奉道，怎可將此事說得如此隨心所欲？」

她不表態，只說若你逼我當堂做決定那便是你藐視神靈。宗亭便順理成章接了這話，道：「既然如此，那就請陛下深思熟慮之後再做決定，畢竟事關天家，出家還俗便不只是殿下一人之事了。」

李淳一不再出聲，轉頭看向女皇。

女皇昨夜未能睡好，此時頭風似乎又要發作，甚至覺得這陰天的光也刺目，殿中嚶嚶嗡嗡的聲響吵得腦袋疼，於是她微微闔目，開口：「吳王同宗正寺、禮部盡快將郡王的後事料理了吧。」

她言罷，略略偏頭，老內侍忙宣「退朝」，滿朝文武百官即恭送女皇離開。

李淳一沒著急走，朝臣從殿內往外去，人影幢幢，走路聲、議論聲紛至沓來，她有些耳鳴，又似乎能聽見自己的呼吸聲。許久沒進食的腹中胃液翻湧，她張口低喘了一口氣，一轉頭便撞上李乘風。

李乘風抓住她雙臂，下手有力，捏得她骨頭痛。

李淳一按捺下翻湧的胃液，兩邊脣角配合地彎起。「姊姊有事嗎？」

「多吃點兒，抓起來都是骨頭。」李乘風說完，倏地鬆開手，盯住她眼眸，甚是貼心地叮囑：「身體不好，許多事都是做不成的。」言畢，短促地給了個笑臉，轉過身往殿外去了。

「許多事都是做不成的」，這一句意有所指太明顯，因此即便李乘風已經走了，李淳一仍然身體緊繃，緊張的肩頭根本鬆不下來。她轉過身，看見禮部侍郎及宗正寺卿正站在外邊等她，於是快步走過去。

周侍郎道：「郡王的事雖十分突然，但有禮制可循，也不難辦。只是時間緊迫，不好再耽擱，所用物事臣已令人籌備，請殿下看看還有無缺漏。」他辦事似十分得力，來朝會之前便安排好一切，眼下直接將單子取出來給李淳一及宗正寺卿過目。

李淳一低頭閱畢，問宗正寺卿：「小舅舅？」

一旁的宗正寺卿點點頭。「這樣妥當，有勞周侍郎。」

周侍郎拱拱手。「那某先行一步。」說罷，略弓著腰快步走下臺階離去。

宗正寺卿又道：「幼如，妳還得隨我往掖庭去一趟，今日是要小殮的。」

宗正寺卿雖是女皇族弟，但很是年輕，只比李淳一大了七、八歲。他對李淳一倒無甚偏見，哪怕在這等地方，也親切稱呼她的小字。

很久沒人喚她小字，李淳一甚至愣怔一下，反應過來才隨他往前走。

她臉色越發的差，宗正寺卿沒發覺她的異常，逕自輕嘆道：「一個孩子無依無靠住在掖庭，不慎得了病也是命裡可憐。」他煞住話頭，將後面的話留在心裡。今日朝會一眾人咄咄逼人要查清真相，可都是耍嘴皮子功夫，哪那麼容易？要知道，病中稚童根本無須再格外加害，少餵一頓藥都可能要了他的性命。如此，到哪裡去找鑿鑿證據？更何況……

「一大早太女便令郡王身邊內侍陪葬謝罪，這時辰，大約該飲的藥也都飲了。」宗正寺卿聲音涼涼地說著。「皇家對待性命，真是隆重又輕賤哪。」他不怕死地繼續絮叨，忽然瞥向一直沉默的李淳一，這才發覺她面色慘白。

「呀！怎麼了？」

「小舅舅，等我一會兒。」李淳一走得飛快，宗正寺卿還在發愣，她已是拐個彎消失在西側廊廡盡頭。

她如無頭蒼蠅般亂撞，一隻手忽伸過來將她抓到身前。李淳一強抑噁心，抬眸看到宗亭的臉。他咬掉一半藥丸，按住她唇瓣，將餘下的塞給她。「張嘴，嚥下去。」

涼風從北側入口處湧進來，李淳一嚥下半顆藥丸，卻往前一步將宗亭壓在冷硬的殿牆上。為平抑嘔吐的衝動，她閉上眼，一句話也沒有，頭抵在他肩窩，冷如冰的指頭一根根鎖住他的手，掌心相貼。這樣卻還不夠，她又探進他袍袖攫取熱量，手在施壓的同時，也在微微顫抖，冰冷的，像是一條痛苦的蛇。

三丈遠之外便是中書內省，飛閣上有人行走，只要回頭就能看到這一幕。

這需索與依靠，爭分奪秒。

如此強烈地感受到來自親王殿下的壓力和需要，宗亭內心隱祕地溢出一絲微妙的愉悅，方才為讓她「信任他」而吞下去的半顆苦藥丸，在一個瞬間，有吝嗇的回甘。

她的顫抖逐漸平息，手指頭似乎也逐漸回溫，緊繃的肩頭甚至稍稍放鬆。然這時卻傳來宮人行走的腳步聲，幾乎是在瞬間，李淳一收回手，若無其事地轉過身，連句道別的話也沒有，便沿原路折了回去。

「小舅舅，走了。」

掖庭位於宮城西側，李淳一對此並不陌生，她曾在此住過很長一段時間，同幾個話少不愛笑的宮人一起生活。掖庭人多、雜亂，匪夷所思的事常常發生，但多數時候無人問津，牆外的人也不會知道。

或許是知道的，只是他們不關心也不在乎罷了。

她抬頭，看到陰雲挪開，有慘烈的日光覆下來。天氣詭異到超出她的推算，本該轟轟烈烈落下來的一場雨，忽然間就被老天悉數收回。

李淳一低頭斂眸，隨宗正寺卿進門。

堂內浮動著強烈的氣味，來自沐浴水中的香料。幾個宮人將煮好的淘米水端到西邊的斂床前，打開帷幕，安靜地為小郡王擦身。小殮重善，需精心以待，無人敢在這時多言，氣氛算得上非常壓抑。

宗正寺卿攏袖站在旁邊，面上愁雲慘淡。他記憶中的小郡王聰慧可愛，就像是志怪裡的小神仙，十分生動頑皮；不過如今躺得平平，乖得要命，一點兒聲息也沒有。

沐浴完，屋外宮人洗淨手，捧著小殮衣走入堂內，層層疊疊為他穿好，又束好他的頭髮，正要蓋上衾被時，堂外卻響起了嘈雜聲。

李淳一後知後覺地回頭，宗正寺卿卻忙扯了一下她的袍子，低聲道：「別管！」

但事情似乎沒這麼容易避開，李淳一剛轉回頭，便有一女子衝進來。還未待她反應過來，一雙瘦骨嶙峋的手就緊緊握住她的袍子，尖銳的指甲甚至隔著單薄的衣料扎痛她的皮膚。

李淳一分毫未動，因她辨出了這張臉。這是她嫂嫂，雖然已經瘦得要脫形，但她仍然認了出來。

「妳殺了他嗎？是妳嗎？」

女子言語頗為混亂，神志似也不清楚，大約是將李淳一當成了李乘風。

自太子出事後，家眷該殺的殺，其餘的都進了掖庭，這位皇嫂因娘家尊貴避開一死，但進掖庭當晚就瘋了。

李乘風是被廢的太子之事的最大得利者，招怨攬恨在常理之中。這位被廢的太子妃將她當成李乘風，用力掐著她的皮肉，惡狠狠地像是要殺了她。

旁邊的宗正寺卿見狀，連忙扯開兩人。「這是吳王，是吳王哪！」

被廢的太子妃恍惚了一下，但眨眼間又撲上去，揪住李淳一的衣領。「妳回來了？」她眸中閃過一瞬清亮，好像很清醒似的，卻又壓低聲音，神神道道地同李淳一說：「我看到妳死了，就像……」她措辭又迷亂起來，眸子也變得渾濁，將視線移向西側那張小殮床。「就像阿章一樣……妳和阿章，是一樣的。」

她說著忽然鬆了手，之後也不等李淳一回答，恍恍惚惚走到小殮床邊，手顫顫巍巍地伸過去，撫摸小郡王冰冷的身體。「不要睡了，阿章，不要睡了……」

「不，還是好好睡吧。」

那聲音裡透出哀涼，眼淚是熱的，也是清醒的。或許就算瘋癲至此，這一刻她也大約很清楚親生骨肉已經永遠離開了自己。

李淳一這時走到她的身後。小郡王的臉白如玉，閉著眼格外安靜，小孩子柔軟溫暖的身體早已經僵硬冰冷，令李淳一想起非常久遠的舊事，那件只在宮人口中隱祕傳遞的舊事，發生在她剛出生時的舊事。

有關她短命的阿爺，那樣漂亮、有才情，卻在剛剛綻放的年紀，變成了一堆枯骨，連墓也沒有。

宮廷裡的死，往往不講道理。她阿爺、這個孩子，還有陪葬的內侍，似乎都是如此。

有人上前拖走被廢的太子妃，宮人們按指示將衾被拉起，緩緩覆下，將斂床上的小小軀體包裹起來。堂中白燭燃起，煙味與香料味混雜，格外嗆人。

被廢的太子妃於慌亂中忽然拖住李淳一的袍角，李淳一差點站不穩。她的視線倏地對上被廢的太子妃目光，自己鬼使神差地蹲下來，伸手握住對方肩膀。

被廢的太子妃挨著她，氣息低弱。「不要生，她不能生，才要妳生，生完妳就沒有用處了。」

李淳一鬆了雙手，卻握起了拳。先前朝臣逼婚時，她就已經確定了召她回來的目的，但話明明白白地被說出來，更顯出殘酷與滿不講理。

她起身，注視著宮人們將小殮床移走。白燭火苗猛跳，號哭聲驟響，李淳一靜靜站著，忽然按住小腹——痛並且冷，彷彿內臟在痙攣。

兔死狐悲，然心中的悲傷到了頭，取而代之的只有憤怒與不甘心。

李淳一迎著慘白的日光走出門，風停了一瞬，隨即又洶湧而來，吹得樹葉簌簌掉落，袍袖裡鼓滿風。

她回頭。「小舅舅，該走了。」

宗正寺卿聞聲連忙跟上，皺著眉嘀嘀咕咕：「瘋瘋癲癲地活著或許比死人還可憐吧？真是……」他搖搖頭，同李淳一離開了掖庭。

兩人穿過太極殿與西側中書內省的走道時，宗亭恰好迎面走來。宗正寺卿正要停下來同他打招呼，李淳一卻視若未見地與他擦肩而過，繼續前行。

「妳與宗相公關係不好嗎？」宗正寺卿連忙跟上去，好奇地問：「你們不是同窗嗎？聽說你們以前很要好啊！」

李淳一壓根不答，只問：「接下來還得再去宗正寺吧？」

「這倒是。」宗正寺卿撓撓頭。「這時節天光短得厲害，我今日還得做完事趁早回去，哎哎，快走快走。」

兩人越走越遠，廊廡裡的宗亭卻駐足，直到那背影消失不見，眸中才一點點蓄起了寂寞。

一隻從興道坊至德觀方向飛來的白鴿子撲稜稜落下，棲在他肩頭，宗亭解下信筒，搓開字條閱畢，脣角饒有意味地彎了起來。

第三章

李淳一幾乎一整天都在為小郡王的喪禮奔波，同時她也快速適應著皇城各衙署內的行事風格。宗正寺拖拉，太常寺敷衍，禮部一絲不苟，太府寺精明摳門，祕書省一群病鬼，弘文館窮酸……

待到承天門上鼓聲響，她才出了朱雀門，回東邊的興道坊。暮色四合，倦鳥歸巢，金吾衛兵仍騎著高頭大馬巡邏，百姓紛紛湧回匣子一樣的里坊，度過他們安穩又無趣的夜晚。

至德觀的鐘鼓聲也響了，門口香客寥寥。她逕直入觀，卻見司文朝她走來。司文步子略急，到距離她一步遠的地方忽然停下來。「殿下的行李，已不在觀中了。」

李淳一抿脣不語。司文續道：「金吾衛將殿下的東西全部搬走了，就在昨夜。」

「別在中書省過夜」的警告聲再次於耳畔浮響，李乘風是猜透她了嗎？知道她不會回道觀，所以讓人搬走了她的行李。

李淳一笑了笑。「是搬去別業了嗎？」

司文搖搖頭。李淳一轉過身，僅有一隻烏鴉拖著病體棲落在她肩頭。

出家人不在乎行裝，也無所謂居所。但李淳一除了出家人的身分，還是皇室要員，他們不肯讓她摘掉吳王的帽子，不想讓她自在逍遙，她便不能算是真正出家人。

司文不知她行李的去向，於是李淳一借了馬往務本坊別業去。

所謂別業，是多年前女皇賜給她的府邸。那時女皇不願見到她，讓她去國子監讀書，同時在務本坊內賜了一座宅子給她，有水有橋，毗鄰道觀與國子監，她在那裡度過了人生中難得的自由時光。不過如今想起來，那自由，也只是看起來像那麼回事罷了。

她去封地多年，別業按說早已荒廢，然她騎馬抵達時，卻見其燈火通明，有僕從出入忙碌，比她多年前在此居住時熱鬧得多。據她所知，這座別業從未轉賜給他人，且她回京那天，這裡甚至沒有人。

一夜之間，讓冷清居所煥發出勃勃生機，並非人人能夠辦到。

別業大門敞開，乍一看似張開雙臂迎接在外多年的遊子回歸。但在今夜看來，倒更像是凶戾猛獸的血盆大口，等著吞食回家的人。

李淳一心中已有了答案，那些被搬走的行李以及她失蹤不見的侍女，不出意料都在此地。但她掉轉馬頭，往坊西街北的國子監奔去。

奔馳在漆黑的夜裡，風從耳畔掠過，彷彿要將過往全部喚醒。她經歷了糟糕的一天，此時飢腸轆轆，格外想去尋一朵桃花果腹。

國子監裡有許多桃樹，春時桃花開遍，香氣調皮地竄進每一間學舍，招惹春睏學子。然而現在是秋季，沒有茂密的桃林，自然也不會有一朵桃花可以填補她空冷的胃腹。

馬蹄聲停止，耳房的老庶僕將頭探出，瞇眼愣了愣，終於認出她來。她以前總穿著國子監生的袍服進出，那時看起來是青澀美少年，如今身著朝服倒有幾分江左士子的風流，十分倜儻。

老庶僕忙出來行禮迎接。「老僕眼拙，不知吳王殿下到訪，倘有怠慢，還請殿下莫怪。」

李淳一也還認得他，她將手中轡繩遞過去給他，人卻還是像當年一樣不愛說話。以前監生們私底下講她是小啞巴，因為被笨笨的宮人養大，所以連話也不會說。她不關心嘲諷，一旦主動關上通往外面世界的門，無論外面是雷雨交加還是豔陽高照，對她來說都沒有什麼不同。

那時的她只想找個地方待著，但這樣的地方在國子監並不好找。國子監「左廟右學」，一邊是孔廟，一邊是太學。孔廟不好隨意走動，太學則空間有限，只有沿渠那一小片桃林後有個荒廢樓閣，平日裡鮮有人至。

樓閣門口蔓草捲曲，費力扒開窗子，瘦弱的身體可以爬進去，但她頭次進去就嗆了一鼻子灰。裡面有卷冊、有雜物，亂糟糟一片，全無前邊國子監的明淨齊整。但沿著北邊樓梯往上走，二樓靠南的窗子邊上，卻被收拾得格外潔淨。推開窗，恰是桃花繁盛時的大片粉霞，有輕盈的自在感，是極難得又寶貴的體驗。

鑽進來一次，就可以有第二次、第三次。她有時睡覺，有時翻讀些陳舊不知所云的卷冊，總不會無聊。風從窗口過，花在窗下落，就在桃花將要開敗、天氣越來越熱的時候，有人打斷了她的午睡。

「你是誰？為什麼來這裡？」

她原本伏在案上，聽到聲音坐正了轉過頭，看到一個比她高很多的白衣監生。

她照例不說話，轉回頭趴下來繼續午睡。那人卻在她身後道：「這裡是我的地方，請你走。」

她無動於衷，也不認為自己哪裡有錯。不過顯然對方不這樣認為，他一字不落地強調了三遍，最終上前一步，將她從地上揪起來。

他揪著她的監生袍服，年輕俊美的臉上卻寫滿老成的不悅。「我不管你是誰，不要再到這裡來，你伏的那張案是我的。」

她不想同外面世界的人有什麼糾葛，遂一直關著門不讓他們進來，但這雙手卻掰開那扇門，強行握住她，用行動告訴她，外面那個世界滿不講理。

正在快速發育的身體一碰就疼，他緊緊揪著她的前襟，那勒疼從柔軟的前胸傳到脊背，令她倒吸氣。

應對這個世界雖然困難，但打架不需要講道理。本能地為疼痛復仇，她反抓住他的手臂，與他廝打，瘦弱的身軀迸發出難以估計的力量，像是一頭凶戾的小野獸，露出尖利爪牙，拚盡全力爭奪領地。

然而她到底不是他的對手，處處落盡下風，還要被逼問。

「你是啞巴嗎？你的舌頭被割掉了嗎？」

她滿腔怒氣無可宣洩，哪怕處於下風，卻仍然頑強得像是頭不服輸的小老虎。對方似乎也沒有料到她會這樣糾纏不休，到最後連監生服都被扯亂了，髮髻也被打散，她的鬥志卻分毫不受影響。

待到氣力耗盡，對方躺在地上想要收手，她卻不由分說地狠狠下口咬了他。她的確是頭小老虎，有一口利牙，毫不留情地咬住他，扎破皮膚，瞬間滿口血腥味。

然後她站起來，抹了抹嘴，胸膛劇烈起伏，仍沒有開口。她奪得了勝利，「砰——」地重新關上自己世界的那扇門，從頭到尾，一句話也沒有說。

後來他們又打過幾次，只要在二樓碰見就會打架。對方忍無可忍。「你都已經吃了我的血，還想怎樣？」

她不知道自己哪裡來的這麼多力氣，也不說話，只是很憤怒。對方忽然抓住她的手，掰開她握得緊緊的手指頭，將這一季最後一朵桃花，放在她的手心裡。「不要用力，你一用力，花就碎了。」

她看著那朵桃花，沒有再握拳，也沒有再「砰——」地將自己的門關上。握手言和來得莫名其妙，而那朵桃花雖然漸漸枯萎，最後皺縮褪色，但那隱祕的氣味一直在她人生裡盤旋，日夜不散。

桃花的氣味。

時隔多年，李淳一再次穿過桃林走到樓閣前，卻沒有再捕捉到那味道。石臺縫裡的蔓草隨季節而萎敗，門口的石獅在黑夜裡瞪目，它永遠不睡，它知道一切。

她依然爬窗而入，灰塵味依然濃重，她掩脣忍住不咳，摸黑獨自前行。這樓閣仍常年被人遺忘，一切都沒有變化。沿樓梯往上，她忽然察覺到了不同。有風，流動的風輕湧，鼓動著灰塵飛旋又降落，桃花的氣味越來越近。

她走到樓梯口，有人已等候她多時。兩人沒有像多年前一樣見面就打架，他忽然走過來將她抱起，行至窗邊，將她放在高足案上，雙手撐在她身體兩側，這才對她表露笑臉。

李淳一從驚詫到鎮定，不過一瞬間。她並沒有覺得彆扭和不適，在這無月有風的黑夜裡，方才的懷抱也好，這若有似無的桃花氣味也好，似乎都自然得恰到好處。

「相公為什麼在這兒？」她垂足坐在高案上，抬頭問他。

「殿下的行蹤不是祕密，殿下的心對臣來說更不是祕密。既然殿下要來，臣自然要先來清掃，免得髒了殿下的袍子。」宗亭垂首回答她的問題。

「那為什麼不打開門呢？」

「殿下習慣從窗戶進來，臣當尊重殿下喜好。」

李淳一只要低頭就抵到他胸膛，但她面上是近乎寡淡的輕鬆。她側頭垂眸盯著他壓在案上的手指，又倏地轉回頭，昂起腦袋說：「本王餓了。」

宗亭忽然移過案邊上的食盒，打開來，拿了一個小粿子咬掉一半，又將餘下來的餵給她。在李淳一打算下嘴時，他卻又說：「殿下記住，哪怕像臣這樣也不能全信。倘若有人甘願與妳共亡，為了殺妳，試毒時也會不顧一切。」

李淳一還是毫無顧慮地嚥下食物，不過並不是因為信任。

夜長長，風綿綿，故地重遊，本該有聊不完的話題，但兩人說到的都是些沒頭沒尾的細碎事情。

「臣在那之前從不與人打架，臣家裡沒有人會做那樣滿不講理的事。」

「滿不講理的是相公，這樣的地方誰都能來、誰都能用，相公又憑什麼說是自己的呢？」

「因為的確是我先來的，且這張案也的的確確屬於我。」

「我那時總覺得相公能孤單出高傲來，真是很令人費解。」

「殿下不是啞巴卻從不開口講話，臣也覺得很費解。」他說著，垂眸睨她一眼。「下手那樣狠，臣同樣覺得很費解，臣當時不過只是想嚇唬嚇唬妳。」

「你揪了我的袍子。」她抬眸與近在咫尺的他說道：「那時我在長身體，你卻揪得那樣不留情面、那樣用力，我又疼又惱火，這個解釋你滿意嗎？」

「臣那時以為殿下是小男孩。」他微微俯身平視她的眼。

這時卻有人走到樓下，賴著不肯走，一邊燒紙錢一邊絮絮叨叨，大約是偷偷祭祀某個人。

有煙熏味飄進來，宗亭忽伸手將窗子關起，對她做了個禁聲的動作。她低著頭，鼻息裡盡是他的氣味；而他下頜挨在她頭頂，一句話也不說。

樓下重歸安靜，李淳一乍然開口：「相公先前有一事沒有講實話。」她說完，頭抬了一下。宗亭略略避開一些，手撐在她身體兩側，等下文。

然而她上身卻前傾，盯著他的鳳目道：「相公分明知道太女的目的，為何不直接與我說呢，嗯？」她學他拖長尾音，靠他更近。「且我知道，相公也有目的，且與姊姊的目的也並沒有什麼不同。」

她邊說邊將手壓在他手背上，感受他血管的搏動，自己的氣息與聲音也變得越發詭祕：「我差點忘了，相公作為宗國公的唯一嫡孫，怎會不期待更大的權力？與姊姊一樣，相公也想要孩子，想要有皇家血脈的孩子，想要我的孩子。因為不論我的下場是生是死，這個孩子都極有可能成為儲君，到那時宗家就會成為最大的外戚。」

她湊到宗亭耳邊道：「不過我並不打算讓相公如意。你們有無數辦法讓本王生孩子，但本王不願生，一種辦法就足夠了。」她說著伸手拿過食盒裡的粿子，在宗亭的注視下塞進嘴裡，大力咀嚼然後嚥下去，最後雙脣彎起。「本王從不找人試毒，相公方才全是多此一舉。本王入道後便不太在乎生死，而死，卻是最直接又簡單的辦法。」

她說得自暴自棄，但一針見血。

宗亭聽她講完，不怒反與她更親近。他眸光不定，氣息也有些難捕捉，鼻尖則與她相觸。「殿下當真要將自己逼進牛角尖，而不打算換個思路嗎？」

他說話時甚至碰到她的脣，卻始終沒有真正吻上。呼吸交融廝磨，陳年灰塵與桃花香氣混雜，令人有微妙的迷亂，也現出一點點真心，如螢火一般，在宗亭忽然直起身的瞬間，熄滅。

李淳一睜開眼，將暗中的他看清，忽然轉了話頭：「我知相公這七年間因為服喪回了母家，關隴軍還太平嗎？」

「殿下想要的太平是什麼？不太平又是什麼呢？」他彎了一下脣，饒有意味地反問。

宗亭母親出身關隴大族，手握雄兵盤踞在西邊。他母親在宗族中地位尊貴，他身為獨子，為母服喪三年，卻也在關隴蓄養了羽翼，加上宗家的威望與勢力，他如今可操控的力量，不能小覷。

「如相公所想。」

「很好。」宗亭撐案俯身，目光灼灼。「殿下想要什麼，臣都會盡量滿足，請說。」

「說服陛下，給我一支名正言順的衛隊。」

「可以。」

「離本王遠一點兒。」

「不可以。」他抓過她的手，像很多年前一樣，掰開她緊緊握著的拳頭。「臣的心在殿下這裡，倘若離得太遠，臣會死的。」

她要重新將拳頭握起，他又說：「不要用力，妳一用力，心就碎了。」

宗亭面不改色地將自己的心比作當年李淳一掌上的桃花，不過李淳一卻不解風情地將手一握，抬首看他。「時辰不早了，本王要回府過夜了。」她言罷跳下高足案，舉止裡帶了幾分我行我素的挑釁。

在黑暗裡待久了，辨別方向的本事也見長。李淳一順順利利下了樓梯，穿過遍地的灰塵雜物，推開門走出了樓閣。

宗亭推開窗往下看，只見她頭也不回地穿過落葉遍地的桃花林，越過溝渠，意氣風發，沒有絲毫躑躅與畏懼。

哪個才是她？是在太女面前乖順示弱的天家么女，還是罹患心病久不能癒的貴族青年？抑或是看起來莫測又暗藏銳利的道家子弟……他只知她在江左的這七年並未虛度，也知妥協忍讓並非她本色，不然她當年也不會因為一張案，因為能看到桃花的一扇窗，與他廝打爭奪。

面對這滿不講理的世界，她看起來並不像是那樣不堪一擊。

李淳一在深更半夜時分重回別業，殺了個措手不及，將大多數已經入睡的奴僕嚇了一跳。諸人紛紛扯下身上薄衾，迎著深夜裡昏昧如霧的燈光，會集到門口迎接舊主的回歸。

李淳一始終站在門外不走進來，年輕執事於是走出去，鄭重地請她回府。

「熱鬧。」她看著黑壓壓的人頭，只說：「以前只寥寥幾個人，如今為何會有這麼多人呢？」

俊朗的執事回道：「是太女殿下的好意，請吳王笑納。」

好意？看起來確實很妙。男人們一個比一個好看，像是春天裡的繁花，讓人眼花撩亂，且衣著鮮亮，絕不是真正做事的家僕。養人只為一張臉，這種事她之前從沒做過，但李乘風在用自己的方式教導她怎樣去享用「身為王」的特權。

而且，這位年輕的執事看起來十分眼熟。噢，是她剛回城那日，奉李乘風之命送她出宮城的那一位，她當時甚至還送了他一枚符章。

她未提當日事，只偏頭問他：「你叫什麼？」

「小人宋珍。」他答：「先前在太女殿下府中做事。」

李淳一知他是李乘風的人，但沒有流露戒備，只是問他：「府裡這麼多人，有人給磨墨代筆嗎？」

宋珍站在她側旁回道：「自然是有的。」

「那很好。」李淳一於是吩咐道：「識字的各自抄一冊《道德經》，要用心寫，寫得好，本王會賞。」言罷又說：「本王倦了，寅時前不要來打擾。」

「喏。」宋珍低頭應聲，再抬首卻見李淳一逕直往裡去了。

李淳一對別業的結構仍十分熟悉，一路無礙地行至臥房，開門點燈，終在角落裡見到她的行李。她打開箱子看了看，發現被翻過之後倒也不緊張，只一屁股坐下來，疲勞地往後躺去。

燈油悄無聲息地燃燒，頂上橫梁在昏光中更顯得沉靜，有一種無形的壓迫感。窗外忽響起一陣「哆哆」聲，是烏鴉尖喙啄擊窗櫺的聲音。李淳一躺著沒有管，很快的，黑色身影順利頂開窗子擠了進來，落在李淳一身側，低聲叫喚。

李淳一沒有多餘氣力再同牠交流，她安安靜靜看了牠一會兒，過度的勞累就迫使她閉上眼。

這個夢境乾燥，但充斥著細碎的議論聲，令人睡不安寧。她驚醒，想要坐起來，但身體幾乎有一半是麻的。

報更聲響起來，天還是黑的。待鼓聲落盡，她終於坐起來，燈已經熄了，烏鴉也不知所終。她起身開了門，晨風湧進來，庭院晨景與多年前幾乎一致，這讓她有微妙的親切感，但她目光一轉，便瞬時察覺到了陌生。

宋珍站在走廊裡，悄無聲息，十分嚇人。誰也不知他在這站了多久，他一動不動像個木偶，雙手捧著長漆盤，上面疊放著數本紙冊。

李淳一還未開口，他就已躬身問候：「還未到寅時，殿下就醒了嗎？」

「嗯。」

宋珍注意到她連衣服還未換過，即道：「昨夜殿下未刷牙洗臉便歇下，過會兒還要回朝操心郡王喪禮，不如趁眼下還早，先沐浴洗去疲憊。」言罷上前一步，將漆盤遞到李淳一面前。

李淳一取過一冊翻閱，其中所書，正是她要求抄寫的《道德經》。她半夜才交代的事情，天還未亮就悉數交到她面前；且因她叮囑「寅時前不要打擾」，他便在外面站到了寅時，直到她主動走出來。

宋珍此人，比她預想中「周到」，也更麻煩。

「將東西放下，去備熱水吧。」她說完讓開路讓他進屋，宋珍將漆盤放下，隨後退出門。李淳一見他走遠，斂眸揣摩他是否就是那晚送禮服至道觀的李乘風的內寵。

她一時無法得出確鑿結論，只能選擇以靜制動。

然宋珍並沒有做什麼逾矩之事，甚至連過多的話也不問一句，儼然是合格的執事模樣。侍女將沐浴的熱水送到房中，待她洗完，早餐便端上了案——清淡、溫度合宜，十分貼心。

她用完早餐，車駕也已準備妥當。最後宋珍親自送她登車，並道：「殿下請勿太勞累了。」

悉心至極，卻令人很不自在。

車駕從安上門直奔皇城，各衙署相接挨靠，穿著諸色袍服的官員穿梭於皇城街道，剛剛開始一天的忙碌。長安的雨季仍沒有結束，太陽也吝於露面，因小郡王的死，停朝三日，自然也看不見各衙署長官摸黑趕去上朝的情形。

路過中書外省，李淳一挑開簾子朝外看了看。那看起來並不雄偉壯麗的建築，卻是帝國政令處理的核心所在，不過以她的力量，目前什麼都搆不到。宗亭擁有權限，但他未必當真樂意讓她去觸碰權力的核心。

她在封地時，雖也處理政務，但都太過瑣細且局限。她或許清楚州縣的運轉之道，但面對「偌大一個帝國如何運行，龐大的皇城內近百個衙署如何平衡、如何協作」等問題，她只能算是門外漢。

鈴鐸聲響在潮溼的清晨裡，聽起來倒是有幾分輕靈。李淳一下了車，禮部周侍郎匆匆忙忙跑來，躬身道：「殿下來得正及時，大殮之物已準備妥當，還請殿下前去過目。另，太常寺、鴻臚寺的幾位長官此時也在禮部，有些事還需殿下拿定。」

一天一夜，全部妥當，效率驚人。

宮城裡一個孩子的死，來得突然，結束得也很快。因帝國不需要這樣的悲傷，所以會在禮制規定內，盡可能快地將其掩蓋，然後裝作若無其事的樣子，迎接大盛會。

四方來賀，八方來朝，這是帝國繁盛的證明，女皇的壽辰不會因一個孩子的死而取消。長安城的百姓也日夜期盼著盛會快些到來，他們不太在乎天家的權力爭奪，只關心女皇壽辰當日會不會「解除宵禁」，因為他們對沸騰的長安城夜晚已經渴望了很多年。

而對於李淳一來說，這盛會越迫近，越讓她不安。

她蟄伏得夠久了，期待甦醒，期待張口說話，期待擺脫控制。然而忙完小郡王的喪事，她便一頭扎進務本坊別業，閉門不出，沒日沒夜推演更高階的幻方。

她府中的人也不得空閒，因她以風水不好的理由令人重新修改格局、修繕府邸，雖然動靜不大，但也很惱人就是了。至於府裡那些幫不上忙的白面郎君，就只能窩在屋中替「修道走火入魔」的吳王殿下抄寫經書、刷印符章，簡直無休無止。

這雨季快要結束了，李淳一能感受得到，她內心甚至因此有幾分愉悅。不過她很久未見宗亭了，自那晚在國子監相會之後，他就再沒有出現過。她後來得知，他以朝廷特使的身分往西北去了，因為關隴軍不太安分。

女皇這時遣他去關隴別有深意，因他與關隴有著千絲萬縷的關係。如果他一去，關隴軍便能順利平定下來，一來是對中央朝廷有利，二來也可以此來估量他同關隴集團的牽扯到底有多深。

至於隱藏在這背後的第三層意思，沒什麼人知曉，且不宜挑破。因女皇察覺到了他與李淳一之間的密切往來，所以眼下實在無法容忍他繼續留在京中。

女皇十分忌憚宗家及其背後門閥世族的勢力，君臣之間的權力需要平衡。這些年她獨自面對與她一樣強勢的世族勢力，一直維持得十分吃力，她不希望帝國將來陷入權臣控制君主的境地。

李淳一是有可能誕下儲君的天家女，這個孩子絕不能有權臣世家嫡長子的血脈。

又一日街鼓聲盡，長安城再次沉寂下來。

務本坊別業內燈火寥寥，宅內工事也終於歇了。

書房內，李淳一跪坐在案前推演幻方，但數字龐大，她一時未能推演出結果，便保持盒子內現狀不動，合上蓋子將其收進櫃中。

火苗忽跳了一跳，外面有人敲門，她聽出是宋珍，棲在案頭上的烏鴉瞬時警敏起來。禽類通曉主人心思，主人對人設防，牠也一樣。

她坐正了問：「有事嗎？」

屋外宋珍無波無瀾地回：「殿下令人抄寫的經文已全部妥當。」

「搬進來。」

門被打開，烏鴉猛地撲過去，宋珍往後退了一步，似乎被嚇了一跳。李淳一不多做解釋，宋珍也只默不作聲地將經文放下。

但他不著急走。

「宋執事還有事？」

宋珍應道：「是。」他旋即往前一步，躬身遞了一只封死的錦囊給她。

李淳一不接，反問：「是從何處送來的？」

宋珍卻說：「殿下看了便知。」他言罷後退，轉身離去，並自覺將門帶上。

李淳一細察外面的動靜，過了一會兒，取過小刀挑開封口針線，從裡頭取出一張字條來，上書：「勿私相授受，符章亦不許。」

沒有留名，但這的確是宗亭的字跡。不過連她都能將宗亭的筆跡學個八、九分相似，所以字跡並不可信。

然她一捏袋子，卻發現還有一個小巧硬物在內。她將小東西倒出來，石頭落在案上迸出一瞬聲響，之後便乖乖躺著不動。昏黃燈光下，是一朵淡粉桃花，分明以玉石雕琢而成，卻彷彿散著香氣。

字跡或許可以作假，但「一朵桃花」的深意，卻只有他們兩人知道。

她再次將視線移至那字條上，「勿私相授受，符章亦不許」，前半句是宗亭一貫的滿不講理，後半句卻引人琢磨。

為何特意強調不許贈符章呢？李淳一略蹙眉，她回長安後，只送出過兩張符章，一張在承天門給了宋珍，另一張則貼在中書外省的公房裡。宗亭斷不會糾結第二張符章，難道他連她送過符章給宋珍都知道嗎？

李淳一思忖間，耳朵忽動，她驟然抬眸看向門口，冷靜地問：「你還在門外嗎？宋執事。」

宋珍的確沒有走遠，他送完信物，便一直在等李淳一的反應。於是他應道：「小人在。」隨即緩慢推開門，再次步入書房內。不待李淳一詢問，他已是上前一步，將先前在承天門收到的符章主動退回李淳一案上。「相公曾令小人在送完錦囊後等一等再走，倘若殿下在閱完錦囊後喚小人，便讓小人將此前收到的符章歸還給殿下。」

他是宗亭的人，他連收到一張她給的符章，都要報告給宗亭。

李淳一低頭看著那符章，只能得出這個結論。

明明是李乘風信任的內寵，卻是宗亭的人。鬼騙鬼，假套假，真是好戲。

她沉默了一會兒，問：「宋執事是何時進的太女府？」

「五年前。」

五年前，宗亭那時雖然人在關隴，卻已經未雨綢繆。她雖也有眼線，但與宗亭的比起來，只能算作皮毛。他埋棋子有深有淺，淺的用來迷惑人，深的卻只有他主動告知才會浮出水面。而這顆埋了五年的棋子，他藉著李乘風的手送到她這裡，並且堂而皇之地告訴她：「別怕，這是我的人。」

他遠在關外，卻陰魂不散。

如此順水推舟，李淳一絕不認為這是最後一次。按照宗亭的脾性，這樣的事以後還會有。她是該誇他布局周密，還是講他可怕呢？

此人的成長已遠遠超出她的想像，令她難安。

她不想被女皇和李乘風控制，同樣也不願被一個男人控制，哪怕這個人對她而言，意義非凡。

她將那朵玉石桃花緊緊握在掌心裡，桃花沒有碎，疼的是她；流血的，也是她。

血緩慢往下滴落，烏鴉聞到血腥氣忽低鳴了一聲，將她喚醒。

她回過神，同宋珍道：「符章與他物不同，送出便不好再收回，宋執事還是收下吧。」

宋珍本欲推拒，但最終還是將符章重新收起來，並道：「謝殿下賞賜，若無他事，小人先行告退。時辰不早，殿下請早些休息，明早有大朝會，寅時須得出發。」

他仍然貼心且周到，但這與之前的表現，落在李淳一眼中，已是不同。

月由虧轉盈，是人間半月。

女皇的壽辰適逢十五滿月，但慶賀盛會在十四就拉開了帷幕。除禮部、太常寺、太府寺、鴻臚寺等衙署的官員還在忙碌外，多數官員都因此提前開始了休沐。長安城解除宵禁三日，十四這夜，街鼓未響，坊門未閉，東西二市未歇，月亮將滿，百姓們離開家湧上街頭，提前開始了狂歡。

而李淳一，則關上房門，手持蠟燭往地道走。

與外面耀眼的燈輪、飄香的美酒截然不同，剛剛開挖完成的暗道裡潮溼晦暗，只有泥土的氣息。

第四章

這一夜，長安城中幾乎每個人都未眠。難得通宵的城市被人們的熱情與歡愉灌醉，至晨間才帶著矇矓醉眼，迎接冷冽的秋日晨光。

霜還未融開，朝臣外使就已在太極殿前會集，一個個哈欠連天，面帶倦色地強撐著。

「昨日喝得太放肆了，不好不好，頭痛得很哪，不過那酒倒是十分妙，魏明府沒去真是虧了。」

「哪能都像李郎中一般逍遙，昨日某在公房忙了整晚，天還沒亮便趕過來，到現在還未闔眼，實在困頓得很。」

朝臣們悄聲議論，待巡視儀容的殿中侍御史走近，又倏地閉了嘴。

承天門樓上鼓聲驟響，「咚、咚、咚」，緩慢有力，每一下都震徹宮城。太常寺奏鳴禮樂，迎接帝王的到來。久未露面的皇夫也於今日出現，身姿仍然挺拔。

傳聞他身體每況愈下，似大限將至，然今日露面看起來卻並非那麼回事。他與女皇並行，從二十歲到今日，已攜手走過幾十個年頭，算得上彼此最親密的親人及同盟，順理成章的，死後也要葬在一塊。

人到垂暮，仍然並肩，執手共享同一份榮耀與喜悅，是冠冕的維持。秋日裡，涼涼的樓臺在太陽的不吝照耀下漸暖，高臺上的衣袂環珮沐浴在陽光中。禮部儀官立於東側，展開手中長卷，奏：「喜聖壽無疆之慶，天下咸賀……」

他語聲清越又莊正，諸人屏息不言，連鼓皮都安安分分，不發出一點兒聲響。然此時卻有一隻漆黑的烏鴉凌空俯衝而來，落在李淳一面前。李淳一站在朝臣前列，此時一眾人都悄悄朝她看去，因烏鴉乃不祥之鳥，在這樣的場合到來，實在不是什麼好事。

李淳一低頭瞥了一眼，卻又輕蹙起眉。因落在她面前的烏鴉，並非她養的那一隻。

那烏鴉在她跟前盤桓許久，最終撲翅飛起，往太極殿頂飛去。

它的出現像白紙湮了墨點一樣令人不舒服，然這對李淳一來說，卻是某個人到來的信號。

她站著不動，聽儀官宣讀諸方進獻之禮。各國使節挨個露面，壽禮大小、列隊排次都互有比較和說法，禮部與鴻臚寺、四方館先前為此事愁得掉光了頭髮，到最後深思熟慮定下來，仍是得罪了好些使節。

在使節們暗中瞪眼、互相不服之際，儀官已宣朝臣們進萬壽酒。眾人齊齊伏地拜賀，太常寺禮樂再次奏響，高臺上的白鶴展翅躍上青天，朝臣們待禮畢再抬頭，高遠的天空裡一縷雲也沒有，是久違的明淨。

長安的天空哪，倘能一直這樣乾淨就好了。

可這片天空，數百年來見證著權力的此消彼長，被鐵蹄震得發顫過，也被戰火熏得滿面烏紅過；為天門街上累累白骨縱情哭過，也為滿城繁花飄香美酒溫柔笑過。風雨有時，晦暗有時，如今它目睹一位垂暮帝王謝幕前的盛會，清朗平靜，卻透著幾分難言的寂寥。

和它一樣的是站在高臺上的女皇，經年累月對抗病痛的身體，早學會了麻木的平靜。身著盛裝，面對來朝使臣，她面上是體面的愉悅，跟個人無關，只關乎帝國。這是她的時代，大權在她手中，但如今她越握越覺得吃力。

就在日頭快移到當空之際，禮部安排的儀程終於走到尾聲，底下朝臣們均鬆了一口氣，恭送女皇及皇夫離開。下了高臺，背向日光，女皇走得很快，皇夫甚至趕不上她。她早年也是英姿颯爽，眼下老了，仍存了當年幾分風姿，然此刻面上一星半點的笑也沒有。

承天門外的熱鬧壽宴即將開席，另一邊卻仍是空曠冷寂的宮城。不過朝臣外使們現在並不關心牆內的世界，他們站了許久，已飢腸轆轆，只惦記光祿寺即將送來的美酒佳餚。

大魚大肉，都不合李淳一的胃口。她飲了一些酒，低頭琢磨方才到來的那隻烏鴉。那烏鴉屬於她的老師賀蘭欽，但他久居江左不出，在她離開吳地之前，也與她說不會來長安。那麼老師的這隻烏鴉為何到了呢？

她正思忖著，有外使上前打招呼。身為親王，她有義務代天家招待外使及朝臣。喝多了的西戎使者漸漸放肆起來，想要拉著她的手與她對飲，卻被李乘風握住。李乘風與身旁的四方館小吏道：「這位來使都已醉了，還不送回去嗎？」

四方館小吏趕緊帶著外使離開，李乘風卻忽然十分用力地握住李淳一的手，輕描淡寫地說：「他若真拉了妳的手，姊姊就將他的手剁下來。」

她說得非常輕鬆，似乎剁手與拔一根頭髮沒什麼不同。

李淳一臉上瞬時浮了些醉意，她說：「姊姊，我有些醉了。」

「那就歇會兒，等天黑了，更熱鬧。」李乘風似也有些醉，她直起身看向不遠處的高臺，神情裡有炫耀的意味，彷彿那已是她的領地。「登上去，妳就能看到長安最大的燈輪。」

二十丈高，衣錦綺飾金玉，燈有五萬盞，大約是開國以來最大的燈輪。

如此奢侈，是女皇執政幾十年間從未有過的。此次壽辰由李乘風督辦，從頭至尾，都隱隱透著屬於李乘風的偏好，而這舉止中彷彿藏了深意。

她將是新的女皇，她需要擁有全新風貌的帝國。

李淳一安靜地等來了夜晚，承天門前已是殘羹冷炙一片。朝臣、使者們皆散去，或回家，或簇擁上街頭，融入更大的歡愉之中。

光祿寺官吏和宮人們留下來收尾，李淳一瞥向李乘風的位子，那地方早已經空了。傍晚時她最後一眼看到李乘風，是見其吞下丹藥，愉悅地飲下了滿滿的一盞酒。

李淳一迎著滿月，負手登上高臺。蘊含著酒氣的晚風有一點點冷，不斷糾纏袍角、髮絲。長安城夜景盡收眼底，她也如願看到了那座燈輪，人們在偌大的燈輪下踏歌，前俯後仰，似無休止。

人世也是一樣，反覆其道，無有不同。

她算了算時辰，走下高臺，進得承天門，回宮給女皇請禮問安。

女皇的壽辰還未結束，對她來說，今日就不算完。

內朝的燈火明顯比前面要暗淡得多，雖有往來侍衛巡夜，但還是顯得冷清。她走得很快，不料迎面撞上了一名女官。

李淳一駐足，女官亦停下來同她行禮。「殿下。」

這女官身上帶著酒氣，細細分辨甚至還有一些隱祕的潮溼氣味。李淳一覺得這氣味有些熟悉，但又不太確信。這女官是從何處而來？夜色裡雖然辨不太清楚她的面目，但李淳一微妙地察覺到她表露出來的一絲局促。

李淳一與這位女官並非初見，先前她為小郡王喪事在宮城內奔走時，同這位女官打過交道。

這位女官當時甚至開口想問李淳一要一張辟邪符章，不過被李淳一拒絕了。

李淳一知她是女皇身邊的近臣，官階雖不高，卻接觸許多機要。以李淳一的立場，她並不適合與女皇近臣太密切，更不能私相授受落人以把柄。

「殷舍人。」李淳一客套回禮。「是要回去了嗎？」

「是。」女官低頭應道。

「夜路小心。」李淳一隨口叮囑。

女官「喏」了一聲，低頭快步離開。就在她腳步聲即將消失之際，李淳一面上忽閃過一瞬恍然，那氣味——

她霍地轉過身去，卻不見那女官身影。

此時有侍衛走來，領頭郎將同她行禮，問：「殿下可是前來給陛下賀壽的嗎？」李淳一頷首。郎將道：「夜路不安全，末將奉命護送殿下。」

李淳一便只好按捺下心中的洶湧揣測，與衛隊同行。

郎將將她送至殿門不遠處，便躬身告退。他們走後，李淳一甫轉過身，暗光中卻有一名小內侍不長眼睛似地衝過來，差點將她撞倒。

就在她恍惚之際，手心裡卻忽被塞了一張字條。

她被嚇了一跳，站穩後連忙轉過頭，那內侍卻如鬼魅般消失在夜色裡，而她甚至沒有看清楚他的臉。

她低頭搓開那字條，暗光中只模糊看到一個「忍」字。她心跳得厲害，黝黑的深宮中這突如其來的、不知善惡的提醒，又踩在這個時間點上，讓她進退維谷，也令她嗅到了一絲莫測的恐懼。

然而，這時殿門外的內侍已宣她進殿。廊廡宮燈昏昏沉沉，一副沉重的疲態，又強壓著幾分厭倦。她手心裡那張字條像是火炭般燙人，她脊背卻冒冷汗，每一步都走得心有餘悸。

此時的女皇閉目獨自坐著，頭風欲再發作，這無休無止的疼痛快要將她折磨瘋。她呼吸聲有些沉重，殿裡熏香燃出奇怪的味道來，每一個角落裡似乎都藏著怒氣，一觸即發。

李淳一進殿之際，恰逢這一幕。

她跪伏下來，循禮恭賀壽辰，隨後抬頭，女皇卻像是蟄伏的獸一樣忽睜開眼，抬手極狠戾地給了她一巴掌。

突如其來的耳光怒氣沖沖，李淳一被打得頭昏耳鳴。回過神，她才察覺到鑽心灼人的痛，那痛從面頰燒起，竄入耳內深處，尖銳的噪音持續著。

女皇出手暴虐，戾氣比起以往更甚，但使盡力氣後再垂下來的手一直在顫抖。她頭風又犯，額顳疼痛，血管皮肉都在痙攣，額頭甚至沁出冷汗，起伏不定的胸膛裡是滿腔怒火，難掩難控。

女皇一向定力驚人，但面對令人發狂的疼痛，意識仍展露出了錯亂的馬腳。李淳一忍下耳鳴與疼痛帶來的不適，抬首看向女皇，女皇痛苦的眉目裡既有克制，又有厭棄，甚至有轉瞬即逝的懊惱。

李淳一捕捉到了這微妙情緒，忽然伸手抓住女皇的袍子，繼而緊緊握住她的手。女皇那手冷如冰，反握起來卻十分有力，她抓著李淳一的手指，氣力大到似要將其指骨捏碎。這世上疼痛能夠傳遞，有時亦可共擔，儘管那可能是平白的加倍的痛，但內心由此得到補償紓解，變得更容易承受。

女皇痛到目不能視，只隱約能感知火光，模糊聽到悲傷哭聲。那哭聲壓抑又委屈，好似已將這些年的真心都掏了出來，每次抽泣都如尖利的竹籤往女皇心窩裡扎。

女皇意識幾近混沌，唯獨這哭聲在耳畔糾纏不休，格外清晰。對抗耀武揚威的疼痛，等它暫時撤退，也非常耗時耗力。等這一切都緩下來，女皇后背已經溼透，唇色白如紙，她像打完仗一樣失力地癱下來，挺直僵硬的脊背也終於鬆弛彎曲。

然而她內心卻一點兒也不輕鬆，負疚感與自我厭棄感一道襲來，幾乎將原先的憤怒掩蓋。她低頭瞥見被自己緊緊握在手中的、屬於李淳一的手，眸光陡跳，像丟開汙穢之物一樣，倏地鬆開手，甚至下意識地往後縮了一下。

她聲音沙啞，透著疲倦：「滾。」

然而李淳一伏在地上不動，她的手被捏得幾近麻木，又因哭得太久，周身疲倦。單薄的肩頭因抽噎而起伏，只有呼吸聲迴響在空曠的殿中，越發低弱。

暗光中，女皇眼神有些恍惚。

遠處鐘鼓聲響，似還有歌舞，而這殿中卻只有她母女兩人，因為疼痛筋疲力盡。

她聲音緩下來，顯得更無力：「妳走吧。」

李淳一起身，再次深伏，躬著身退出大殿。

宮燈搖晃，連影子也跟著擺動，李淳一轉過身，沿著寂寥的廊廡前行，等下了臺階，避開守衛與內侍，她抬手抹掉眼淚，低頭吐了一口帶血的唾沫。

口腔裡的傷痛不足為道，耳鳴也不值一提，她更沒什麼值得哭泣，哪怕挨了耳光，幾乎被捏碎指頭，她連眉頭都不會皺一下，又怎會真正哭呢？

眼淚只在逢場作戲時有用，這是她許多年前就明白的事。

女皇今日流露出來的懊惱與負疚，實在難得一見，對她來說，卻是轉機。

她不確定女皇今日這反常到底是為何，但她猜這與她死去的父親或許脫不了關係。當年的事，宮裡人誰也說不出個所以然來，真相被捂得嚴嚴實實，其中原委大約只有當事人自己知曉。

她經反覆篩選確信的部分是，當年直到臨盆前一日，女皇與她父親都十分恩愛，反目幾乎是一夜之間發生的。那時她迎著朝霞降生，而她的父親枕著前一晚的雨夜，與世長辭。

此後她被交由宮人在掖庭撫養長大，而女皇從不屈尊踏足她的居所。再後來的事乏善可陳，她沒什麼心情去回憶。

女皇之後再沒有過其他男人。她生命中僅有的兩個男人，一個陪著她「長長久久」地走到今日，另一個在風華最盛時猝然離世。而為帝國耗盡一生心血的女皇，如今也只是個孤獨的垂暮之人，看起來竟有幾分孤立無援、大勢已去的情狀。

李淳一匆匆往回走，她本應該出宮，卻忽然轉了向，快步往東行去。那裡有一處小殿，是李乘風少年時期的居所，因有舒適合宜的湯泉池，李乘風如今也常回去小住。

果不其然，此殿今夜不僅有宮燈環繞，內殿的燈也亮了起來，足見李乘風的確來了。李淳一撩袍往上走，卻被侍衛攔下。「太女殿下已歇下了。」

「已經歇下了嗎？」李淳一臉上似閃過失望，又朝裡瞅了兩眼，從袖袋裡摸出一小瓶丹藥遞過去。「那將這個轉交給姊姊吧。」

她的舉止儼然是投其所好的天真，身為道士給喜服散的太女送丹藥，不是討好是什麼？不過事關藥物，侍衛倒也警覺。「此物還是由吳王親自交給太女殿下為好。」

「罷了。」

李淳一說著就要轉頭走，卻有小內侍從裡出來。「吳王留步。」

李淳一倏地站定，轉過身。「不是說姊姊已經睡了嗎？」

小內侍未多做解釋，引她入內才道：「殿下適才在沐浴，不便見外客。」他說罷，帶李淳一繼續往裡走，甫進一室，便感方寸之間，盡是潮氣。

李淳一只在幼年時來過這裡。那會兒她身量很小，偌大的浴池裡全是水，她十分恐懼，但李乘風笑著將她拎下水，看她撲騰撲騰沉下去，又將她拎起來，捏住她雙頰說：「連鳧水都學不會，又笨又好看，真是好玩死了。」說完再鬆手，讓她沉下去。

後來她仍不懂水性，但學會了在李乘風鬆手時，屏息沉進水裡，這樣便不會嗆到水，也不會慌張。李乘風不會讓她淹死，但看不到她嗆水撲騰的蠢笨模樣，便覺得沒趣，不樂意再玩。

從那之後，李淳一就再沒來過這裡。但這浴室內的氣味，她卻記憶猶新。何況就在這之前——她在路上碰到那位女官時，就已經複習了一遍這久違的氣味，潮溼的，包裹著李乘風一貫喜歡的線香味道，再加上一些更隱祕的，縱情之後才有的氣味。

女官手中握著大量機要，其中甚至包括女皇的起居和醫案。帝王的醫案，對儲君來說，是絕對的忌諱。

因此李淳一才自覺與那女官保持距離，連對方求一張符章都不肯給。

李淳一此時回想起狹路相逢時那女官的局促，甚至覺得那局促中藏著害怕。畢竟在這四處都是眼睛的宮廷大內，與太女密切糾纏，是件極冒險的事。倘若此事敗露，不論是對她的仕途還是對太女而言，都極其危險。

為何要冒險縱情？這兩人又不蠢。但李淳一看到從冷水浴池裡走出來的李乘風，便瞬時瞭然。

李乘風披著單袍，身體很熱，因為酒，也因為丹藥。今晚幾乎所有人都在狂歡，李乘風也不例外，她甚至更歡愉，好像這盛會不屬於女皇，而是為她自己慶賀。

醫案中有什麼了不得的內容嗎？除了諸人都知、頻繁發作的頭風，還有什麼其他不可告人的祕密能令她愉悅至此，甚至得意忘形呢？

李淳一思忖之際，李乘風忽然壓了過來。「妳來做什麼呢？」

「姊姊。」李淳一背抵著牆壁，無路可退，只好舉起手裡的瓶子。「我知道姊姊喜服散，昨日有位煉丹師給了我一些極好的丹藥，遂……」

她話還沒說完，李乘風就抓過她手中的藥瓶。「好吃嗎？妳試過嗎？」

李淳一點點頭。

李乘風因為服過藥物泛紅的臉上浮起淡笑，看起來有些飄飄然，不過她道：「我雖喜歡，倒只是偶爾食之，太熱了，妳知道我不太喜歡冷浴。」她一挑眉。「骨頭痛。」

她氣息就在面前，李淳一感到壓迫，這壓迫中有恐懼，更有厭惡。

李乘風拔掉塞子，倒了些丹藥出來，看著她微笑。「我吃不了那麼多，就給妳吃吧。」言罷，她迫李淳一張嘴，一粒粒地將丹藥餵進去。

李淳一身為道士，比誰都清楚這丹藥的奧妙。身體會發熱，需飲大量的酒，意識會迷亂，渴望更大的歡愉。

這丹藥可以帶來快樂，但吃它不過是飲鴆止渴，她從來都不食。

不過現在，她甘之如飴地吞下李乘風餵來的丹藥，並在可能會過量的瞬間，偏頭拒絕。「姊姊，我想回去了。」

「好。」李乘風迷亂卻又別有意味地說：「回府好好睡一覺。」

李淳一邁出殿門時，神志還很清醒，她順順利利下了臺階，在夜色中繼續穿行。有侍衛奉命跟著，送她離宮。歸途漫長，藥力漸漸發作，她手心開始冒汗，但仍竭力穩著自己的意志，好不容易撐到快要出宮，她卻忽聞宮內的尖叫聲。

她循著那驚駭的叫聲看過去，只看到深夜槐柳下掛著的一具女屍。是殷舍人，是不久前還與她打過招呼的女官。

殷舍人叮囑她「夜路小心」，但她現在已是一具冰冷的屍體。

像有當頭冷水澆下來，李淳一脊背繃緊，身後卻有侍衛催促：「殿下，不早了。」

此時宮城內悄然蓄起了潮氣，滿月扯過烏雲當被，昏沉沉睡去。鈴鐸聲在風裡細碎又無節制，屍身上的衣袂飄飄蕩蕩，李淳一移開視線，踏著夜色出了宮。

宋珍在府中等候多時，早在李淳一回來前，他便得了宮中傳來的李乘風手信，叮囑他「好好服侍吳王殿下」。

在李淳一服食了大量丹藥的前提下，「服侍」便顯得別有深意。宋珍當然懂，他不僅明白，且還按照李乘風的指示做足了樣子。於是大半夜，他將府中養著的白面郎君們都召集起來，齊齊候在門口，迎接李淳一回府。

李淳一早料到會如此，但她還不至於迷亂。綠葉叢中走過，她最後誰也沒有挑中，而是將手伸給了她身側的宋珍。宋珍心領神會，在一眾白面郎君的注視下虛握著吳王的手，行至後院。

避開耳目，宋珍垂手道：「小人猜想殿下可能需要冷水浴及酒來發散藥物，遂已備好，就在房中。」

他一貫妥當，李淳一應道：「門關好。」

「喏。」宋珍應聲，抬頭見李淳一轉身進了房。依他的經驗來說，服食大量丹藥後能冷靜的並不多，多數人無法控制藥物帶來的變化，索性將身體交給藥物去支配，理智便悉數被拋到腦後，不過李淳一似乎不屬於此列。

進得門後，李淳一連燈也未點，便褪下繁重禮服躺進了冷水裡。服過散的身體躁熱而敏感，連輕微的碰擦，皮膚都察覺出痛來。汗從額頭沁出，每一顆都透著煩躁，飄飄然的迷幻感緩慢侵蝕著理智，不過李淳一並未察覺出快樂。

丹藥給人帶來的不過是麻痺的快意，有時甚至要付出性命的代價，但仍有人趨之若鶩。

高熱難忍，冷水卻浸得人肺疼，唯有酒是熱的，一盞盞下肚可溫暖胃腹。外面起了風，不知何時連廊廡中的燈也滅了，屋外寂寥得只偶爾聽得幾聲秋蟲悲鳴。屋內瀰漫著溼漉漉的酒氣，李淳一筋疲力盡地從冷水裡爬出來，潦草地披上單袍，躺進了厚實的被窩裡。

高熱過後的身體既疲勞又冷，像得了瘧疾一樣，四肢發涼，脊背似捂著冰，只能蜷縮起來取暖。

半夜走廊裡響起腳步聲，那人推開門，將秋夜的風一道帶來。李淳一睡得很熟，但是蜷縮得厲害，厚厚的被子覆著，只有頭露出來。

宗亭俯身將手伸過去試探，她額頭是高熱後的涼，面容則透著疲倦，這情形既熟悉又難得。許多年前的上元夜，她喝醉酒翻上了宗家的牆頭，嚇得小僕不知所措，趕緊去喊宗亭。宗亭匆匆趕到牆下，卻見她仍提著酒壺坐在牆頭上旁若無人地喝，簡直可惡到了極點。

接著，她將酒壺扔下去，靈巧地翻身下了牆頭，一句話也不說，只緊緊抓住他的袍子。那張臉透著酒態，有些紅，又十分熱，睫毛在暗光中垂下大片陰影，鼻翼悄悄翕動，呼吸裡都帶著醺意。

少年時期的感情總是不知所措，心中蓄積的情緒莫名其妙且無處告解，彼此試圖接近卻又丟不下身分和自尊心的捆束，更不用說去處理那些連自己都想不明白的渴望。

於是在上元夜的滿月下，他低頭吻了她，無師自通的脣舌追逐中，他捕捉到了少女的馨香，分享了她的醉意，原本惱火的情緒全化作一腔溫熱的酒，暖痲痲的，沁入心裡。

後來他守著她過了整晚，等她熱退，等她醒來。那時她也是這個模樣，蜷成一團，好像只有自己才能夠給予自己溫暖與力量，無法去倚靠任何人；而他當時能借的，除了一腔真摯，便什麼都沒有了。

沒有力量，連自己都保護不了，又談何保護別人？

睡夢中的李淳一仍然一動不動，宗亭解開外袍，在她身側面對面地躺下來。

被窩裡幾乎沒什麼溫度，她的自我取暖此時一點兒用處也沒有。溫柔的桃花氣味輕貼上她的身體，一隻手探到她腦後，在黑暗中悄悄地借枕給她。

外面淅淅瀝瀝又落起了雨，雨點踏著落葉歡歌，將徹夜在外狂歡的長安人都趕回了屋，強行結束這場盛會。燈輪被雨水澆滅，錦衣淋透，金玉噹噹響，原本夜如晝，一瞬間全被打回原形。

宮中的消息卻不受這突如其來的秋雨影響，至晨間，殷舍人的死便傳遍了每個角落，至於怎麼死的，又是為何而死，則語焉不祥，各有揣測。

但她死前是從太女的舊寢殿出來的，這一點毋庸置疑。小內侍低頭嚼舌根，穿過帝寢廊廡時卻閉了嘴，生怕被人聽見。

帝寢內此時燈也熄了，女皇將近一夜未眠，面上是深不可測的疲倦，只有李乘風站在她面前，周圍連一個內侍也沒有。

「胡鬧得有個度。」女皇分明知道李乘風借殷舍人之手獲取她的醫案，分明已經憤怒至極，卻只是心平氣和地提醒她一下。「女官也好，朝臣也罷，都不宜走得太近，哪怕朕不計較，御史臺也不會令妳好過，明白嗎？」

她避重就輕，只說她與女官親近不好，卻不提竊取醫案的事。然而僅這樣，就能夠令李乘風有所收斂，至於她會收斂幾分，那是另一回事。眼下女皇要的是「瞭如指掌」的權威，以證明她對宮城也好、帝國也好，仍擁有絕對的掌控權。

歡娛達旦之後的李乘風一句話也沒有，收斂一時對她而言確實沒什麼壞處，但她已快要按捺不住內心對控制權的渴望。

殿內沉寂了一會兒，女皇又道：「妳沒有子嗣，所以要對幼如格外關照。不要逗她，她已不再是小孩子，有自己的想法。逼迫不是辦法，要讓她心甘情願。」女皇說著起身。「所以朕會盡量滿足她的要求，妳不要插手。」

李乘風知自己在此局上已是輸了一步棋，只得躬身稱「喏」。

女皇轉過身，想起昨夜的哭聲，心中懊惱又煩躁。她有一瞬的局促，面對阻攔了她去路的一架屏風，不知是往左還是往右，最終將手往背後一負，從右邊繞過屏風走了出去。

天快要亮了，李淳一仍在夢中徘徊。

夢裡是黷黷墨味，也是秋日，天朗氣清，她面前擺著抄不完的書。東風從窗戶湧進樓閣，紙張隨風翻動，看似自在，實際卻受制於鎮紙的重量無法脫身。她心血來潮地拿開鎮紙，寫滿字的紙張便接二連三地與東風恣意私奔。

她不管那些逃離壓制的紙，也不回頭看，心中騰起一些微妙的暢快。再提筆要往下寫時，身後卻有腳步聲逼近，有人拾了她的紙走近。

空氣中的墨味漸漸淡了下去，取而代之的則是沉緩迫近的桃花氣味。秋天裡為什麼會有桃花呢？窗前的桃花明明在幾個月前就已經敗了。在她恍神之際，一雙手越過她的肩膀，將她沾了墨的袍袖挽起。「妳真是很邋遢啊。」

那手清爽乾淨、骨骼修長，皮膚上的溫度幾乎可觸知。她看著發愣，那隻手卻忽然握住她的手，控制了她的筆，聲音在她頭頂響起。

「在宮裡沒有師父教妳寫字嗎？寫得真是毫無章法，難看極了。」

柔滑的衣料蹭著她的臉，香氣若隱若現令人迷醉，也讓她冷硬得像石頭一樣的心煥發了生機，像是有嫩芽從石頭縫裡竄出來。

那香氣從夢裡飄蕩到了現實中，李淳一睜開眼，就看到了宗亭。他離她這樣近，令人忍不住想要擁抱他，但理智打斷了她這個想法。她滿腹疑問，想要坐起來，宗亭卻閉著眼按下她肩膀，扣住她的下頷低頭親吻，從緊閉溫軟的脣瓣，到撬開後潮溼的舌尖，碰觸、追逐，以彌補想念，但還不夠。單薄的衣裳下是熱燙的身體，渴望分享與傳遞，他將她壓在身下，手握著後頸，手指探進潮溼的長髮，拇指輕揉她逐漸發熱的耳垂。

差一點，只差一點可能就要溺下去。李淳一別開臉，推開他坐起來。「我頭很痛。」經歷了一個夜晚的鬥爭，她的確疲乏，但有些事她還需要再想一想。她偏過頭問：「相公不是在關隴嗎？為何眼下就回來了？」

「離殿下太遠，覺得自己快要死了，所以就回來了。」他輕描淡寫地說著，抬起她的手，攤開掌心，因為玉石桃花弄傷的地方還沒有痊癒。

「臣說過，心在這裡，殿下是好好捧著的嗎？」

李淳一不答反問：「陛下知道相公回來了嗎？」

「臣子偷懶，提前回來，怎敢令君知？」

「那相公為何來這兒？」

「因為按計畫，臣得一個月之後才能回來，既然提前回來，自然只能躲著。家是不能回的，殿下這裡最安全。未來一個月，臣得討好殿下來換食宿，真是好極了。」

他無賴，李淳一就順水推舟。「相公打算如何討好呢？」

「殿下想要的衛隊，想要的實權，想要的一切——」他輕輕握住她的手。「都會有。」

李淳一斂眸，忽問：「殷舍人死了，相公知道嗎？」

「哦，死了嗎？」他脣角輕彎。「果然是死了，是誰動的手呢？殷舍人死了，對那人有什麼好處嗎？」言罷，他饒有興味地看她，彷彿是教她猜謎底。

宗亭對殷舍人之死未表露出任何驚訝，足證他之前就清楚殷舍人與太女私通，也知道太女借殷舍人之手竊取女皇醫案一事。

至於他是何時弄清楚的，又在此事中扮演了什麼角色，李淳一無法確定。於是她問：「陛下先前可知道殷舍人與太女的事？」

「她二人謹慎，故此事十分隱蔽，且陛下對殷舍人極信任，倘若早就察覺，陛下又怎可能毫無動作？」宗亭說話間有幾分慵懶，同時也帶了些風塵僕僕的疲倦，索性在外側躺下來，阻了李淳一的出路。

李淳一回想起昨晚女皇的暴怒。

當時頭風發作是一方面，另一方面可是因為察覺了殷舍人之事？

女皇因被親信和儲君背叛而怒氣沖沖，又因身邊無人可信而傷悲。身為垂暮帝王，她確實感受到了力不從心——權威被緩慢瓦解，領地也逐漸被蠶食，這讓她不安又惱怒。頭風更是讓她失去對自己的掌控，對於自制力驚人，且一貫要將權力牢牢握在手中的帝王而言，無疑是加倍的折磨。

所以昨晚女皇表現出的種種，似乎也有瞭解釋。因得知被背叛，所以暴怒，加上頭風難控，當時進去問安的李淳一便順理成章成了替罪羊。

她是被遷怒的，但那一耳光也不會白挨。

女皇對她是存有愧疚的。李淳一談不上對那久違的愧疚有多感激，但這愧疚對她有利，她就得緊緊抓住。

那到底是誰殺了殷舍人？太女、宗亭，還是女皇？

倘若是太女，動機只可能是殺人滅口。她得知女皇已發覺此事並開始追查，於是直接切斷線索，偽造殷舍人自縊假象。但從她昨夜的放縱與迷亂狀態看，實在沒有半點要殺人的徵兆。何況在宮內殺人，也實在容易露馬腳。

倘若是宗亭，則很可能是為了栽贓嫁禍給太女，製造「太女滅口」假象，從而引發女皇與太女之間更深的猜忌。但那樣需應萬變，難度極大，實際上並不好操作。

難道——

是女皇嗎？為了震懾太女，同時再次樹立自己的權威？

不論如何，猜忌都已經發生，將來女皇對太女只會更防備，而太女的爭奪恐怕也會變得更隱蔽、更迫切。

讓李淳一困惑的，是那張寫了「忍」的小字條。她沒有看清那內侍的臉，紙張也最尋常，似乎無跡可追蹤。唯一可知的是，那字寫得極潦草，想必是倉促寫成的。選擇用那樣冒險的方式告訴她，則意味著連行動也是臨時起意的。

主使此事的人，應瞭解女皇已得到被背叛的消息，且也知道女皇頭風快要發作，更清楚她那時進去極有可能會被遷怒，這才寫了「忍」字給她。由此看來，此人極有可能是女皇身邊的人，至於此人與宗亭有無牽扯，不得而知。

因為不確定，李淳一對宗亭瞞下了此事，且眼下要解決的問題也不是這個。她看看擋了她去路的宗亭，本還想說些什麼，最後索性站起來，弓著腰跨過宗亭的身體，輕盈地翻下床榻。

她扯過衣袍披上，束髮套靴，一氣呵成地走出了門，姿態是十足瀟灑。

雨仍在下，但對她的心情毫無影響，她走得極快，宋珍追上來，壓低聲音問：「相公要在府裡待上一陣子，此事……」

「你昨夜既然放他進來，就該考慮到這些。」李淳一對此事顯然不太滿意，然而宋珍說白了是宗亭的人，她教訓對方也沒意義，但還是補充道：「鎖好門，告訴他本王願意借只金絲籠給他住，因此庭院裡不能逛，除了你我外，其他活人不能見，不，連貓狗也不能見。」

她言罷就出去了，撐著傘踏過潮溼庭院，去東市挑選印符章的紙。

儘管壽辰盛會才進行到第三天，朝臣還在休沐，百姓仍可上街狂歡，然街市上已冷清了不少，只有無憂無慮的孩童從深巷裡竄出，嬉笑追逐帶來一點兒生機。

再快樂，再熱情洋溢，也總有消失殆盡的時候。人們倦了、厭了，就重新回到原來的生活，等待入暮時再次敲響的鼓聲和重新關上的坊門。

由盛轉衰總教人難過，李淳一不太確定這看起來生機勃勃的帝國背後，是否藏著危機。國運長久，離不開居安思危，但如今滿朝上下都透著誇耀和浮躁的氣息，從辦事手段和對待外使的態度來看，多少有些飄飄然。

雨漸漸小了，李淳一從東市回來時，務本坊別業來了一位內侍和一些衛兵。

跟了李淳一一路的烏鴉倏地從她肩頭跳下，落在地上，警備地在來客面前踱來踱去，似乎在替主人審視。來客們盯著這隻黑禽不由得揣摩，養烏鴉的親王不太可能是和順懦弱的脾氣，將來相處想必也不好鬆懈怠慢。

領頭的內侍與中郎將同李淳一行禮，內侍道：「殿下，這是左千牛衛中郎將。」

李淳一認得他，前陣子擊鞠賽慶功宴上出現過的昔日同窗，謝翛。用李乘風的話來說，謝翛身為那日出場的騎手，也是供她李淳一挑選的成婚對象之一。而如今謝翛被安排來做她的衛兵統領，別有用意，但很有趣。

謝翛再次同李淳一作揖，只簡單交代了他的護衛任務：「末將奉陛下之命護衛殿下安全。」

他手下兵士上千，然而平日裡派遣過來守衛別業的，只可能是其中極小的一部分，但對李淳一而言這已經足夠。

李淳一頷首，又聽內侍道：「殿下借一步說話。」李淳一隨他走到邊上，內侍道：「制科在即，諸事都需籌措，陛下又十分重視此次制科，需得可信有能之人督辦，因此欲令殿下擔綱此事。旨意很快會下，老奴今日先與殿下知會一聲，望殿下有個準備。」

此人是女皇近侍，李淳一遂恭敬一揖。「有勞中使。」

內侍躬身。「老奴告辭。」他言罷，抬首瞥了眼李淳一的神情，這才不急不忙離開別業。

而謝翛身為堂堂四品中郎將，不可能屈尊日夜守在此地，他因有其他要務在身，遂留下一隊衛兵，與內侍一道走了。

務本坊別業再度平靜下來，連雨也停了，庭院裡湧動著風，李淳一攏攏袖，大步往後院行去。

朝臣的選拔素來是女皇的一塊心病。科舉難興，門閥世族仍把持著實際權力，朝堂中缺少新鮮的血液與更合理的制衡，女皇一人對抗世家的力量，已是筋疲力盡。屢次增開制科，然選拔上來的新貴們，卻仍難進入帝國核心，能封相者，更是鳳毛麟角。這樣一來，新晉士族自然也就沒法與強大的門閥相抗衡，想要勢均力敵無疑是痴人說夢。

此次女皇要她督辦制科，既是考察也是利用。李淳一抬頭看一眼灰濛濛的天，推開門恰看見衣冠不整的宗亭。

「宗相公。」她關上門，卻不往裡走。「在本王這裡請著好衣冠，這副模樣實在太放蕩無禮了。」

宗亭剛睡醒起來，坐在案前懶散撐著下頷看李淳一抄的書，很是不以為意。「殿下心裡充斥著男色，看到臣這樣才會覺得放蕩，這是殿下的問題。臣既然不能出門，為何不能隨心所欲呢？」他言畢，眸色變了變。「殿下的字跡變了許多啊。」

她原本是同他學的書法，字跡與他十分接近，但許多年過去了，她的字完全像是另一個人的。這些年又是誰教她書法，讓她刻意抹掉之前的痕跡呢？

他抬首看她，只見她走過來，在案對面坐下。她伸過手，奪過他手裡的書卷置於一旁。「本王收留相公，但並不希望相公隨意亂翻。」她將書卷收拾一番，霍地站起來，俯身越過長案，伸手抓住宗亭敞開的前襟，倏地合上壓緊。「本王不要看你的胸。」

宗亭抬頭看著她，兩邊唇角緩慢彎起來。她的手不太暖和，隔著單薄的衣料壓在他胸前，語聲裡藏著克制，有幾分惡狠狠的意味，但很可惜嚇不到他。

「袒胸而已，殿下反應就如此激烈，殿下給的這只金絲籠真是不太好待。」

他笑，她也一臉平靜。「是相公自己偷懶，欺君罔上，不得不寄人籬下。倘相公不聽話——」她略彎了下唇角，眸光中閃過一絲久違的狡黠。「就勿怪本王翻臉不認人了。」

「無情無義。」宗亭「甘之如飴」地說。

「相公作繭自縛，將軟肋讓給人捏，怪不得別人。」她言畢，鬆手直起腰，忽轉過身往外去，打開門，一隻烏鴉就停在廊廡裡。

她俯身將牠抱起來，從牠腿上解下了信筒，同時放牠離開。

黑禽一躍上天之際，宗亭敏銳地意識到方才這隻烏鴉並非李淳一豢養的那隻。那會是誰的呢？還有誰會和李淳一有一樣的愛好，豢養烏鴉呢？

他斂眸收笑。是賀蘭欽嗎？

李淳一收了字條，轉身回屋。剛坐下來，宋珍便敲響了門。「殿下，該用晚餐了。」

「進來。」李淳一移開案上條陳與書卷，宋珍推門而入，低頭將漆盤放下，始終當坐在另一邊的宗亭不存在。他布置妥當一躬身，悄無聲息地退出去。

菜餚冒著熱氣，在秋雨剛盡的傍晚顯得格外溫暖。一盞燈幽幽燃起來，屋外傳來斷斷續續的秋蟲聲，杯碟碰撞，筷杓起落，晚餐進行得十分順利，不過李淳一很快就放下了碗筷。一碗胡麻粥吃乾淨，蒸餅只掰了半塊，她擦完手，抬頭看宗亭用晚餐。

他頭髮未束，套著一身道袍，露出半截小臂，姿態一如當年的挑剔和倨傲，十分欠打。倘若官袍未加身，他又會過著怎樣的人生？可惜這設想毫無意義，出身決定了他現在的路，身為宗家嫡長房唯一血脈，哪怕他自己沒有入仕打算，家族也會將重擔移到他肩頭。

他祖父宗國公將他管得極嚴，自小不准他亂與旁人交遊，整日不是讀書便是聽先生講課。高門教養之下，看起來溫溫潤潤很合規矩，但他少年時能與李淳一為一張桌子撕破臉，實際是很不講道理的人。

他吃到最後，忽然掰開餅取了張字條出來，當著李淳一的面閱畢，抬眸看她。「中書省已發敕，賀喜殿下，代陛下主持制科為大周招攬賢才。」

內侍剛剛才來傳過話，他卻已瞭如指掌，其可惡與危險皆在於此——消息通達，事事透著處心積慮的盤算，皮相卻坦蕩無害，好像全是真心。

以理智看他，李淳一腦海裡全是防備；但若用心來看，她隨時都可能動搖。於是她問：「長安城內有什麼事能瞞過相公嗎？」

「有，臣不關心的事。」

她瞥一眼那塊被塞了字條的餅。他要做這樣的小動作沒問題，但又為何要當著她的面？是想告訴她「臣什麼都不會瞞著殿下」嗎？

還未等她做出反應，他霍地起身，自在舒展了在屋中蜷了一天的身體，走到屏風後，手指探進浴桶中一試，道了聲「水不燙了」，便逕自寬衣沐浴。

屋裡響起水聲，李淳一本要起身離開，但想想這是她的臥房，自己離開簡直毫無道理，於是單手撐額，翻閱條陳。

夜幕悄然落下，燈苗飄搖晃蕩，案牘已無新事，水聲也盡了。李淳一撐著額頭昏昏欲睡，忽聞得屏風後響起宗亭的聲音。

「臣忘了拿換洗衣袍，能不能有勞殿下遞來呢？」

昏昏沉沉的李淳一被他的聲音驚醒，坐正了身體，一本正經道：「不是有換下來的舊衣袍嗎？相公就且委屈一會兒吧。」

她明知宗亭愛乾淨到挑剔，卻偏挑這樣的話說，果然順利挑釁了宗亭。宗亭道：「殿下不送來，臣無計可施便只能光著出去了。」且語畢水聲乍響，實乃說到做到之輩。

李淳一聞聲，倒不至於慌不擇路逃出門去，起身鎮定說道：「相公等一等。」她掃了一圈，終於尋到一只陌生箱子，打開來取了一件單袍，鬼使神差地低頭貼近嗅一下，袍上有些淡淡桃花香。

她好奇地低頭翻了翻，摸到一只銅香球，又迅速放回去。當下男人用香千奇百怪，花樣絲毫不遜女子，但用得合適妥當的不多。花香多柔媚，桃花也不例外，且尤其粉嫩，多是少女、婦人們的最愛，一個男人用此香就十分稀奇了。更稀奇的是，李淳一從沒有覺得他用這香有些奇怪，反覺得有說不出來的合適。

她驟斂回神，捧著單袍繞過屏風，將其擱在浴桶旁邊的矮架上，雙手忽撐住浴桶邊緣，盯住暗光中的宗亭，一句話也不說。

宗亭彎起唇角。「殿下是在打量臣的體格與從前有什麼不同嗎？」

「非也，我在想相公方才那聲『賀喜』是真心呢，還是客套假意？」
「當然是真心，殿下此次得到的可是招攬賢才的實權。」
「開制科招賢才沒錯，但門閥如宗家對江左士族的姿態一向很差，相公竟是例外？」
「說實話，臣也很討厭那些酸腐文士，但殿下既然需要他們的力量，臣絕不會使絆子。」
他信誓旦旦說完，李淳一忽地握住他搭在桶沿的手。「好，不要食言。」
溼漉漉的手被握住，宗亭想被她再握緊些，可她很快就鬆了手。就在他略略失落之際，那隻手卻出其不意探入水下戳了戳他結實的胸膛。「相公體格是比以前好了。」她彎唇一笑。「不過水冷，不要著涼了。」
她言罷繞出屏風，外面火苗猛跳，宗亭覺得心似乎也被帶著晃蕩了一下。待他換上衣袍，李淳一已是潦草洗了臉睡下了。她在刷牙洗臉一事上真是一貫懶惰，長大了也還是老樣子，實在無可救藥。
她睡得十分霸道，幾乎占去了半張床榻，外側還棲了一隻烏鴉，以至於宗亭無處可眠。宗亭抓過搶占地盤的烏鴉，烏鴉瞬時低鳴一聲。
李淳一聞聲動也不動，仍側身朝裡背對著他，無情無義地說著風涼話：「相公就睡地上吧，何必與一隻黑禽計較呢？」

「殿下當真捨得臣睡地上嗎？」當年能爭一張案，如今也可爭一張榻，管對方是人是鳥。宗亭毫不客氣地扔掉烏鴉，在外側有限的位置上堂而皇之地躺下，並順利地分享了同一張被。

剛沐浴完的火熱軀體就貼在她背後，氣息於後頸縈繞，尚有些潮溼的手越過腰際握住她的手，力度適宜，並不會有壓迫感。李淳一肩頭繃緊了一下，隨後又放鬆下來，鼻間、夢裡都縈繞著花香，難得一夜好眠。

如宗亭所言，中書省很快發敕，吳王代女皇主持制科一事也傳遍朝野。接連幾日，李淳一都在尚書省行走，宗亭則安心做個井底之蛙。

這日清早，李淳一照例留下案前睡眼惺忪的宗亭，出門去尚書省視事。宋珍將她送走，折回來送早餐給宗亭。這幾日府裡已有了些流言，講吳王似乎養了一名新歡，就住在吳王臥房裡——

因為白天屋子裡似乎有動靜，不是人，難道是鬧鬼嗎？

宗亭一邊用早餐，一邊聽宋珍複述流言，最後放下碗筷，尋了張金箔面具，又換了身無味的袍子，大大方方推開臥房門。

陽光照進來，清冽秋風不甘寂寞地撩撥庭院裡的枯葉，實在是好天氣。他悶了許多天，走出門的步子甚是輕快。

就在他行至廊廡西側時，忽有小廝匆匆忙忙跑來，對身旁的宋珍躬身道：「宋執事，有客到了。」言罷將拜帖一遞，小心翼翼又狐疑地瞥了一眼旁邊戴著金箔面具的宗亭。

「知道了。」宋珍低頭看一眼，又道：「帶來客去西廳，要周到些。」

小廝轉身就匆匆折回去。宗亭隨即取過宋珍手中拜帖，瞥了一眼又丟給他，金箔面具下的眸光卻瞬斂。

是賀蘭欽。

「賀蘭先生到訪，殿下卻不在，是請他喝完茶就走嗎？」宋珍微笑問道。

宗亭不言，逕自往前走，轉個身，又繞去西廳。

宋珍緊隨其後。以他對宗亭的認識，宗亭絕不可能讓賀蘭欽就這樣走了。不過賀蘭欽非凡輩，其威望也好，才學也罷，在江左都是數一數二的，更何況他精通推演道術，有玄妙如仙的魅力，數年前女皇曾想請他出山，但被婉拒。如此俊傑，恐怕是連宗亭也難與之比肩的。

宗亭從側門進，坐於屏風後，這時小廝恰好領著賀蘭欽進門。立於屏風前的宋珍上前相迎，不卑不亢道：「今日殿下一早即出了門，便由某代殿下招待賀蘭先生，望先生莫要介懷。」

他言罷，抬首看著賀蘭欽。此人著一身道袍，透著出塵的味道，風華更是奪目，是府裡那些皮相漂亮的白面郎君根本無法比的。最為關鍵的是，賀蘭欽根本不是某些人嗤之以鼻的「老男人」，儘管已過而立之年，但看起來實在非常年輕。

宋珍看得著實愣了一愣，回過神竟有些慶幸宗亭瞧不見賀蘭欽的臉。倘若宗相公瞧見了，臉色該變得多難看哪。

他趕緊請賀蘭欽入座，並親自奉茶，待一盞茶盡，這才在另一邊坐下，按先前宗亭的吩咐，問些零零碎碎的問題，譬如「先生是何時到的長安」、「殿下可知先生已經到了」云云。

賀蘭欽脾氣極好，凡問必答，十分溫和。最後宋珍又斗膽問：「聽聞殿下七年來都以賀蘭先生為師，先生對殿下想必十分瞭解吧？」

他此話比起前面，已算得上唐突和僭越，賀蘭欽似乎想了一下，卻還是答：「她是個好學生。」言罷，唇角彎起，頭微微側開，看向一步以外的屏風，微笑問：「宗相公，你說是嗎？」

宋珍聞言嚇了一跳，他見賀蘭欽仍看著屏風那側，心中更是忐忑，生怕下一刻賀蘭欽就會起身繞到屏風後去將宗亭抓個現行。

與宋珍反應截然不同，屏風後的宗亭穩坐不動，根本沒有半點要回應的打算。

賀蘭欽能毫無預兆地點破他的存在，是當真能掐會算，還是因暗中得了消息才煞有介事地戳穿，抑或僅僅是試探？其心雖難測，但宗亭並不太在意，類似的把戲他也玩過，並不稀奇。無非是嚇唬人的手段，他又不是沒經風雨的少年郎，怎可能憑這一句就坐不住？

屏風後悄無聲息，彷彿無人。賀蘭欽投石無波，本該尷尬，可面上卻十分平靜，彷彿剛才那句話只是講給秋風聽了。他低頭繼續飲茶，宋珍這才暗鬆一口氣，趕忙岔開話題。

「賀蘭先生此次到長安，可是有久留打算？」

「還沒有定。」

「那先生眼下住在哪裡？能否留個居所位置，某也好交代給殿下？」

「她會知道的。」

這一副一切盡在掌握、諸事都瞭然的模樣，令宋珍無端生出些景仰；但他畢竟忠心耿耿於宗亭，遂立刻收了心，恭敬地送賀蘭欽出門。身為吳王執事，他面對賀蘭欽或許不必這樣謙卑，但賀蘭欽是吳王老師，便要盡到禮數。他將賀蘭欽送上車，目送那車駕騰騰而去，轉頭就匆匆折返回西廳。

宗亭未走，獨身一人坐在廳中飲茶。小爐燒著，沸水翻滾，他飲得閒適從容，宋珍心裡卻是好一陣子琢磨。末了，他終於開口：「賀蘭先生方才點破相公在屏風後坐著，小人真是嚇到了。依相公看，他又是如何得知此事的呢？」

「他知道又怎樣呢？」宗亭低頭又飲一口茶，似乎根本未將賀蘭欽放在眼裡。他不修道，也不信神，賀蘭欽唬人的本事在他眼裡並不值一提。府裡被安插眼線？他無所謂，要查總能查得出來，何況就算查出也無用，不過是逼著對方換個人，實際防不勝防。試探？更沒勁了。

唯一令他不舒服的是，賀蘭欽講「她是個好學生」時，那彷彿伴著笑的聲音。賀蘭欽是她老師，一教便是七年，真是誨人不倦且多管閒事，連她的字跡也要改，妄圖將她之前的痕跡全部抹去。

賀蘭欽今日所遞拜帖上的字跡，和李淳一眼下的筆跡幾乎一模一樣，難道她當年學了他的字還覺得不夠，非要再「改頭換面」學賀蘭欽的嗎？真是不可理喻。

宗亭抬手，一口氣飲盡了茶水，假面下的眸子裡竟閃過一絲煩躁和氣惱。

宋珍見勢不對，閉口不談此事，只在旁邊站著，小心提醒：「相公還是勿在廳中逗留太久得好，畢竟府中人多口雜。」

宗亭輕放下杯盞，外表鎮定，就連一貫敏銳的宋珍也沒察覺出他內心的咬牙切齒。他雖然心中極不舒服，卻也不是一無所獲。賀蘭欽看起來光風霽月、毫無瑕疵，但今日還是暴露了一些弱點。他雖不能十分篤定，但也猜了八、九分。

宗亭稍稍平復，獨自往臥房行。

宋珍則雙手攏袖站在廊廡裡，不自覺神遊了一陣子。忽有小廝喚他道：「宋執事在這裡站了許久了，可是有事要吩咐給小人嗎？」

宋珍回過神，莫名地回說：「噢，我是方才突想起了一則故事，是講二狼為奪另一隻狼，趁那隻狼不在時碰頭打架，最後不歡而散，鬧得兩敗俱傷。」

小廝聽他饒有意趣地說完，無辜地亮了一張懵懂面孔給他，內心哀嘆讀書人的故事真是怎麼也聽不出趣味，無聊，實在無聊。

賀蘭欽出入吳王府邸之際，吳王本人卻在吏部督促推舉書的審覈。制科應舉者可是前任官員，也可是白身，應舉方式可是自舉或他舉，與進士科相比要寬鬆得多，也更利於招攬各色人才。

應舉者多至數千人，但最後審覈合格順利應考者，卻還要再減少一些。這些應舉者從出身看，有世族門閥子弟，又有寒門才子；從地域上看，則集中在關隴、山東和江左三處。不過相較前二者，江左應舉者要少得多，只在今年才格外多了起來。

先帝出自關隴，與關隴貴族多有牽扯，但這些年女皇與關隴勢力之間矛盾重重，關隴遂在朝中自成一派，十分強勢；而皇夫出身山東，當年也因握有雄兵成為先帝麾下的重要力量。後來他將世族的力量交給了女兒李乘風，連給她安排的丈夫元信，亦為山東門閥，擁持重兵，十分顯赫。

廟堂中的制衡與反覆令人筋疲力盡，維持極難，眼下幾乎快到了你死我活的地步。看起來風平浪靜的水面下，爭鬥似乎一觸即發，就看誰去點燃這爆竹。

制衡的要點一貫在於引入新的血液，倘若這血液擁有足夠力量，便會令許多矛頭轉向。至於結果是新血液被徹底吞噬，還是頑強存活下來，自成一股新力量，靠人為，也看造化。

李淳一是開閘的人，她如今守在閘門口，隻身召喚新的血液。她姿態上事必躬親、勤懇、給足信任，但似乎還不夠。

時近中午，她去政事堂辦事，穿過廊廡快到窗口時，卻聞得熟悉聲音傳來。她幾乎是無意識地瞬間收住步子，悄無聲息地站在窗外，輕攏袖等待裡面的人下完棋。

廊廡裡的風似乎也跟著靜了一靜，她甚至可以聽見自己的呼吸聲與裡面落子的聲音。交談聲沙啞老態，是兩位不折不扣的老人家。其中一位正是已經被封為國公的宗亭祖父，時人尊稱他宗國公。

李淳一只在很久前見過他，那時他是個不苟言笑的老頭子。

宗國公如今年逾八十，比起衰老，歲月留下的更多是無可奈何——暮年喪子，嫡系只留下宗亭這個獨孫，儘管宗亭年紀輕輕已位及中書長官，但他仍是宗國公的一樁心病。

「那臭小子也快從關隴回來了吧？」

「快了快了。」

「去了關隴，大約要更睡不好了，年紀輕輕便不得安睡，老了可要如何是好？」

「鬼知道。老傢伙你不要亂動棋，這是耍賴。」

「別打岔，小孩子的事你不打算管管嗎？」

沉默持續了很長時間，最後是落子聲與嘆息聲一道傳來：「如何管？心裡的病，都是枉治。」

白日裡也有秋蟲鳴，一隻苟延殘喘至今的蚱蜢跳上廊廡地板，停下來與李淳一對峙了一會兒，又孤獨地跳下去，最後消失在酢漿草叢裡。

秋風又活泛起來，李淳一覺得天有些涼了，她同時也想起另一件事——

宗亭父母的忌日，快要到了。

他父母合葬在關隴，若他沒有提前回京，到忌日時他一定還在那裡；但他選擇了一種自我欺騙的方式，避開那個日子逃了回來。

李淳一神思蕪雜，她在廊廡下站了一會兒，看到有吏卒朝這邊走來，遂趕緊斂回神，獨自往西行去。

人的記憶有時也熱衷趨利避害，她這些年努力迴避一些不太好的事，但稍稍一點撥，便又全記了起來，這滋味實在糟糕透頂。

好在事務繁忙，這糟糕感覺也只持續片刻。待到日暮時分，尚書省值宿官紛紛往公廚去尋一口飯食，她也得夾著疲倦回府了。安上門的燈格外淒清，車駕晃動時覺得燈也在晃。鼓聲落盡了，坊門也閉著，只能靠金魚符挨過一道道門往家裡去。

一路走走停停，停停又走走，李淳一胃痛難忍，皮囊裡像是塞滿了尖銳冰碴兒，動一動就折騰得人直冒冷汗。好不容易停下來，她不出聲也不動，車夫便也不敢動。掀開簾子便能見到家門口，但她在車廂裡坐了好一會兒，直到宋珍在外提醒「殿下，已經到了」，她才回過神，若無其事地下了車。

「殿下很累嗎？」

「嗯，睡了會兒。」

「晚餐已備好，在堂屋用還是送回房？」

「不用了，我不太餓。」

「喏。」

宋珍的周到全打了水漂，只能目送她往裡走。和她初來的那個夜晚不同的是，儘管兩次都顯得很疲憊，但那晚尚能看出露在外的利爪，今日卻多少有些委頓。

李淳一行至臥房門口，只有一盞廊燈照路，而屋裡並未像往常那樣亮起燈迎接她回歸。烏鴉棲在窗櫺上，似乎不太想進去，見到李淳一只低喚一聲，便再無動靜。李淳一雙手輕按在門框上，遲疑了一會兒，最後小心翼翼推開門走進去。

燈冷屋寂，案前沒有人，飯菜早就涼了，動也沒動過。藉著屋外廊燈的暗光，李淳一走到床榻前，終於看到了宗亭。他側身朝裡，被子只覆到胸前，手臂露在外，袍袖往上縮了一截，手腕和半截小臂就裸露在空氣裡。

李淳一下意識想將他縮上去的寬袖拉好，然而手剛伸過去，卻瞥見了他用來蒙眼的黑緞帶。玄色長條覆在白皙皮膚上，冷硬而無解，就像她不清楚他這些年是如何度過的，她同樣不知道他是何時養成這樣的習慣。

他睡得很沉、很痛苦，皮膚竟然是冷的。李淳一甚至明顯感覺到他肩頭顫了一下，露在外面的手也下意識地握起來，像是在拚命忍住哭一樣。她驟想起白日在政事堂外所聞，胸中微滯，費勁嘆了一口氣，鬼使神差地伸過手，去探他蒙眼的緞帶。

出乎意料地潮溼，帶了一點兒不起眼的溫度，當真是在哭。

她略驚，卻又不覺得奇怪，只是心跳得有些厲害，連日來的疲憊沒了盛放的位置，瀰漫開來要將人覆蓋。

就在這時，他忽地伸手抓住她覆在緞帶上的手，同時十分痛苦地蜷起了身體。這一刻，李淳一甚至恍惚地以為他是以前那個會哭會笑、會發怒、會失落的少年，對她毫無戒備，也沒有任何目的與設計。

「相公。」她垂眸低聲喚他，想將他從惡夢中帶回，卻反被他握住了掌心，隨他一道往下沉。

她俯身靠近他，在他耳畔低聲問：「相公，作惡夢了嗎？」她語聲是難得的溫柔又發自肺腑，將惡夢中的宗亭一點點喚回，同時也察覺到自己的手被握得更緊。

宗亭顯然未徹底醒來，於是她道：「上次給相公的符章沒有帶著嗎？」聲音低軟如囈語，像安慰人的貼心少女。「帶著那個符，就不會再作惡夢了。」

即便如此，宗亭緊繃的肩膀卻還是無法放鬆下來，手將她握得更緊，好像她下一刻就會消失得一乾二淨。

他內心是如此害怕失去，惡夢反反覆覆，無有止境。李淳一幾乎是俯身擁著他，想借他一些力量與溫度，但收效甚微，他的身體仍然僵硬，儘管已經醒了，卻還在對抗虛無飄渺的夢。

她也很疲乏，閉了眼靠在他頸側，忽然嘆息一般道：「相公，你聽得到我說的話嗎？」呼吸縈繞在他頸間，盤桓不去，是固執的堅持，她用自己的切身經歷安慰他。「惡夢沒什麼大不了，都是假的。」

直到她說「我不會走的」，宗亭才驟然醒來，同時推開她，逕自下榻，光著腳往外走。他幾乎從不在她面前示弱，對自己哭醒的事實也十分厭惡和抗拒。

秋夜裡，廊廡地板都好像結了霜，既潮溼又冷，沿著腳底往上竄，他無知無覺走了一段路，忽停下來解開緞帶，暗淡的廊燈照下來，卻讓他覺得刺眼。

李淳一站在十步開外的地方，頭頂一盞廊燈輕晃。她俯身拾起地上一塊碎瓷片，視線延伸出去，是一路斑駁的血跡。她從不知道他是這樣後知後覺的人，踩了銳物也不自知，於是她直起身，遙遙看著他的背影道：「你不要再往前走了。」

晚霧悄然瀰漫開來。

第五章

黑夜中伸過來的一隻手，雖無法將晚霧揮散殆盡，卻能夠撥開方寸間的混沌。

宗亭轉過身，看李淳一穿過晚霧走來，看她垂眸又抬首，看她將手伸過來握住自己的手，聽她問：「不疼嗎？」

他遲鈍地低下頭，只見一雙凍得發白的腳踝露在空氣中，血跡從腳底延伸出去。是什麼時候傷到的呢？他竟沒有察覺到。

其實很好找，沿原路走回去，到血跡結束的位置，就是受傷的地方。

人生是否也一樣呢？所有的傷痛皆有跡可循，所有的惡夢也有源頭，倘能將那些起因都遺忘，又是否能不再痛？是否能不再作惡夢？

不能，就如同受傷的足底一樣，哪怕不知是在哪裡受的傷，也還是會疼，甚至還會留疤。

他回過神，李淳一卻上前半步，抬起雙手攬下他脖頸，同時踮起腳，親吻他額頭。身高差了許多，她的親吻顯得格外費力，卻也是鄭重的安慰。她鬆開雙手，腳後跟垂落著地，再次牽過他的手，帶他往回走。

臥房門重新被推開，她點起燈，讓他在軟墊上坐下。她拋開周身疲乏，端了一盆水放在案旁，絞乾手巾，握住他冰冷的腳踝，微微斂眸將他腳底清理乾淨。她像是對待幻方一樣仔細地處理他的傷口，專注又負責，似乎已將他放在很重要的位置上。

然而她收手，鬆開他腳踝看向他，道：「相公的身體是朝堂的財富，要格外保重才是。這樣的事本王只會做一次，相公以後可不要再這樣了。」她擦了手，瞥一眼案上早已冷掉的飯菜。「我忽覺得餓了，得去吃些東西果腹，相公先睡吧。」

她起身就要走，宗亭卻抓住她的袍角。她回身，輕挑眉看他。「有事嗎？」

「為何退我的信？」她當年不辭而別，他又遠赴西疆，多次將書信交付驛站，卻幾乎每次都是繞一大圈退回。從西疆到江左，隔著千山萬水，思念和心意屢經輾轉，明明都已經到了對方手裡，卻又原封不動地落寞歸來。

李淳一沒有著急回答，只轉回身背對著他，壓下喉間即將上湧的胃液，這才答：「都已經退回了，就沒必要再徒增煩惱，以前有些事，還是忘記了比較好。我以為，我們會是很好的盟友。」

她講完，兩邊脣角驟然下壓，胸口也明顯多了一些滯悶，顯然是不打算再糾纏從前。

人總是需要往前走，然理智重新占領上風的感覺不如預想中那樣好，尤其在這樣的夜晚，顯得孤絕又無情。她以為宗亭要放手了，可他牢牢握著她的袍子，像個患得患失的白衣少年。

賀蘭欽的出現加劇了他的得失心，他無法確定李淳一的真心，不知她是否會像當年那樣一走了之，更不知她會不會轉過身來給他一刀……這些疑慮、擔憂都讓他優勢盡喪。

夜太長了，快點結束才好。李淳一心中做了決斷，毅然掰開他的手，大步走出了門。

她甚至讓出自己的臥房，只隨意尋了一間屋子休息，連烏鴉也不放進來。躺下去大半個時辰，又冷又難眠，疲乏更是無解。最終她披袍出門，坐到堂屋，宋珍趕忙跑來，妥貼地預備了滿案的飯菜。

熱氣騰騰，香氣誘人，她低頭大吃一頓。宋珍在一旁看得瞠目結舌，因她吃飯從來都只用寥寥幾口，如此恣意倒是頭一回見。她看起來有些愉悅，像是這些食物當真安慰到了胃腹和心，令人暢快。

胡椒發汗，散寒健胃，她手心也熱起來，於是起身打算折回去睡覺。宋珍趕忙令人前來收拾，自己則跟在不遠處送她回去。

燈在晚霧裡睡眼矇矓地亮著，兩人一道經過她的臥房時，那裡面的燈已經熄了，門卻沒有關好。宋珍止步不動，大約是已經知道了什麼，而李淳一皺眉躑躅會兒，最終伸手輕推開門。

與先前相比，這次她明顯察覺到不同。待宋珍進屋點起燈，她才發覺屋中已沒有了宗亭的蹤跡，就連行李也悉數被帶走。

「宗相公似乎已經走了。」宋珍在一旁小聲提醒她。

「我知道。」

她語聲裡甚至透著輕鬆，令宋珍著實有些訝異。在宋珍眼裡，這兩人關係雖琢磨不透，但何時這樣無情無義過？他方才看到宗亭走時，發覺宗亭面色極差，還以為是身體不適或是與李淳一起了爭執，可沒料到李淳一卻自顧自大吃一頓，眼下回到房中又欣然接受宗亭離開的事實。

李淳一確實鬆了口氣，近來頭腦與內心的反覆鬥爭擾得她不安。送走了宗亭，她也能靜一靜。宋珍見狀，趕緊告退，並主動替她關上門，就在這一瞬間，李淳一倒在榻上，扯過仍帶著隱約花香的被子，閉眼入眠。

香氣終會消散。

秋陽明媚，被子曝晒一、兩回，風吹一吹，原先的香氣便沒了蹤跡。親王別業與先前似無不同，只是流言從「殿下養了一位新內寵」換成了「那傢伙應是失寵被殿下逐出去了，專寵也不見得有好下場，要引以為戒」云云。

白面郎君們仍大氣不敢出地替李淳一抄書、印符章，哀嘆紅顏易老，沒有富貴命。而他們暗中抱怨的吳王殿下，日子過得也絲毫不輕鬆。

制科的籌備已接近尾聲，最後要定的是策問、應舉者名錄以及考策官。

因這次三科同時開考，各科策問爭執取捨了好幾次才最終定下來。至於應舉者名錄，到今日未時應全部檢勘結束，由吏部書吏謄錄整理好就算妥當。考策官設三名，其中一名是李淳一無誤，餘下則必然是由關隴、山東籍官員各據一席。

朝堂雖是天家的朝堂，卻處處透著地域之爭，連帝王要招攬新鮮血液也無法例外。關隴和山東的矛盾是老早前就結下的，明裡暗裡一貫對著幹，但這兩派在面對新晉士族，尤其是江左勢力時，立場卻是出奇的一致。

排斥打壓新士族，是他們共同熱衷的。

李淳一面對這兩位可能到來的「敵對勢力」，卻難以強勢表達自己的立場——她內心是偏向新勢力的，因李乘風仰靠的山東勢力她無法去拉攏，宗家代表的關隴勢力她也無法全信。她在江左多年，與名士多有交遊，她唯有培養新士族的勢力，才可能擁有屬於自己的力量。

未時將至，她在公房坐著，等待其餘兩位考策官的到來。承天門內的鐘樓裡敲響了大鐘，將疲憊了近一天的皇城官員從昏昏欲睡的狀態裡拽回來，也提示著散值的官員該回家去了。

公房門乍響，李淳一抬頭，卻聽外面庶僕報道：「殿下，吏部侍郎到了。」

李淳一應聲，吏部褚侍郎低頭進屋，略一躬身，捧著謄好的名錄稟道：「今秋制科三科共一千三百二十一名舉子，名錄吏部勘核已妥，請殿下予以審覈。」

一千三百二十一？

「為何又多了一個？今早不是只有一千三百二十嗎？何時加上的？」李淳一問。

褚侍郎面上現出一絲難色。「一個時辰前，是淮南舉子，勘驗也是合格，並無不錄的道理，遂加上了。」他言罷將名錄雙手遞上，往後退一步道：「請殿下過目。」

趕著最後的點報上來，雖說未必違制，但幾乎不會有人這樣冒險，所以十分稀奇。李淳一打開長卷，目光移到最後，恰是「淮南賀蘭欽」五個字，她訝異至極，那邊褚侍郎也是欲言又止——

賀蘭欽可是親王之師！其在江左倍受名士追捧，連女皇也屢次想要請他出山，可他竟要前來應區區制舉，實在是出其不意，瞬時令今秋這場制科變得變幻莫測起來。

李淳一按下卷軸，輕吐了一口氣。老師這一招已完全超出她的預料，但他篤定她會讓他考。

室內一片沉寂，外頭忽又響起敲門聲。

僕從報道：「殿下，考策官到了。」

褚侍郎避至一旁，門被推開，有兩人撩袍進屋，順帶捎來一陣秋風，將案上薄紙撩起。

李淳一抬眸看去，視線卻落在右邊那人身上。

那人也看過來，脣角輕挑，似笑非笑。「見過殿下。」他不躬身更不行禮，舉手投足間淨是權臣的倨傲，甚至暗藏了幾分對立的挑釁。

考策官由女皇欽定，在此之前李淳一也無法確定另外兩位會是誰。

現在其中一位考策官對她笑道：「殿下很驚訝嗎？」

李淳一倏地斂眸。「相公此時難道不該在關隴嗎？」

「陛下開制科，此等要務，臣必然要為陛下分憂，因此提前回來了。」

分明胡說八道，他卻說得一臉真誠。

李淳一簡直無言以對，她移開目光，看向宗亭身邊另一位考策官，其為詹事府的曾詹事。詹事府隸屬東宮官署，是為制擬外廷宰相府與尚書省而設，由太子重要僚佐組成，而曾詹事明擺著就是李乘風的人。

這下子齊了，關隴宗亭、山東曾詹事、江左李淳一，地域之爭、舊門閥與新士族之爭，悉數被擺到案上。三人坐下來，和和氣氣，實際卻針鋒相對。

吏部褚侍郎略有些忐忑地杵在一旁，看他們幾人共同審覈最後的舉子名錄。

曾詹事看到最後，瞇了眼問：「淮南賀蘭欽？是江左那位赫赫有名的賀蘭先生嗎？」

宗亭瞥了一眼，卻不以為奇，似乎早早就得知此事。

曾詹事又道：「陛下當年曾請賀蘭先生為太子師，被他婉拒，轉頭卻收了剛到江左的殿下為徒。不知殿下是如何認識賀蘭先生，又如何打動他的呢？」

他說著看向李淳一，明面上是求答案，心中則藏了幾分齷齪猜測。當年的吳王少女初長成，美麗又聰慧，俘獲一個老男人的心也不是難事。

李淳一若無其事地端起茶盞。「機緣巧合，不是什麼值得探究的稀奇事。」

曾詹事獲一盆冷水，不再自討沒趣，只關注宗亭的反應。宗亭卻問：「殿下的老師前來應舉，殿下又是考策官，倘若登第，將來殿下與賀蘭欽的師生身分可是要顛倒？昔日尊師不計身分投於學生麾下，圖什麼呢？」

「很重要嗎？」

「是啊，很重要。」宗亭續道：「我朝開制科是為招攬賢才，為造福社稷、造福天下蒼生，倘若圖謀純為私利，這樣的人是否能取，值得商榷。」言下之意，賀蘭欽素來清高、不屑仕途，但此次因吳王主持制科而應舉，定是有不可告人的圖謀。

李淳一忽然上身前傾，不顧一旁的曾詹事，盯住宗亭笑道：「相公以己度人的本事是不是見長了呢？」

宗亭也不避退，將她氣色還不錯的臉打量一番。「殿下不要這樣咄咄逼人，最後審覈做決斷的也是殿下，殿下想讓他考就讓他考吧。只是作為考策官，判卷可不要徇私情。」

他輕易讓了步，曾詹事也想看難得好戲，遂跟著道：「殿下能辨得清公私即可，賀蘭欽應舉，倘陛下得知，大約也是十分欣悅的。」

三人愉快地達成共識，旁邊褚侍郎鬆了一口氣，等審覈蓋完印，接過長卷就匆匆告退。

曾詹事隨後也藉口離開，待他出門，宗亭亦站起來，霍地俯身撐住案頭。「看殿下吃得好、睡得好，臣真是放心極了。」他簡直是講反話的高手，明明心裡咬牙切齒，恨不得撕了李淳一，卻只是風平浪靜地抬手將一張字條塞進李淳一袖子裡，似有若無地蹭了一下她柔軟微涼的皮膚。「恩師到京，怎麼也該去拜訪一下，殿下說是不是？」

他倏地收手，留下坐在案後的李淳一，逕自出了門。李淳一看他背影消失在門口，指頭探進袖中摸出字條，飛快展開閱畢。

上面所書，正是賀蘭欽在京中的居所。

從他今日的反應看，想必他是早就盯上了賀蘭欽，不然也不會這麼快獲知其行蹤。

李淳一將字條扔進炭盆，這天氣理所當然地冷下去，她也早早燃起了火盆。手移在上方停留片刻，是熾烈又乾燥的熱意，字條成灰，她將手一攏，起身出了門。

各地舉子奔赴京城，替即將步入寒冬的長安增了些鮮活氣。平康坊像是徹底泡進了酒缸中，南北二曲處處瀰漫著酒味，龜茲舞者似乎日夜旋轉也不會倦。精明的粟特（註1）商人千方百計地掏挖舉子的錢囊，打算藉此機會大賺一筆。而尚書省上上下下，卻忙得連休沐日也搭進去，只為制科這一天的到來。

天氣平平，陽光並不耀眼，風不大不小，有一點點乾燥，但也不至於令人難受。

應舉者一大早就到了，排成長龍立在尚書省長長的廊廡之下，由令史逐一核對家狀文書，並由金吾衛進行搜身，結束後等在一旁，直到所有人都檢查完畢。

禮部令史焦急地催促：「快些、快些，就不能再加幾個人手？這得等到什麼時候？」他焦慮地走來走去，又命庶僕將看熱鬧的閒雜人等趕走。

註1　粟特人並未形成過一統的帝國，而是由大小不一的綠洲國家組成，以絲路貿易為生的商業民族。

宗正寺卿這時卻恰好跑來看熱鬧，他在冷風裡縮著手，對一旁的太常寺少卿說：「看到沒有？最後那個人就是賀蘭欽。」

太常寺少卿眼都直了。「真是比傳聞還可怕呀，單單是站在那就能顯出周圍這些人的不堪來。真的是吳王老師嗎？既然已是吳王老師了，怎麼還跑來考制科，他是不是有些毛病？」

宗正寺卿哧了一聲，面上現出一副瞭然的神情來。「朴少卿，某問你，倘若你最景慕的對象來考制科，甚至入仕了，你會不會追隨？」

「這個嘛，倘若十分景慕，應是會的。」

「某再問你，倘若十個這樣的你都考進來了，但你們都以為自己很厲害，各自為戰不願合力，倘這時你們都景慕的對象出現了，你們可會共同追隨他？」

太常寺少卿終於回過味來。賀蘭欽正是這樣一個人物，值得追隨信任，且很可能有本事將朝中如一盤散沙的新晉士族力量凝聚起來，也會引得更多新士子投赴朝堂之路。

他曾是吳王師，如今吳王為主考，他卻來應舉，師生兩人身分雖然倒置，但有一點是可以肯定的——這兩人關係十分密切，將來賀蘭欽麾下聚集的力量，也只會為吳王效力。

真是好老師啊，竟能做到這地步。太常寺少卿沉思感嘆之際，卻有庶僕匆匆忙忙跑來，對他們兩人一躬身，下了逐客令：「多有得罪，但可否請二位暫離此地呢？」

宗正寺卿攏攏袖，撇撇嘴，又哧了一聲，也不等太常寺少卿，扭頭就往宗正寺去了。

考前的勘驗搜查也終於快到尾聲，禮部令史緊盯著最後一名檢查完，暗舒一口氣，鬆了拳頭，與左金吾衛中郎將道：「妥了，有勞傅郎將。」

中郎將遂令衛兵帶著諸舉人浩浩蕩蕩跨過承天門，兩邊鐘鼓樓內同時敲響，位於廣場正北方向的太極殿打開大門，迎接諸舉子的到來。

這是百官大朝所在，亦是天子為帝國挑選人才之地。女皇坐於大殿主位，偌大的殿中已陳滿小案，紙筆、試題皆列於案上。千名舉子入殿，齊齊跪拜女皇，這才依次落座，等禮部官員宣讀完辭令，這才被允動筆。

考策官的位置就在諸舉子座次之前，但軟墊放在了案後，顯然考策官是與舉子們面對面坐著的。

賀蘭欽的位子被安排在最前面一排，正好在西側某考策官位置對面。他坦然翻開試題時，空氣裡忽有隱約的桃花香浮動，一人從他身側走過，走到考策官案後，從容坐下。

他抬眸，對方卻不看他，只隨手翻了翻案上試題，舉手投足俱是高門出身的從容。一身紫袍將其襯得如玉般純淨溫潤，漂亮的皮相無可挑剔。

此人正是考策官之一，宗亭。

宗亭將試題看完才抬頭看賀蘭欽，姿態有幾分慵散，眸光裡卻暗藏挑釁。賀蘭欽與之對視一瞬，眸中卻平靜無波，眸底漆黑，深不可測。

兩人初次見面，雖都沒有進一步的動作，但這區區對視，就已經劍拔弩張。

賀蘭欽低下頭，開始磨墨。諸舉子面對試題還一籌莫展之際，他已開始提筆作答，行雲流水，思路似無任何停頓。隔著一張案，宗亭甚至看得到他的行文，亦能感受到他十足的篤定與自信。

就是此人，在李淳一身邊待了七年，此次瞞著李淳一回長安，甚至應舉制科……他的目的，僅僅是為了幫扶李淳一嗎？

宗亭從內侍手中接過茶盞，寡淡的臉上卻慢慢有了不常見的倨傲和壓迫感。這座次安排只須他一句話就能辦到，他若無其事地坐到賀蘭欽面前，名正言順地盯著他答題，實在是別有用心。對面案上正在書寫的答卷看著十分令人窩火，因李淳一如今的字跡當真就是從這個模子上刻下來的，連細枝末節都仿得精妙，她真是不將本事用到正道上。

儘管很不爽快，但宗亭仍努力維持著基本的體面，在諸舉子奮筆答題之際，他則提筆開始寫信。賀蘭欽只要抬頭，便能看到他在寫什麼，然賀蘭欽只是埋頭寫策文，理也不理他。

三科同考，一口氣選了三科並全部考完的舉子，幾乎個個都挨到了傍晚。而宗亭也寫了厚厚一沓，全是書信。

女皇早已離開，考策官也紛紛起身給餘下的舉子遞蠟燭。宗亭坐著不動，而他對面的賀蘭欽答紙已是不夠。賀蘭欽抬眸看他，他卻彷彿未見，拿起茶盞飲茶，兀自將最後一封信寫完。

恰這時李淳一走過來，將答紙遞給了賀蘭欽。李淳一自江左一別後，到今日才見到賀蘭欽。先前宗亭給了她地址，然她去拜望時，卻吃了閉門羹，小僕說是為了避嫌，所以未能見到。

她俯身親自替賀蘭欽點了蠟燭，抬眸欲直起腰時恰好對上宗亭的目光。她沒好臉色地看了他一眼，用唇語道：「相公太孩子氣了。」

宗亭輕彎起唇角，亦用唇語回道：「他未問臣要，臣又不知他答紙不夠。」

李淳一聽懂了這狡辯，瞪了他一眼，轉過身要走，卻忽被他拽了一下袍子。她扭頭，厚厚一沓信紙卻遞來，對方用唇語道：「不許退回。」

李淳一毫不猶豫接了那沓信，轉回身往自己的位置走去。殿內光線越發暗淡，數根宮燭如螢火躍動，只剩寥寥舉子還在作答，殿外鼓聲沉甸甸地響起來，長安也隨之入暮。

李淳一在案後坐下，一隻手伸到旁邊炭盆上方取暖，另一隻手則打開面前信件，借微弱燭光閱讀。然她只大致瀏覽了開頭，便忽然將一整沓紙都放進身邊火盆裡。

整個過程悄無聲息，只騰起一些紙張燃燒的氣味，卻驚到了坐在大殿東側的曾詹事。曾詹事方才就瞧見宗亭給了她一沓信件，正揣摩那其中會有哪些內情，沒想到李淳一卻只瞥了眼便將其投進炭盆中。

再看她舉止，也只是若無其事地收回手，神情寡淡地飲了一口杏酪茶。

偌大的殿中，一點兒煙塵味並不明顯，許多人對此都毫無反應。此時賀蘭欽最後一科的策文也終於收了尾，他起身，將策文留於案上，走到李淳一面前，躬身行禮。此舉引得殿中諸人側目，但礙於場合，也無人敢交頭議論，賀蘭欽遂得以安安靜靜地離開大殿。

從他起身，到他對李淳一行禮，自始至終，宗亭都未看他一眼。宗亭的目光仍停留在李淳一身邊的炭盆上，他幾乎目睹了那些紙張火速燃為灰燼的過程，它們消失得那樣徹底，又無情無義。一瞬訝異之後是黯然，最後轉為一腔怒火，彷彿自己的心也被這樣粗暴無情地扔進火盆。

半個時辰不到，最後幾名舉子起身離開，內侍與吏部書吏即刻上前封卷，在殿中侍御史的監督之下，將舉子策文依次糊名裝箱，最後交由金吾衛押送至尚書省。

而等這些事都妥當，實在是要等很久。曾詹事坐了一整日，已十分疲倦，遂同李淳一建議：「殿下不若先去用過晚餐再來處理此事，這裡有曹侍御等人盯著，也應是無礙。」

李淳一卻道：「曾詹事倘若餓了，可先行去用晚餐，本王不餓。」

她既然這樣說了，曾詹事也不好真撇下她自己走，但就在他決定留下來之際，卻見宗亭悶聲出了殿門，竟是連聲招呼也未打。

「宗相公他——」曾詹事說著瞥向李淳一的臉，然她面上實在沒什麼波瀾，對宗亭的擅自離去亦無動於衷。

「曹侍御，那邊有一份落地上了，不要忘了。」她敏銳地捕捉殿內諸人的一舉一動，不遺漏任何細節，也順利轉移了話題。

殿外這時天已黑透，長安城的鼓聲也走到盡頭。幾名舉子跟在金吾衛兵後面往承天門去。

其中一名舉子紅著臉，激動炫耀：「吳王殿下在某跟前坐了將近一天！還給某點了蠟燭！殿下太美了，哪怕不笑亦是很美！」

「殿下看你了嗎？」

「那是當然！某好幾次思路打頓不知如何繼續，抬頭就見殿下正在看某！」

「殿下不過是恰好坐在裴兄對面罷了，你以為她在看你，或許不然。」

「不會、不會，一定是在看某，某十分確定！」

「裴兄，這樣的話可要小心講，你沒在長安久待過，畢竟不清楚早年間殿下的一些舊事，倘若知道，你便不會如此亂講了。」

「舊事？何等舊事？」

「是這樣——」

那舉子正欲開口同裴姓舉子解釋，卻忽然嗅到空中飄來的隱約桃花香，頓時嚇得臉色一白，趕緊閉了嘴低頭往前走。

裴姓舉子不明原委，追問：「姚兄怎麼了？為何突然閉口不談了？」

姚姓舉子急得跳腳，瞪眼心裡想：姓裴的真是蠢到家了，怎麼連眼色也不會看！

那裴姓舉子仍是無畏追問，卻見路過的一紫袍高官朝他瞥了過來，那一眼短暫又透著強烈的壓迫感，簡直是如利刀一般，好像直接就要殺了他。

裴姓舉子稍驚了驚，抓著姚姓舉子道：「方才走過去那位是中書侍郎吧？」

姚姓舉子瞥了許久，等那紫袍背影走遠，這才喘口氣道：「哪裡還是什麼中書侍郎？馬上就要升中書令了！將來更是了不得！某跟你講，裴兄，倘你將來真是登第了，可萬萬不要得罪這位宗相公，不然會死得極慘。」

姚姓舉子言罷，哀嘆兩聲，哪怕裴姓舉子再三追問，也閉口不肯再往下談。

承天門閉了又開、開了又閉，最終將應舉者悉數送出宮城。待過了酉時，承天門前廣場已是空空蕩蕩的，太極殿中最後一點兒微光也滅了。金吾衛兵抬著箱子出了殿門，李淳一與曾詹事及兩位侍御史走在前面，在一路的昏暗宮燈中穿過冷寂的廣場，往尚書省去。

尚書省留了一間公房專供考策官閱卷，出於保密及安全考量，同時安排了南衙衛兵守衛，甚至連窗角都站了人，當真是一隻蒼蠅都難入，更別說妄圖潛進來的閒雜人等了。

曾詹事看著金吾衛兵將箱子抬進去，杵在門口，肚子直叫喚。他已餓得不行，可偏偏李淳一壓根不提吃飯這件事。

她只轉過身來問：「宗相公還未來嗎？」

守衛郎將回她：「相公不曾來過，可要去喚？」

曾詹事插話道：「宗相公許是餓了，故而先去用晚餐，應當過會兒就來了吧？」

曾詹事反覆提醒，李淳一瞥他一眼。「曾詹事也去用飯吧，不用顧忌本王。」

天大地大，吃飯最大。曾詹事得了這話頓鬆一口氣，撩袍跨門出去，直奔公廚。

郎將緊接著也退出去，只留李淳一一人在房內。為方便閱卷，公房內原先幾張案桌悉數拼成大長案，兩邊各放了軟墊，為照顧怕冷的李淳一，更是一早就燃起了炭盆。

燭火搖曳，李淳一倦乏地坐下來，雙手撐額，掌心覆住了眼。然眼皮剛剛闔上，寫滿字的信紙便躍入腦海，彷彿就在眼前。

她倏地睜開眼，將雙手擱放在冰冷的案上，側身正要去找炭盆取暖，門卻忽然被推開，有人闖了進來。

嚴格來講不算闖，郎將甚至同他行了禮，因他是考策官，進閱卷公房實在是名正言順。

門被關上，宗亭走到李淳一面前，居高臨下地看她。李淳一抬首，風平浪靜地開口：「相公用過晚餐了嗎？」

「臣吃不下。」他道。

李淳一低下頭，邊磨墨邊說道：「不吃會餓的，相公快去用飯吧，公廚裡已備好了。」她語聲和氣，公私分明，無可指摘。

「臣怎麼會餓呢？」他俯身撐案。「殿下將信都投進炭盆時，臣就氣飽了。」

他語聲裡壓抑著不滿和怨氣，李淳一聽他竟連「氣飽了」這種幼稚的意思都要傳達給她，瞬時就不打算再理會他。

她從容磨墨，打算開始接下來的工作，可沒想到宗亭卻逕直越過長案到她這一側，還未待她反應，便不由分說將她壓在地板上。

他眸中藏著這些年的怨憤與不平，好像一腔真心悉數餵了狗，現在必須要同狗討個說法。

「為何要燒掉？」他雙手箝制她雙肩，地板又擋住了她的退路，李淳一便只能直接面對這咄咄逼問。

她回看他藏滿怨氣的眼，哪怕心疼也不想表露，只一臉平靜地回道：「我記得上次同相公說過，以前的事最好是不要再糾纏，這樣對你不公平，對我也沒有好處。」她頓了頓。「何況相公當著那麼多人給我書信，我能收下嗎？朝中猜忌最是理論不清，因此為避閒話，我只好燒掉。」

「殿下知道那些是什麼嗎？」

他胸膛起伏不定，甚至瀕臨失控，完全不像他一貫的作風。

「知道。」她直視他雙眸，回得堅定而果斷。「相公將本王以前退回的信，一字不落地複寫了一遍。」

「一字不落，殿下以前難道看過嗎？」

李淳一忽閉了閉眼。

「只消熱氣一熏，就能不留痕跡地打開封口，我以為相公是知道的。」當年她受盡監視，賀蘭欽讓她將所有信件都退回，但她還是悄悄拆了許多，最後悉數封好再退回。「相公寫給本王的每一個字，本王……都記得很清楚。」

她語聲輕緩地陳述事實，卻幾乎擊潰宗亭好不容易積起來的、想要一股腦兒拋給她的怒氣。

她又道：「相公是想告訴本王『以前沒看過沒關係，現在給妳看』，還是為了炫耀『妳沒看的這些信，我都已經爛熟於心了，現在一字不落寫給妳看』呢？既然相公心中記得這樣清楚，又何必拘泥於形式？那燒掉的一沓紙，不過就是一沓紙，相公倘能這樣想，會輕鬆得多。」

她心如明鏡，比他通透，比他更理智。

但她十分想要擁抱他，她並不想讓他難過，可有些事無法做，有些話說出口就變了樣。「我知道，那些是信，也是相公的心。相公覺得被辜負，我可以理解。所以我才讓相公不要再執著，無意義的揣測會傷到自己。」

她瞥一眼自己的肩頭。「同時也會傷到別人。我覺得很痛，相公可以鬆手了嗎？」

她今日幾乎擊潰了宗亭。

心意相通的分離更讓人難喘息，她不能抱他，他就回抱她，將胸腔裡翻湧上來的酸澀，悉數壓下去。

屋外響起動靜，曾詹事酒足飯飽地推開門，乍一看卻連一個人也瞧不見，他扭頭問門口守衛：「咦？殿下出去了嗎？」

「沒有，相公方才還進去了。」

見多識廣的曾詹事驟然回神，皺眉為難起來。是捅破呢，還是悄悄出去好呢？燈光暗淡看不清，他本可以裝作一無所知地扭頭出門，壞就壞在多嘴問了一句。這下子好了，他倘若裝作什麼都不知道地出門去，顯得此地無銀三百兩；但留在這兒，難道就只能捅破吳王與宗亭的不軌之事？

中年男子腦海中早已經浮想聯翩，喉結甚至都不住地滾動，但他及時打住，轉過身不解地說：「都不在啊，難道從窗子出去了嗎？」他踱步出門，煞有介事地責問衛兵：「屋中哪有宗相公的身影？連殿下的人影都看不到，你幾人方才是不是玩忽職守？」

「屬下並沒有！方才好像還有說話聲呢！」

衛兵為自己的清白辯駁，曾詹事猛地拍他後背。「還狡辯！」隨後又往前走兩步。「容老夫出去尋一尋。」

曾詹事剛出門，屋內宗亭卻忽起身，順著將李淳一也抱了起來，二話沒說竟當真從北面的窗子出去了。而守在窗口的衛兵，宛若瞎了眼似地全當看不見。衛兵們平靜的反應顯出宗亭的肆無忌憚，他越是如此明目張膽使用特權，李淳一對他如今的實力便越多一分瞭解。

行至公廚門口，他才將她放下。「既然要熬夜做事，殿下現在必須吃飯。」他全沒了先前在公房的失控感，渾身上下書盡「體面」二字。

李淳一撫平衣上褶皺，坦然回道：「相公所言很有道理。」隨後踏進公廚，在一貫靠裡的位置上坐下來。

矮案臨北窗，晚風從窗縫中竄進來，因時辰太晚，四下已無旁人，只有庶僕聞聲匆忙跑來，認出是宗亭與吳王，便十分機智地閉口不問，逕自跑回後廚知會僕人準備。

這兩位都是對待食物十分長情的角色，吃慣了的決計不隨便換花樣。吳王一貫食素，鍾情杏酪粥與時令菜，最簡單的烹煮即可；而宗相公到尚書省公廚來，常食鱠（註2）飲酒，對其他倒沒什麼偏好。

庶僕將食物擺放至案桌，老老實實躬身往後退一步，眸光卻往上瞟，借暗光確認他們兩人面上無甚不滿，這才鬆一口氣，連忙再往後退幾步，飛快溜了。

李淳一面前擺了一碗熱氣騰騰的杏酪粥，蒸熟的藕片淋了糖整齊擺放；宗亭面前則是一盤鱠魚，又額外加了一壺酒。

過了很多年，難得的是口味從未變。

味蕾相對誠實，對喜愛的東西，總是忠心耿耿。

心意則不同，心意像風一樣善變，故而難以捉摸，更難確定。沒有人能拍著胸脯保證心意永不變，時間更是加劇了這種不確定感。今晚他們兩人雖有心靈相觸的一瞬，甚至差點為之戰慄落淚，但這之後，卻是重新占據上風的理智。

李淳一瞥向那盤鱠魚，忽然開口：「相公知道我幼年時很喜歡吃肉嗎？」

宗亭抬眸看她。

她看著那盤鱠魚，淡淡地說：「那時在掖庭吃得並不好，偶爾有肉

註2 細切魚肉烹調成餚饌。

吃就會很開心。最開始，姊姊會悄悄帶我出掖庭，拿吃的給我。她很大方，也十分樂意與我玩，有時她捏捏我，我雖會覺得疼，但不要緊，她能因此開心就足夠了。有一天，我坐在夾城一座殿裡，吃姊姊拿來的一罐肉，我抱著陶罐子，姊姊就將肉一塊一塊地塞給我，問我好不好吃。我點點頭，她便捏住我的臉，講『真是個乖巧的漂亮孩子，姊姊餵什麼妳都喜歡吃，真是同妳阿爺一樣聽話』。再後來我知道，我只是姊姊的偶人，照她的意願喘氣就可以了。」

她依然面無表情，卻抬眸看向宗亭。「偶人不會說話，因此我也不愛開口，但她養出了我的倔脾氣。我想偶人大概不會這樣倔，後來應當也不會同相公為了一張案打架，更不會有現在這些事。」

到這時，她才頓了一頓，眼眸中閃過一絲轉瞬即逝的誠摯。「遇見相公，是我活了那麼久碰見的最值得高興的一件事。」

她全不否認當年的真摯與滿腔熱血，她甚至感激宗亭打開了那扇門，感激他將她帶回尋常世界，儘管那所謂的「尋常」，後來再回頭看也不過是虛幻假象。

「相公於我，就如這些菜食。」她道：「當年愛吃，如今雖無法再吃，但我對其他食物，再無那樣的感情。」

她承認他的獨一無二，承認他們之間的緊密聯繫。今夜將舊事都傾倒，這樣說出來，似乎也沒什麼不妥。夜晚的言語最荒誕往往又最真實，可以更好地睜眼說瞎話，也能像今晚這樣毫無節制地袒露真心。

她分明講得風平浪靜，卻像是在他胸腔裡倒滿碎冰，浸得他的心肺既冷又痛。

「那為何不再試試肉食或是重新接納我？」宗亭將菜推至她面前，語聲裡藏著節制的揣測：「因為害怕嗎？」

李淳一欲言又止。

他壓下所有情緒，冷靜追問：「當年還有事是我不知道的嗎？有什麼我被蒙在鼓裡、卻令妳害怕的事嗎？」

她掌心發燙，喉嚨不自在地一緊，看著那菜道：「我沒有準備好。」

「我知道了。」他表露出極少有的溫柔，將手伸過去給她，但她沒有握。於是他起身，隔著食案俯身輕捧著她的頭，垂首親吻她的前額。額頭髮涼，是極沒有安全感的體溫，於是他道：「倘若將過去扔掉，殿下能走得更好，臣不會再提舊事。」

說話間，唇緩慢下移，他又輕抬起她下頷，鼻尖相觸，呼吸亦交融，親吻依然眷戀而熱切，宛如飛蛾欲撲火，喪盡理智，下一瞬就會焚身而亡。他甚至越過長案，在冷寂空曠的尚書省公廚裡，將她壓在臨窗牆面上，繼續這個壓抑了很久，又格外火熱的親吻。

回應比預想的更熱切，他騰出手推開窗，寒冷的夜風湧進來，吹滅微弱的燭火，剎那間一片漆黑。冷風令人清醒，熱情卻無法被澆滅，喘息聲在黑暗中不斷升溫，像是焦渴的魚，想要潛入水底，重獲生機。戰慄的指尖幾近燙人，緊緊交握的掌心溢滿潮溼渴望，貼合的身體傳遞久違的熱力，在這寒冷的深秋夜裡，幾乎要燒起來。

吻落到細薄頸間，衣帶都散開，黝黑夜裡的喘息聲甚至蓋過風聲，像許多年前的某個夜晚，秋風冷卻撩人，是交織著複雜情緒的親密交流，雲掩去滿月，大雨傾盆。

「吱——呀——」聲遲鈍響起，尚書省公廚上了年紀的木窗被風吹動，窗邊有踏過秋葉的窸窣腳步聲。那腳步聲輕緩又小心翼翼，彷彿怕驚動公廚內的人。

李淳一敏銳察覺到了動靜，幾乎是下意識地鬆開手，倏地斷開這糾纏，跨出矮窗往外看，只見一個熟悉的身影倉皇地往閱卷公房走去。

她站在窗外，借秋風平抑了自己的氣息，轉過身讓黑暗中的宗亭將玉帶遞給她，並坦然吩咐道：「晚餐送到公房，我先行一步。」言罷繫好玉帶，在夜風裡轉過身，從從容容往閱卷公房去，姿態宛若夜潛閨房剛剛偷完情的風流貴公子。

李淳一平心靜氣地回到公房時，曾詹事的心還撲通撲通跳個不停，眼神也變得可疑起來。他暗暗瞥向李淳一，卻捕捉不到任何值得懷疑的地方——她衣冠齊整，呼吸平穩，連面色都一貫的冷淡。

曾詹事甚至懷疑起自己的耳朵來，方才在公廚窗外碰巧聽到的喘息聲，難道不是她與宗亭的嗎？

他困惑不已，忽聞得外面衛兵問：「做什麼的？」

「公廚來送晚餐。」

「放下吧。」

送飯庶僕放下食盒匆匆離去，衛兵將食盒送入內，打開來正是方才李淳一在公廚未動筷的晚餐。她若無其事地低頭吃杏酪粥，將甜又脆的藕片一塊塊咀嚼後吞入胃腹，看起來竟有幾分凶殘。

曾詹事見識過李乘風的狠戾與無情，但此刻他隱約察覺到面前這位鋒芒未露的么女，其實才更像女皇本人——不露喜怒，壓抑又安靜，熾烈的心幾乎不示人。

待李淳一吃完，宗亭攜秋風與酒氣從矮窗入內，瞥了一眼李淳一道：「殿下，臣坐了一天委實很累，能先睡會兒再閱卷嗎？」

「沒有睡覺的地方，相公請先將就一晚吧。」她公事公辦地說，看曾詹事拆封舉子的策文箱，又拿起剪刀挑了挑燭芯。

宗亭行至內側，逕自在地板上躺下。李淳一也沒有理他，只接過曾詹事遞來的答卷，展開來批閱。

曾詹事亦坐下來，因瞧不見躺在案對面地板上的宗亭，遂問：「宗相公當真睡地上嗎？」

「對。」李淳一應聲，卻覺腿上一沉，這個傢伙恬不知恥地將她的腿當成了枕頭。

深夜公房外的烏鴉呱呱啼叫，偏偏寒風肆虐，門窗都緊閉，守衛更是不許黑禽亂竄，烏鴉便蹲在窗口與衛兵對峙，好等主人出來。可惜牠主人此時腿上枕了一隻龐然大物，無法起身去接牠入內。

夜隨更漏一點一滴地變深，案上鋪滿制科策文，曾詹事硬撐著往下看，幾次差點看得睡著，便不由得撐額嘀咕：「寫得倒是華美，卻談不到點子上，此輩還是不要得好。」言罷提筆判第，將策文丟進手邊一只箱子裡，又開始看下一卷。

李淳一大約是受了寒，嗓子有些不適，偶爾節制地咳嗽一陣，閱卷時卻是精神十足。公廚深更半夜送來雜粿子、熱茶水，曾詹事得了深夜補給，頓時回了氣，抱著茶碗咕咚咕咚飲盡，拿了雜粿子邊吃邊繼續往下看。

李淳一飲了幾口熱茶，想揉揉發麻的腿，手剛垂下去，便有一隻手伸過來將其握住。李淳一迅速瞥了眼對面的曾詹事，低下頭去，看懂枕在她腿上的傢伙要什麼，便伸手拿了一塊粿子悄無聲息地遞下去。

她發完善心，又接著看面前策文，剛要提筆判第，卻又被抓了一下袍子。於是她擱下筆，伸手端過茶盞遞下去，就在她又要伸手拿粿子之際，曾詹事霍地也將手伸到粿子盒裡，抬首盯住她問：「殿下是養了一隻貓嗎？」

李淳一不置可否，只抓過盒中最後一塊粿子，煞有介事地低頭吃起來。

曾詹事被搶了粿子略是不悅，又道：「宗相公已睡了許久，是打算到何時才醒來呢？」言語中多有不滿，又暗藏一些曖昧揣測。

他個子不高，上身更是不夠長，瞧不見長案對面的情形，倘若他膽子大些，早就探頭去一瞧究竟了。

有些事到底是能想不能做，曾詹事想通這點便索性放棄揣測，無可奈何地繼續閱卷。但意志力到底熬不過年紀，在更鼓聲響起時，終於筆一擱、肘一塌，整個人趴下來，不一會兒，便毫無風度地打起鼾來。

李淳一忍住咳嗽，低下頭去，用脣語對已經醒了的宗亭道：「相公既然醒了就不要再裝睡了，起來做事。」

然宗亭置若罔聞，再次闔上眼。他許久不曾有過好眠，今日這地方算不上舒適，甚至冷硬得教人渾身痠痛，但他睡得極好。哪怕先前住在吳王府，也不曾睡得這樣安穩過。

他貪心地想要再待一會兒，好將這久違的好眠留存於記憶中，李淳一卻無情無義地挪開他的頭，咬牙切齒地壓低聲音道：「本王腿很麻。」

宗亭這才坐起來，睜眼睨她，伸出手臂用唇語道：「殿下枕著臣胳膊睡覺時，臣從未抱怨過胳膊會麻。」

李淳一飲了口茶道：「並非一回事，相公的手臂是送上門的，而本王的腿是相公強行占用的。」言罷，將裝了策文的箱子推給他。「相公該做事了。」

每份策文的留放定奪需有三位考策官的共同意見，宗亭擅自睡了近兩個時辰，進度自然比另兩位考策官要慢得多。但他不著急，只一份份地打開瀏覽又再次扔回箱子，自然也就沒有評等第。

就在他即將翻遍手邊箱子之際，李淳一在他身後問：「相公在找什麼？」

他聞聲直起腰，手裡已是握了一份策文，隨後裝模作樣站起來，逕自往西側角落那炭盆走去，看架勢分明是要將那策文投進火盆。

李淳一不顧腿麻，猛地起身追去。他停下來，將手中策文舉過頭頂，垂眸睨她。「殿下這樣著急做什麼？」

李淳一比他矮一大截，自知踮腳也是搆不到他舉過頭頂的策文，便不做這徒勞得看起來很蠢的事，但架勢擺足。「相公這樣隨意對待舉子策文，是想被侍御史彈劾嗎？」

他仍居高臨下。「殿下當真是因為臣隨意對待舉子策文而著急嗎？」他言罷低下頭，盯著她問：「難道不是因為擔心老師的策文被燒掉？為何如此袒護他？又為何要學他字跡？他寫得比我的好看嗎？」

他咄咄逼人，妒婦一般滿不講理。

「相公簡直無理取鬧，老師於本王有大恩，相公何必處處針對？」她話音剛落，宗亭卻接口：「沒錯，臣還想黜落他，讓他沒有機會入朝堂。」他顯出十足的小心眼來，瞥一眼呼呼大睡的曾詹事道：「東宮想必也不希望賀蘭欽入朝成為殿下的一柄利劍，故曾詹事定會選擇黜落賀蘭欽；而我，出於私心，自然也不會容他登第，二對一，殿下想保恐也保不了。」

他說完就將策文丟進炭盆，而李淳一幾乎是在一瞬間，不顧被燙傷的危險將那卷策文從炭盆中救出來。她捧著那卷略有些焦黃的策文，彷彿捧著什麼難得珍寶，然她小心翼翼打開它，辨清楚字跡，卻霍地抬頭看向宗亭，原本焦慮的臉上轉而是怒火。「相公為何要開這樣的玩笑？」

「臣沒有開玩笑。」宗亭眸中閃過一絲黯然。「臣從未講過這是賀蘭欽的策文，殿下這樣著急救下來，卻發現不是老師的策文，失望至極。殿下至於這樣惱羞成怒嗎？」

他伸手奪過她手中策文，大致瀏覽了一遍內容，隨口評價道：「殿下，江左士子倘若都是這樣天真，不取也罷。」

策文辭藻華美，但實在對政局形勢及國家運作認識不清，字裡行間盡是讀書人紙上談兵的局限。這樣的策文不只一份、兩份，應舉者中幾乎有一大半都是此類，而帝國並不缺這類人。

李淳一的手被炭火灼得有些發紅，宗亭低頭瞥一眼，抓過她的手不由分說出了門。

從順義門大街往北走，沿著承天門街，路過左監警衛及右武衛衙署，宗亭帶她往中書外省去。夜色清美，皇城內各衙署像是安靜挨在一塊的盒子，到了這時辰，只有寥寥公房還亮著燈，多數一片漆黑，人們早已沉睡，連一向忙碌的中書外省也不例外。

廊廡下的燈有幾盞已經熄了，摸黑沿階梯抵達公房，宗亭點了燈，從匣子裡尋出傷藥來，又抓過李淳一的手仔細塗抹。

李淳一並不抗拒，只任由他抹藥，又抬眸道：「相公在別業時曾向本王許諾，在此事上絕不使絆子，今日之舉莫非是搬起石頭砸自己的腳？」

「哦？臣說過嗎？」他睜眼淨說瞎話，又狡辯道：「哪怕當真說過，賀蘭欽也應該在這之外。」他替她抹完藥，雙手撐在她身側。「殿下為何如此執著讓老師入朝呢？有臣難道還不夠嗎？臣可是將心都剖給殿下了。」

「相公的心不過是誘餌，倘若我當真咬死，就要進魚籠了。相公愛吃魚，但我不想成為俎上之肉。」

她很直白地剖析清楚他們兩人之間的糾葛與局勢，索性將問題都擺上檯面。「何況我並不明白相公在怕什麼，難道老師入朝會搶了相公的權勢嗎？關隴軍只有相公能動得了，宗家也只有相公說話管用。至於朝堂中這些盤根錯節的關係，難道相公擔心老師入朝，就無法再掌控了嗎？」

宗亭收回手，拿過帕子擦了擦手，不慌不忙地回道：「殿下所言很有道理，臣的確不怕，但賀蘭欽實在影響臣的心情，倘若將來天天朝堂相見，委實教人心煩。」

醋勁翻天，無藥可救。

李淳一無動於衷，拿過案頭一只柑橘，隔著帕子剝皮。甘甜的果汁犒勞焦渴的味蕾，平息心頭一點兒躁動，她聽得宗亭道：「江左這批儒生，可為文學侍從之臣，但面對朝廷之爭、治國之策天真又自以為是，殿下還是不要盲信得好。」

他心底存了偏見，並有意挑撥，卻無法影響李淳一。她對賀蘭欽的話尚是選擇性的接受，又怎可能對江左儒生言聽計從？

當年女皇為奪政權，過分仰靠了山東、關隴的軍事力量；政權穩固之後，女皇卻反而被這兩股勢力所掣肘，直至今日都無法完全擺脫。

前車之鑑明擺在那，誰也不想重蹈覆轍。

風襲進來，將公房內一扇小門吹得晃蕩，發出「吱呀」聲響，李淳一瞥過去，想到一些舊事。

她忽問：「聽聞相公即將升任中書令，這間公房要騰出來了嗎？」

她的問題猝不及防，宗亭略怔，喉間不自覺地一緊，但仍從容回道：「殿下難道不知嗎？這間公房原本就是給中書令預備的，臣又為何要搬？」

李淳一察覺到了他眸光裡一閃而過的不自然，只說：「相公有沒有想過，離開此地，就不會再作惡夢了呢？」

他瞳仁驟縮，李淳一平靜抬眸看向他，似想要解開困束他的繩索。

她知道，他父親就死在這間公房的裡屋中，那時候他父親乃帝國中樞的要臣，擔任的正是他即將升任的中書令一職。

卒於任上，卻死得甚不光彩。

天將轉明，睡在尚書省閱卷公房裡的曾詹事，睡眼惺忪地抬頭環顧四周，卻不見其餘兩人；而宗亭祖父宗國公，此時也已起身，即將奉女皇之召往宮城去。

烏鴉棲在下滿霜的枝頭，佯作春鳥啼。

近幾年，女皇越發覺得太極宮過於潮溼，可東北角龍首原上的新宮殿卻遲遲未能落成，每年到了這時節，宮裡便又冷又潮，實在不宜居住。女皇年邁，皇夫身體亦每況愈下，這幾年天一轉冷，宮裡及皇城部分衙署便要做好遷往驪山行宮的準備。

而在這之前，女皇又往往會在宮城內設宴款待一些舊臣，以此機會維繫君臣感情。

這一日停朝，光祿寺雖不必為朝臣們準備廊餐（註3），卻也從半夜忙到了公雞打鳴，只因要籌備宴會招待這些致仕舊臣。年紀越大，口味往往越是刁鑽，既然是維繫君臣感情的重要宴會，自然馬虎不得。這些舊臣哪個都不好伺候，光祿寺卿為記下這些老傢伙的喜好，也快要掉光了額頂的頭髮。

長安的天終於亮了，李淳一像晝伏夜出的穴居動物一樣，在天亮前返回了閱卷公房，滅了燈，守著炭盆繼續手頭的工作；而宗亭則索性留

註3　古代百官在朝退後，皇帝賜食於殿前廊下。

在中書外省。於是公房內就只剩李淳一、曾詹事和一隻凍了整晚的烏鴉。

曾詹事不時瞥那隻烏鴉，嘀咕道：「養什麼不好，偏偏養這般不吉利的，看著不是祥兆。」

他後面的語氣陰森森的，李淳一不在意，只將裝食的罐子拿給牠。

曾詹事瞧不起醜陋的傢伙，索性就扭過頭避開牠，繼續閱卷。

公房內再次安靜下來，只聽得到紙卷翻動聲和烏鴉尖喙啄到罐底的聲音。天越發亮了，宗亭仍沒有來。李淳一將手中一卷策文放進箱中，想起先前他在中書外省公房時的表現，面上不由得滑過一絲憂慮。

他面對可能到來的安慰幾乎是抗拒的態度，理智上否認自己存有心結，於是她也就只能收住話頭，攏袖獨自離開。

沒有春和景明；林木秋色盡染，風一拂過葉子便簌簌落下。人工挖鑿出來的宮中湖泊略顯蕭瑟，太常寺的歌舞卻充滿生機。光祿寺官員守著宴會核准食單，舊臣們依次落座，有些已年邁到需得宮人攙扶。

人與景一樣，守著這生機殘存的暮秋，只能夠回憶早年的意氣風發和茂盛的天地。

屬於他們的時代即將過去，君臣的歡宴，也顯出了幾分惺惺相惜的情態。不過，儘管快要將權力徹底拱讓，女皇仍有些事需要操心。

宗國公坐在女皇左手邊的位置，挨得很近，在太常寺的樂聲中，耳朵已不太好的他，隱約聽見女皇的旁敲側擊。

「宗家乃大周的心膂股肱，然宗本家素來子息單薄，嫡系至今更是無一後嗣，國公要多操心些才是。」

言下之意，宗家勢力龐大，本家卻面臨後繼無人的局面。宗亭身為嫡孫，即將而立卻連子嗣也無，女皇此意，是實實在在的催婚。

事實上，在宗亭守孝滿三年後，女皇就曾有意將李家某宗室女子許配給他，然宗亭從關隴回來後彷彿重獲新生，蓄滿羽翼的年輕男子不再是當年的白衣少年郎。他手段變得狠戾，性格也越陰鷙，幾乎是懷揣著報復心歸來，將舊帳一一清算，最後對她施禮臣服，又一臉無辜而忠誠。但女皇知道，他已有能力拒絕她的安排。

宗亭的孤絕很可能與他父親宗如舟一樣，甚至更甚。女皇不太想惹怒他，倘若他要挑事，會是大麻煩。她想用山東勢力制衡，然如今山東勢力也悉數落入了太女李乘風手裡。

女皇老了，對許多事已經喪失了掌控力，她無法再跨上戰馬，無法再與逐漸蓬勃起來的關隴軍較量，只能睜一隻眼、閉一隻眼維持面上的和平，仰仗他們鎮守西北。

至於宗亭的婚事，她只能指望宗族勢力對其進行干預，譬如德高望重的宗國公。

然宗國公道：「臣已衰朽，實在力不從心。後嗣一事，想來臣命中便無子孫福，如舟壯年早亡，那時臣就已經看淡了。何況如今宗家事務，臣也無暇再顧，還是順其自然吧。」

女皇隱約聽說他已不太想插手宗族事務，但消極至此倒令女皇意外。當年他對李淳一和宗亭之事，曾表達過強烈的反對，到如今竟是全然不管了。

老傢伙閒適地吃著面前的油浴餅，因牙齒不好而吃得慢吞吞的，眸光也投向波光粼粼的秋日湖面——

可真是耀眼如碎金哪。

女皇見迂迴之策行不通，斂眸飲下了面前的酒，旁邊內侍貼心道：「紀御醫勸陛下少飲酒得好。」

女皇意興闌珊地擱下酒盅，忽對內侍道：「朕聽說吳王連夜閱卷感了風寒，讓紀御醫去瞧一瞧吧。」

內侍低頭應道：「喏。」

李淳一的咳嗽並不嚴重，只因為疲倦又有些受寒，嗓子略有不適而已。她正打算去隔壁公房睡一會兒，外面衛兵忽報：「太醫署紀御醫到了。」

曾詹事聞聲一抬眸，李淳一也是一愣，問：「何事？」

「陛下聞殿下染了風寒，特遣御醫前來診治。」跟在紀御醫身後的內侍如是說道。

李淳一微微一怔。

她不過是咳嗽了幾聲，女皇便得知她受了寒，且特意令御醫前來給她診治，可見她仍如從前一樣，接受著嚴密的監控。

哪怕拋開這一點來說，女皇特意遣人來，是當真關心她的風寒嗎？還是另有謀劃？

紀御醫是女皇的診治大夫，極受信任，堪稱心腹。李淳一低頭咳嗽了一聲，道：「請他進來。」

衛兵放行，紀御醫便與內侍一道入了公房。兩人同李淳一行完禮，內侍跪坐下來將藥箱打開，取出脈枕放到案上。

紀御醫請她露出手腕，李淳一卻道：「小病小痛就勞煩紀御醫，實在是不必。」

紀御醫垂首道：「殿下身體金貴，還是謹慎些為好。何況陛下慎重交代，微臣不敢敷衍。」

內侍在一旁補道：「紀御醫擅察未病，殿下倘有什麼不適，也好盡早防護調理。」

他這話講得造次，無奈他畢竟是女皇身邊的人，李淳一便也不好斥責。話說到這個分上，她若拒絕診治，便顯得此地無銀三百兩，反更引得女皇疑心她有所隱瞞。

這時紀御醫瞥了一眼她的茶盅。「此茶太過寒涼，殿下還是少飲得好。不若等春日花開，收些桃花蓄著。桃花飲性平養人，對殿下是極有好處的。」

他像是隨口說，卻著重強調了桃花，令李淳一心尖一跳。

正懷疑，茶盅旁卻平空現出一朵不起眼的石桃花，驚得她乍然抬眸，恰對上紀御醫別有深意的目光。

她瞬間就明白了其中的暗示，未及細想，便應紀御醫之請，將手腕擱上脈枕。

診治的時間顯得格外漫長，曾詹事在對面看著，大氣也不出。李淳一則飛快地將萬縷思緒逐一接頭——

紀御醫今日暴露出來的線索倘若為真，那他便是宗亭安在女皇身邊的棋子，那麼，女皇醫案被殷舍人及李乘風竊取一事，到底是誰洩的密，就很值得深思。

此人對女皇素來忠心耿耿，且女皇一向待他厚道，又怎會被宗亭收買？

李淳一還沒能得出結論，紀御醫已收了手說道：「殿下身體康健，並無大礙，只是過勞需要休息。」他起身至另一邊書寫調理藥方，室內氣氛才稍稍有所緩和。

待他們兩人走後，李淳一也起身道：「我去休息一會兒，此處事宜有勞曾詹事。倘有藥到，請直接送到隔壁。」

曾詹事起身相送，打開門的瞬間察覺日頭都移到了正中，明明是秋陽，卻驚人的刺目。

宮中的宴會走到了尾聲，舊臣們各自散去，女皇也回到了冷冰冰的寢宮。疲倦了大半日，加上酒的作用，她倚在榻旁睡了一會兒，夢見有人對她笑，清澈的眼睛如泉水，一望到底，毫無防備。

所以她要他死，他就當真死了，甚至沒有追問理由。

女皇忽然驚醒，試圖抓住些什麼，但手邊什麼都沒有。她睜眸，忽聽得外面內侍傳道：「陛下，紀御醫到了。」

女皇撐臂坐起來，紀御醫入內行禮。她問：「吳王身體可還好？」

紀御醫回道：「略受風寒，但總體是康健的，臣未察出有什麼大問題。」

女皇點點頭，似乎鬆了一口氣。「你下去吧，朕睏了。」

紀御醫隨即告退，他轉身出門的同時，一隻信鴿已悄然落在中書外省的窗櫺上，腿上的字條也到了宗亭手中，上面卻寫著與他方才稟告的內容截然不同的結論——「殿下曾受創傷，很難有孕」。

宗亭沉默、震驚，幾乎將字條揉碎。

外面風平浪靜，漸有暮色，宗國公回到宗本家的宅邸，廊廡下的鈴鐸聲都不響一下。

偌大的宅院似乎一直如此沉寂，就像是幾十年前關隴孤女前來避難時一樣。在那個暴雨初歇的黎明，潮溼的庭院裡湧滿風，從關隴遠道而來的女童，揣著她所有的恐懼走進這安靜大宅，卻只有一個白衣少年走出來迎接她。

第六章

桓繡繡到長安的那個夜晚一直在下雨，車駕冒著風雨駛進城門，艱難又落魄。她八歲，無親眷陪同，幾乎算是孤身一人。因政權初定，當初與先帝逐鹿天下的關隴桓家遭遇猜忌與監控，這個身分尊貴的小女孩，便被送到了長安。

被權力風雨籠罩的孤弱女童，只有遠親宗家遞了一把傘給她，容她喘一口氣，暫不受這風雨侵擾。

宗家人心不齊、各自為政，本家儘管接納了她，分家卻頗有微詞，生怕被波及。那一日，桓繡繡到宗宅，出來迎接的只有本家嫡子宗如舟。

天將明未明，白衣少年郎面上還有頹廢的倦意，只因奉了長輩之命才出來迎遠客。桓繡繡淋了些雨，一身狼狽，將寫滿稚氣的臉抬起來看向他，身旁僕人小聲道：「三娘，這是表舅。」

她規規矩矩喊了聲表舅，然這位遠房表舅是個沒耐心的少年，草草應了一聲，將一塊乾手巾搭在她腦袋上，示意她好好擦擦溼漉漉的頭髮，二話沒說便丟下她走了。

桓繡繡聰慧早熟，雖力量單薄，人情世故卻是一點就透。在宗本家待上幾日，許多事便都明瞭。宗如舟生母早逝，他阿爺此後沒有續弦，只收了兩個侍妾，庶子又都早夭，他便沒有親兄弟可來往。

這傢伙孤孤單單長大，性情古怪又散漫，能看的唯有一張臉。偏偏阿爺又對他要求極嚴苛，於是他關起門來獨自讀書，連學堂也不去，更不用說與宗族裡的從兄弟們往來或是外出交遊。

他在家也不與桓繡繡講話，只在吃飯時偶爾碰個面，井水不犯河水。寄人籬下的孤女察覺到「長輩」的不高興，不論做什麼都縮手縮腳，連吃飯都小心翼翼，自然也不敢主動與「長輩」攀談。

日子過得像是結了冰的河流，看不到一點兒湧動。

那時桓繡繡唯一熱衷的事便是深更半夜走出房門看月亮。她阿爺曾與她說過，這天下的月亮僅這一個，隔著萬千山水，不論在關隴還是在長安，只要抬頭，便能共賞同一輪月。

對故鄉的思念日益深，然她什麼消息都得不到，她宛若被囚在長安的一隻雀鳥，無法飛，也感知不到遠方冷暖。這時有個少年從院牆外翻進來，醉醺醺、溼漉漉的，不知是在哪裡灌了酒，也不知是從哪個溝裡剛爬出來。

而這少年，正是宗如舟。

桓繡繡被他這模樣嚇到，本要去喊人幫忙，卻又覺得舅舅翻牆進宅大約就是不想讓別人知道。年幼早慧的孩子瞬時手忙腳亂起來，找來燈籠與帕子，替癱倒在地板上的宗如舟擦臉。

她擦得認真又仔細，宗如舟忽然展露笑顏，哪怕是這樣的狼狽模樣卻依然笑得十分好看，模糊的意識中又帶了些孤單的、無處告解的難過。

桓繡繡一愣，宗如舟卻忽然抬手去揪她的睫毛。桓繡繡嚇了一大跳，手裡燈籠落地，燭苗歪斜飛快地在一旁燒起來。她驚愕得要出聲，宗如舟卻置若罔聞地說：「好長的睫毛，送我一根吧。」

然後他笑起來，手裡當真捏了一根小孩子的細長睫毛，忽然很愉快地起身走了。小孩子後知後覺地按住眼皮，好像也未覺得疼，回過神，眼前一團火卻燒得正旺，燈籠罩面都將燃燒殆盡。

後來他送了一卷字帖給她，當是被照料的謝禮，再後來又像模像樣地督促起她的功課，樹立起「長輩」的權威來。

庭院裡的春夏秋冬仍輪轉，時光推著人往前走。當年的幼童長成少女，而昔日的白衣少年郎也肩負重擔入朝為官。至此時，春日裡仍可坐下來共飲一杯桃花茶，夏日裡尋個休沐日摘梅子泡酒，秋日裡偶爾一道出門拜佛寺、站在山頭看層林盡染，冬日裡到曲江賞雪景，然兩人之間卻橫亙著溝渠，難以逾越。

宗如舟早到了婚齡，無數雙眼睛盯著他，宗家甚至為他物色好了合適的妻子，然他悉數拒之門外，轉頭風平浪靜地對阿爺說：「等繡繡再長大一些，我便娶她。」

他有這個耐心，並十分篤定。因女皇為穩固政權需大量藉助關隴力量，關隴勢力一成長，桓家形勢隨即大變，從昔日的如履薄冰，搖身一變為底氣十足起來。

因分家強勢，宗本家的威望這些年逐漸式微，本家需要外力來維持自己的體面，迅速成長起來的桓家對本家來說便是上選。世家之間的聯姻並非一、兩個人的事，裙帶交織起來的關係錯綜複雜，藉著恰到好處的時局，宗如舟挑了個極好的日子填平了阻隔在兩人間的溝渠。

此後宗、桓兩家的勢力都如乘了春日東風般蓬勃壯大，與此同時，宗桓夫婦也迎來了獨子宗亭的降生。

桓繡繡一向體弱，但常年被悉心養著，倒也無大礙，至宗亭十七、八歲時，她還是老樣子，不見好也不會變差。只是這時平靜的湖面泛起波瀾，起初是一圈，之後越漾越遠，最後波及了遠在長安的桓繡繡。

關隴的壯大遠超出了女皇的預計，她過分放任了關隴，最後將桓家養成一隻雄踞西北的大老虎。而就在這時，桓繡繡的身分也發生了變化——當年那個逃離風暴中心的關隴孤女，隨著桓家幾位繼承人陸續過世，重新成為視線聚焦點。

這讓女皇不安，也讓宗分家不安。

女皇想要收回軍權，而宗分家不希望本家與關隴太密切，畢竟太引人猜忌也容易招禍。他們不樂意遭受本家的牽連，同時他們也見不得本家借關隴勢力重掌絕對的控制權。

宗家與關隴桓家之間有著天然的關係，倘要切斷這一切，最妥當的辦法自然是設法教桓繡繡與宗如舟和離。

就在諸人籌謀之際，桓繡繡啟程去關隴參加桓家某個繼承人的喪禮。那一日天朗氣清，宗如舟千叮嚀、萬囑咐，然就在次日天黑時，車駕折返，傳來了桓繡繡暴斃的噩耗。

那一年，宗亭十八歲。

他母親亡於途，長安滿不講理地起了大霧，天地都被遮蔽，看起來根本不想交代當中原委，更不想露出真面目。

身為獨子的宗亭幾乎失控，而愛妻甚於己命的宗如舟卻出乎尋常的平靜。他簡直像個死人一樣平靜，從小殮到大殮，到最後送靈柩回關隴故里，他甚至連一滴眼淚也沒有流。

宗亭無法接受父親不近人情的冷靜，守喪期間甚至拒絕與他說話。宗如舟由著他悲痛，自己則回了皇城，回到中書外省，開始了作為帝國中樞要臣的忙碌。

他大約有一個月的時間沒有回家，食宿都在中書外省，人迅速地消瘦下去。

旬假休沐前的一日，他照例在中書外省樓下與幾位輪值京官共同判完政事，打算上樓去，卻見宗亭站在樓梯口等他。

宗亭提了食盒，顯然是被祖父逼著來送飯，因他臉上寫滿了不情願，甚至含有憤怒。宗如舟難得地拍拍他的肩，忽然輕鬆地說：「你都快要比我高了。」隨後繞過他上樓，逕自去往公房。

宗亭跟進去，將食盒放在公案上，往後退了幾步，站在一旁等他用飯。

宗如舟坐在案後，並不著急打開食盒，只抬頭看他。他眉目與桓繡繡的極像，因此是個漂亮的孩子，且天資不錯，他將來的路應當也不會走得太辛苦，只可惜他同自己一樣，恐怕也很難獨善其身。

身分與責任與生俱來，他註定無法只為自己活；且他也似乎是情痴，將來情路恐怕不會太順當。這樣一想，他的人生似乎也不會容易到哪裡去。

宗如舟沒有繼續往下想，他低頭打開食盒，又同宗亭道：「你出去站一會兒，想想到底為何難過又為何氣憤，想明白了再進來。」

宗亭轉身出了門，宗如舟低下頭，稀鬆平常地吃完了家中飯菜。隨後他打開一只藥瓶，將藥末悉數倒進茶水裡，仰頭飲盡。

宗亭在外面站著，長安城已沒有了霧，但他心中藏著太多謎團未解，這些謎團堵得他寢食難安，讓他難過，也讓他怒。

為何難過又為何氣憤呢？他低下頭展開手指，再次握起時卻驟然想通，他轉過身抬手敲門，然門內卻毫無回應。他驟然撞開門，衝進公房內，案後卻已沒有了宗如舟的身影。

生長了多年卻隨季節變化而委頓的大樹孤獨地探進公房小窗內，屋內一爐香還未燃盡，食盒已空，而公文悉數整理妥當，案上沒有一絲一毫的凌亂，唯有通往裡間的一扇小門，隨風輕晃，發出「吱呀」一的陳舊聲響。

宗如舟選擇透過自裁結束了人生，明明遭遇了喪妻痛還那樣平靜，過了極其漫長又難捱的那段歲月，到如今卻令人猝不及防地告別人世。

也許他早就死了，在開始料理桓繡繡的喪事時，就已經是一個死人了。

好在他在死前還能回憶起某個暴雨初歇的黎明，有些狼狽又格外小心的孤女，用謹慎的眸光看向他時的那一瞬明亮。

一隻白鴿從窗戶跳進又飛出，周遭無聲，宗亭跪倒在門前，以額貼地，竄進來的風從他耳畔輕拂過，彷彿蘊含人聲。

時隔數年，在中書外省中書令公房內，宗亭忽從榻上驚醒，他起身走到窗前，偏頭彷彿看見了跪在地板上的少年時期的自己，那樣孱弱、不堪一擊。

為何難過又為何憤怒呢？因為沒有力量，沒有足夠的力量。

那時他對一切都沒有掌控力，沒有能力保護自己的家人，更無法保護心愛的少女。

風將案上的一卷陳舊藥案翻起，他抬手按住心口，強抑下了那撕心的痛。

制科閱卷進行到尾聲，李淳一將庶僕喊進來：「去中書外省請宗相公。」

庶僕得令出門，腳步聲消失在廊廡裡。

過了一會兒，對面的曾詹事道：「中書外省事繁且劇，近年尾更是無暇顧及其他事情，宗相公抽不出空前來，也在情理之中。」

果不其然，他話音剛落，庶僕便氣喘吁吁跑來，站定後，將回話傳達給李淳一：「相公稱中書事務繁忙，請殿下自行定奪。」

「你轉告他，諸事都有規矩，既然是應下的差事，便絕無半路退出的道理，讓他哪怕不睡覺也要過來，本王在這裡等他。」

她神情、言態都十分平靜，心中卻生了揣測——他先前一副必要將賀蘭欽黜落的姿態，然到了最後即將呈遞名單的關頭，卻突然不再插手，實在是有異。

想起先前分別時他的反應，李淳一竟是有幾分擔憂。宗亭父母忌日在即，難道是這個緣由？

她思忖著起身，將一份策文放入炭盆西側的一只箱子，又同庶僕道：「請曹侍御及吏部書令史到尚書省來。」

庶僕聞聲又跑出門，曾詹事一看這就是要提前處理先前批好的策文了，餘下的只須待宗亭再閱畢，便可完事。

曾詹事一看已沒自己什麼事，便拱拱手，先行告辭去往東宮覆命。吏部書令史將其中閱畢的卷子抬走，在御史臺曹侍御等人的監督下，進行策文等第的謄錄。

李淳一則仍坐在尚書省閱卷公房內，等著宗亭到來。她側身拿鉗子撥炭盆時，屋外驟響起衛兵通報聲及問禮聲，她抬頭即見宗亭走了進來。

宗亭也不與她打招呼，逕自坐下拿起餘下的策文批等第，風平浪靜的臉上藏著疲倦，亦有幾分說不上來的情緒。他對李淳一無疑是冷淡的，這冷淡中甚至藏了幾分莫名的逃避。李淳一察覺到異常，遂移坐角落，避到他的視野之外。

宗亭補批等第，李淳一取出幻方推演，烏鴉棲落在燈檯邊上，一點兒聲息也沒有。其間公廚陸續有人進來送食，兩人也出去過幾回，但都占據一角，連最基本的交流也沒有。

至夜間，因熬了太久，李淳一困頓得不行，便伏下來小憩一會兒，可這一睡便睡到了次日清早。

宗亭將最後一卷閱完的策文扔進箱子裡，抬手拍了拍案桌，李淳一聞聲驚醒，頭痛欲裂地抬首看他。「相公批完了嗎？」

對面的宗亭公事公辦地問：「殿下欺負臣不識數嗎？」他眸光一凜。

「還有七十三卷去了哪裡？」

「那七十三卷已經批好，故送去了吏部，這會兒等第恐怕早謄錄好了。」

「批好了？」宗亭反問：「臣在來之前可是從未批過等第，那七十三卷上，臣簽字了嗎？」

李淳一坐正，冠冕堂皇地胡說八道：「相公太勞累所以忘了，那七十三卷是已經批好的，不信可讓曹侍御調來查簽字，那不是相公的字還會是誰的呢？」

無中生有，竟是被她擺了一道。

一定要他來將餘下的批完，是為了讓閱卷結果名正言順；而提前送走的那七十三卷，卻是她力保的策文，其中自然也包括了賀蘭欽的策文，而簽字則是她自行偽造的。

她忽然上身前傾，靠近宗亭壓低聲音道：「相公的字本王並沒有忘，甚至習得比從前更精進，倘曹侍御肯將那七十三卷策文給相公過目，相公可比照一番字跡，看到底有幾分像。」

她深知宗亭很介意她改習賀蘭欽的字，卻在這節骨眼上告訴他「你的字我從未拋棄」，又提曹侍御肯不肯給，也是一探宗亭在御史臺的勢力。

語畢她立刻起身，喚來金吾衛兵：「餘下策文封箱送吏部。」寬袖下，她握住宗亭的手，壓低聲音道：「相公累了，該去休息了。」幾乎是命令式的口吻，卻也有幾分憐惜真心。

在金吾衛兵將最後一只箱子抬出門之際，她驟然鬆手，只說一聲「我亦往吏部去了」，便留下宗亭逕自離開。

她像是一條游出竹籠的魚，尚書省現在似乎都是她暢遊的天地。

這些年他們都蓄積了力量，儘管表現得不同，初衷卻如出一轍。宗亭走出房門，身旁金吾衛兵對他行禮，他精神顯然有些不濟，便不再往中書外省去，而是逕直回了家。

這一日，分家的人恰前來議事，宗家偌大的堂屋裡坐滿了人，又是為區區田產、奴婢斤斤計較，嘰嘰喳喳講個不停。宗國公早不管事，只隨他們去，連面也不露。

宗亭剛進門，執事便迎上來道：「相公總算是回來了，再不回來，堂屋怕都要被掀了頂。」宗亭伸手，執事將簿子遞給他。「是按照先前相公囑咐寫的。」

宗亭面帶倦容，頗有幾分頹廢，走進堂屋時，堂內倏地安靜下來。倘說宗國公面對分家還有幾分客氣，那宗亭面對親族的態度則顯得格外不近人情，連場面上的和悅都做不到。

當年分家等不及宗如舟與桓繡繡和離，便在桓繡繡途中飲食上做了手腳，致使原本就體弱的桓繡繡暴斃身亡。此事做得隱蔽，宗如舟追查下來得知牽扯太深，發覺這並不僅僅是分家的動作，因此他將這難題留給宗亭，自己則追隨桓繡繡而去。

這兩件事都十分突然，對關隴而言，桓繡繡的死讓他們損失了極重要的繼承人，關隴因此十分生氣；而宗家也平白犧牲了一名嫡子，對子息向來單薄的家族而言也是沉重打擊。

儘管宗國公當時十分悲痛，但為局勢，為平息一點就炸的關隴，他甚至不惜將嫡子的遺體送去關隴與桓繡繡合葬，同時也將桓繡繡唯一子嗣，亦是宗家嫡孫的宗亭送去了關隴，事情這才沒有鬧大。

強行平息的怒火總是埋藏得更深，宗亭從關隴回來後的第一件事便是對分家進行了清算。他手段雖算不上有多嫻熟光明，卻令分家陡生懼意。有了強勢關隴作為後盾的昔日少年，在歷經數年磨礪之後，回來後宛若一個小魔王。

但這清算到分家就結束了，沒有再往上。關隴素來以為當年桓繡繡一事是宗家內部的紛爭，宗亭做到這分上，關隴多年來的一口怨氣也得以平息；但宗亭清楚，此事並不止於分家，他沒有繼續追究，是為持握更有用的籌碼。

人聲平息下來的堂屋裡似能聞得呼吸聲，宗亭眸中是毫不掩飾的厭惡，他將手中簿子丟在主位上。「下次不要來這麼多人，本家沒有這麼多飯吃。」言罷負手就走。

執事趕緊上前，拿著那簿子對分家的人道：「諸事按簿子上來處理，勿要再吵了。」

堂屋人多熱鬧，庭院卻仍舊冷冷清清。宗亭習慣這樣的清靜，曾幾何時他甚至想帶著心愛少女歸居田園，回頭一看簡直是痴心妄想。

自嘲與自我厭棄紛至沓來，他腳步也變得虛浮。庭院裡一片慘白的光，廊廡裡隨即一聲驚叫驟響。

「相公暈倒了！快來人哪！」

此時李淳一卻從吏部侍郎手中接過謄好的名錄，與曹侍御等人一道往宮城去。

經由考策官審閱後初擬的名錄，需呈上御覽，由女皇進行最終定奪。到了這一步，李淳一已不太擔心最後的結果，因女皇特開制科，本就是為帝國補充新鮮士族的血液，她只要有本事替女皇將這些人寫進候選名錄，就已經合了女皇心意。

炭盆靜靜燒著，小殿中除了女皇，其餘人都如雁般列隊而立，等待結果。女皇邊看名錄邊閱策文，看到賀蘭欽名字時，眼角更是微微一挑。

她本意的確想要賀蘭欽登第，因這對於新士族的發展而言，將是一個重要開端。然她摩挲著策文末尾的批閱結果，不由得輕蹙起了眉。宗亭竟會給賀蘭欽批高第？這實在出乎她的意料。

她抬頭看了一眼李淳一，再低頭看那名錄，忽覺自己有些小瞧了么女的本事，脣角竟是隱祕地輕勾一下，只隨口說了一句：「吳王辛苦了。」

「為陛下效力，兒臣不敢言辛苦。」

女皇抿脣未再講話，提了硃筆進行最後定奪，又將卷軸交給身旁內侍。她抬首道：「諸卿都辛苦了，都回去歇著吧，吳王留下。」

曹侍御等人紛紛行禮，之後魚貫而出，只留下李淳一一人。

白天殿中也點燈，那燈永不熄滅，燈座上的一條銅魚也日夜睜著眼，彷彿洞悉一切。

女皇看著她，和顏悅色地說：「天冷了，明日朕便要搬去行宮，宮裡的事、皇城裡的事，便都交給妳姊姊處理。」她頓了頓，又問：「妳風寒好些了嗎？」

李淳一回道：「勞陛下掛念，都好了。」

女皇頷首。「那妳將手中事務暫放下，明日便隨朕一道去行宮歇一歇，勞累了這麼些時日，也該養一養身體。」

「喏。」李淳一低頭應道：「倘無他事，兒臣便先行告退。」

「走吧。」

李淳一剛轉身出門，遙遙聽得女皇向內侍詢問宗亭的事，內侍瞭如指掌地回說：「宗相公病了，似乎病得很重，早上還在府裡暈過去了。」

李淳一跨過門檻，心卻一沉。病了？

她在殿外站了一站，天地之間白光刺目，周圍鼓滿了風。她正要沿階梯而下時，卻有內侍報道：「元都督到！」

循聲瞥去，只得一高大模糊的身影，雖看不清臉，但李淳一知道那便是太女李乘風的丈夫元信。

元信回朝是例常匯報，同時也是與太女李乘風「培養感情」。李淳一幾乎未見過他，印象中只記得他英氣十足、不苟言笑，是看起來很不好惹的角色。

她沒有停留，更不打算同他打招呼，只低頭佯作未見地匆匆下了階梯。

耗時已久的制科終於告一段落，李淳一也回家好好刷牙洗臉睡了一番，次日醒來後，看到前來送飯的宋珍，這才想起了生病的宗亭。

以她的立場，並不適合登門慰問，於是沉默地吃完飯，她抬頭與宋珍道：「給相公送張符章去，就說可以保他身體康健。」

言罷，她將符章往案上一拍，起身又吩咐道：「我今日要去驪山行宮，午後就走，行裝盡快預備好。」

「喏。」宋珍俯身忙拾起那黃澄澄的符章，揣進袖中，飛快地走出了門。

一上午短暫得很，何況李淳一還得在吃飯前帶著行李趕到宮城外等候，再隨宮裡的車駕一道去往昭應城。

日頭移至當空，緊挨著東宮的延喜門外停著李淳一的車駕。她撩開簾子閉目晒秋陽，快要睡著時，忽被轆轆車馬聲吵醒。她探出頭一看，見是南衙衛兵們都出來了，緊接著又看到與元信一道走出來的李乘風。

李乘風顯然是來恭送聖駕的，這意味著女皇應當快到了，李淳一遂趕緊下車。可她才剛下了車駕，便被李乘風倏地握住手臂。

李乘風偏頭看她，笑著道：「陛下還未出來，何必這樣著急？」說著和顏悅色地拍了拍李淳一肩頭。「有褶子。」

自殷舍人一事之後，李乘風收斂許多，御史臺對她的攻擊也明顯少了。這陣子，李淳一在前面為制科奔走，她卻窩在東宮養身體，擺出了無爭的姿態，過得十分閒適。

元信站在不遠處，只偶爾朝這邊瞥上一眼。因常年分居，李乘風對這個丈夫的態度向來不冷不熱，哪怕元信再好、再威風凜凜，她也不會放太多私心在他身上。盟友關係不該耽溺，感情更應當節制，這是她處世的邏輯。

她與李淳一站得很近，手仍握住對方手臂，雙眼卻平視前方，若無其事地說道：「聽聞陛下已做了定奪，將向來從不授人的第一等給了賀蘭欽，這是要將他抬到什麼位置呢？」

她有意洩漏制科的結果給李淳一，李淳一卻心平氣和地聽著，像個偶人一般不表露意外或欣喜之情。

她見李淳一無甚反應，忽偏頭看去，提議道：「將賀蘭欽給妳如何？」

她話音剛落，宮門內便響起內侍傳報聲。車輿將至，女皇及皇夫就要到來，諸人齊齊下跪行禮。李乘風卻不著急跪，她握著李淳一手臂，接著道：「先前那幾位妳既然都沒能看上眼，那曾經朝夕相處過的老師如何呢？制科敕頭（註4）尚天家幺女，簡直絕配，亦能成為一樁美談，妳說是不是？」

李淳一簡促地回了一聲「是」，李乘風卻仍不鬆手，她語氣不變，

註4　即狀元。

但話鋒卻分明是在警告李淳一：「還有，在前面行事，手千萬不要伸得太長，姊姊一向以剁旁人的手為樂，這個妳是瞭解的。」

李淳一眼前彷彿又跳出小時候那罐胳膊肉來，胃裡頓時一陣翻湧。此時李乘風忽然拽她跪下，迎接剛剛駛出城門的車輿。衛兵也好，即將要跟隨女皇一道往行宮去的官員也罷，一時間，恭迎之詞異口同聲地響起，唯有李淳一和李乘風是啞的。李淳一甚至連氣也沒有喘一口，她平抑下胃液，又在女皇示意眾人起身時，從容站了起來。

她本是要登車了，卻轉過身當著眾人的面伸臂抱了一下李乘風。「姊姊辛苦，我先去應召了。」

尋常人家的姊妹之間有如此舉動也不會太常見，又何況是在天家。這一對姊妹自出生便有了諸多不同，一個養在女皇身邊，另一個放在掖庭，長大後的境遇更是差了太多，怎會沒有芥蒂？

落在部分朝官眼裡，此舉值得揣測。這畢竟是吳王主動示好，難道兩座冰山也要化開，難道局勢要變？而已經登上車駕的女皇，也是垂了眼眸。她何嘗不希望諸人都和氣相處，但身在核心權力巔峰的帝王之家，就算沒有爭權欲，也必須學會自保，對誰又能真正剖心？

簾子緩緩放下，遮蔽了秋風裡的涼，便再看不到女皇及皇夫的身影。李淳一也登上車，撩起簾子往外看，車駕騰騰而行，宮城漸漸遠去，那巍峨的巔峰便只成了秋天裡的剪影，凌厲一筆亙在那裡，紋絲不動。

李乘風恭送車駕遠去，轉過身，見元信已走到她背後。她淡笑，逕自回宮，而元信此時道：「吳王當真是長大了。」

以前還是任人擺布的小孩子，從今日這擁抱來看，她已經是有自己的主意了。

他不過是隨口一講，李乘風斂了笑道：「還未成婚生子，算什麼長大？」

「陛下還未安排嗎？」元信問道。

「不合心意。」李乘風簡略回道，又看了他一眼。「她生下來的孩子事關皇嗣延續，關隴與山東的人，陛下都不會考慮。」

江左士族倒是合乎女皇心意，她今日向李淳一透露的正是女皇意思，而李淳一竟當真回了個「是」。既然樂得與老師成婚，那與宗亭牽扯不清又是怎麼回事？

曾詹事不只一次同她講「吳王與宗相公的關係很是不同尋常」，她還以為僅僅是當年胡鬧的一點兒延續，難道到現在，這兩人之間還牽牽絆絆理不清楚嗎？李乘風是果斷俐落又無法長情的人，對人與人之間，不能自己、無法割捨的感情，她無法感同身受。

因此她雖然縱情，卻又透著涼薄。元信緊隨其後，仍舊跟不上她的步伐。

排水溝裡潺潺水流捲著落葉悄然往遠方去，女皇的車駕也終在日暮前抵達了驪山。李淳一睡了一場好覺，但還不夠填補這些天的缺失，到行宮後，她陪女皇用過膳，便告退回寢屋去。

她倒頭睡了一會兒，忽然驚醒，背後出了一身汗，想起還未刷牙洗臉，便起身去泡湯。好在湯泉水引至內室，無須冒著涼風深夜出門，且也清淨，只有側門站了一名侍女。

李淳一放鬆自己往下沉了沉，索性將眼閉上。湯泉泡久了難免氣悶，她忽然露出肩，睜開眼，偏頭問侍女：「什麼時辰了？」

話音畢，暗光中卻早沒有了侍女的身影。她頓感恍惚，因不知發生了什麼，立刻就出來穿衣。手剛扯過袍子披上，卻有一人朝她大步走來，將她抵在牆面上。

對方衣料上帶著寒涼夜氣，讓人忍不住一顫。李淳一仰頭看他。「相公為何——」後半句話還未說出口，他卻低頭吻了下來。

是急切的需索，一點兒也不溫柔。病中的人帶著苦澀藥氣，暗光中哪怕挨得再近也看不清他的臉，血腥氣在口腔裡瀰散，根本容不得喘息。李淳一後腦抵著牆壁，潮熱的身體只察覺到冷和疼，連回應也變得被動。

吻急切地下移，李淳一驟吸一口氣。「你不該在這裡，太危險了。」發覺他的異常，她仍存了理智，試圖將他拉回來。然力量實在單薄，還未來得及反應，她雙腳已然離地，轉瞬被抱離了內室。

後背陷入柔軟厚褥，頎長身體卻壓下來，繼續方才未完的親吻。手指探進長髮裡糾纏，唇齒卻不放過血肉，甚至壓抑著幾分絕望的暴虐，像是要攫取生機，迫切證明自己還活著。

李淳一幾乎喘不過氣，伸手緊緊抓住他的袍子，身體反射性地躬起。「怎麼了？」她心中騰起莫名懼意，喉間驟然收緊，幾乎說不出話來。

多年前也是這樣，看他如此悲痛絕望，甚至連最後一絲生機也將被抽離，而她萬分慌張，想要將他拖拽回來。

紗帳搖曳，燭火急不可待地要燃盡。

單袍散開，皮膚暴露在寒涼空氣中，讓人忍不住戰慄。李淳一費力捕捉一縷頭緒，想弄明白他到底為何突然又變成這樣，然意識越發迷亂，就在意志快要坍塌之際，她驟想起之前在閱卷公房時前來為她診病的紀御醫。

她手心驟涼，聲音也變得冷靜起來：「你去翻了以前的藥案嗎？」

對方卻彷彿未聞，手往下移，探向她潮溼的身體。

李淳一弓腰抓緊他的衣袍，緊閉的眼卻倏地睜開。帳頂繡紋盤踞不動，意識也是一滯，霎時連外面風聲也聽不見，只聞得喘息聲。

那喘息聲似乎十分久遠，淅淅瀝瀝的雨聲鋪天蓋地落下來，像是要覆蓋掉那渺小的、焦渴又生澀的親暱交流。七年前那個夜晚，他深陷人生困境，她不知道要怎樣將他從深淵裡救回來，只是不想他就此死了，想要借他溫度與活氣，讓他的心重新跳動起來。

紛亂毫無章法的親撫，伴著屋外雨聲洶湧地燒起來，熾烈真摯的心全部剖開來溫暖對方。沒有鎧甲的軀體遍體鱗傷，少女的初次接納生澀又孤注一擲，幾無快意，只有疼痛。

她等他平靜，等他入睡，凌晨時悄悄出門打算回府，卻被金吾衛兵擋住了去路。

那幾個高大的紅衣金吾衛兵彷彿是從天而降，凶神惡煞地站在她面前。「末將奉陛下之命，請您回宮。」

她那時在國子監讀書，常年居於宮外。在宮外待久了，幾乎忘了自己是從宮裡出來的人。女皇很久未見她，放任她在外面自生自滅，卻在這個夜晚猝不及防地命人將她帶回宮。

雨越發大，風也是冷的。鐵蹄踏得積水飛濺，巍峨宮殿越發迫近，秋雷響，宮燈顫，閃電將路照亮，卻又轉瞬即滅。

與其說是請，不如說是硬抓回來。幾個力大蠻橫的傢伙將她帶到內侍跟前，她站在風雨飄搖的廊廡下愣著不動，兩個內侍一把抓過她的雙肩，又將她帶到了御案前。

人影幢幢，內侍悉數散去，如夢似幻。

銀炭悄悄燃，一絲煙氣也沒有。殿內溫暖如春，案後是她久違的母親。她從沒能像尋常人家的小兒女一樣喊案後這個人一聲「阿娘」，連稱呼都不給親近的機會，更不必說其他。

女皇倚案閉目假寐，對她的到來毫無反應，空氣中卻似乎蘊含著一觸即發的怒氣。李淳一向來怕她，因宮人們都悄悄說她心深似海、喜怒莫測，加上自己從未與她親近過，這恐懼便越深。過了許久，李淳一雙膝都已經麻了，殿外忽有人踏著雨聲匆匆趕來。

那人端著漆盤進殿，女皇也終於如蟄伏的猛獸一樣睜開眼，看向她，涼涼地道：「京中不要待了，去江左吧。」

一國帝王隨口宣告她的命運——「今晚就走。」

話音落下，滿滿一碗藥就擺到她的面前。

內侍彎腰放下藥，甚至替她打開了碗蓋，熱氣裊裊，苦澀滿溢。

她驚愕地抬眸看向女皇，女皇眸光卻冷如秋霜。「妳不可以有孕，更不能生下宗本家的孩子，將它喝了上路。」

她愣在當場，女皇隨即瞥了一眼內侍，內侍便上前捧起藥碗給她灌下。他們灌藥的手段爐火純青，她避無可避，釅釅藥汁便悉數灌進胃腹，那溫度燙得臟腑都疼，然她手腳卻涼如寒冰。

寒意從四肢竄上來，她全身都在發顫。內侍上前將她帶出門，只替她裹上袍子，便將她塞進車駕內，什麼話也不與她說，更不會容她收拾行裝與誰告別，只轉眼間，那車駕便駛離了長安城。

城門、坊門一路大開。

她從不知夜晚的長安城可以那樣通達，西出長安經潼關，再轉頭就全成了過往。被雨打萎的蓬叢一片溼答答，秋雁潮了羽翼，仍一路南行。

在掖庭受盡冷落與長姊的控制，熬到十來歲離宮入國子監，以為終於如雀般逃離牢籠，可以自由自在地縱情活著，不料女皇卻仍掌控著她的一舉一動。她何時進過桃花林，何時登過廢樓閣，與何人交談過，又與誰人出遊過——女皇瞭如指掌。

甚至她前腳經歷了青澀情事，緊跟著一碗避子湯就灌進她冰冷胃腹。

所謂自在不過是隱祕監控下的假象，一夜之間，一切都被打回原形。她仍然困在籠子裡，去江左也不過是換了一個牢籠。她無法對抗被控制的恐懼，一句話也不敢說，只能將害怕都壓在心底，切斷一切聯繫。

她親手種下的金錢菖蒲仍待在國子監裡，雨水將它淋了個透；幻方盒子裡的木方塊一片凌亂，還沒有推演完成。她走得猝不及防，連一聲招呼也沒打，就像桓繡繡，就像宗如舟，都沒有留下任何要離開的訊號，就瞬間失去蹤跡。

這對於宗亭的打擊是致命的，他大病未癒，只依稀記得最後一個混亂的夜晚，別的幾乎全忘了。他只知道無論是他母親、父親，還是李淳一，都走了，走得一乾二淨，只留下他。

關隴來人要接他走的那個夜晚，他渾渾噩噩逃離大宅，去了國子監。那株被遺忘的金錢菖蒲遭雨淋了那麼些天，卻仍頑強保留著一絲生機，好像在等他來。

帶上幻方盒，捧著那奄奄一息的小菖蒲，他也離開了長安，去往遙遠的西疆。其中有委屈，有怨恨，又有無能為力的憤怒與懊惱，遭遇她原封不動退回來的信時，他屢次都只差一點就心灰意冷，然到底無法真正斷了思念。

「無情無義」的李淳一在江南安安靜靜過了七年，她再回來時，他看到她，努力壓制住心底的諸多憤懣與想念，想揣摩她的心，揣摩透許多虛虛實實辨不清真假的事，然他什麼都抓不到，直到紀御醫將尚藥局多年前的醫案翻給他看完，他才看到她的恐懼。

「為杜絕妊娠的可能，那副方子用藥極重。那時吳王尚年少，恐怕吃不消這般藥量，應是吃了大苦頭。」

紀御醫輕描淡寫地與他敘述，面上是身為醫者的平靜與淡漠。

而他又如何能平靜？他憤怒、害怕，之後見到她甚至想要逃避，因此用冷淡來掩飾接近時的痛苦。

但他最終還是不顧一切地又追過來，想要捕捉一絲活氣，求證自己還活著，求證她還在。年輕的身體散發著溫度與力量，是熟悉的觸感，潮溼又引人沉溺，他衣服一縷未褪，然手指觸發混亂回憶，李淳一仰頭咬脣，沒有一點兒聲響。

壓抑似乎成了她的本性，不論愉悅還是痛苦，都需要壓抑著不斷堆積，才能獲得更強烈的回饋。她擁緊了他，指尖緊抓他袖下皮肉，喉間卻鎖死，軀體微微戰慄，弓著的腰忽然鬆弛下來。她闔上眼，像即將窒息的溺水者一樣浮上水面，終於沉重地喘了一口氣，眼淚隨之滾落下。

快慰和痛苦幾乎是同時到來，但那之後是精神的莫名鬆弛，她什麼都不願去想，也不打算推開他。他沉甸甸地覆在上方，頭埋進她的肩窩，手則移上來擁著她，喘息聲漸止。

屋外風平浪靜，沒有雨聲，也沒有風聲，只偶爾有巡夜的內侍走過，步子都極小心謹慎。過了半晌，李淳一抬起手去觸摸他額頭，指腹甫一觸上，便又縮回去。滾燙，燙得讓她害怕。他高燒到這等地步，她甚至不知道這個男人是怎麼從長安趕到這裡，又如何避開守衛、準確地尋到她的下榻之所。那滾燙之餘還有潮意，是眼角的淚。

他分明是哭了的。

這眼淚讓她覺得心頭酸楚滿溢，她甚至忍不住伸臂回抱他。沉重卻低緩的呼吸聲清晰地響在耳畔，她確定他睡著了，這才鬆開手，吃力又小心翼翼地將他的身體翻進臥榻裡側，隨後裹好身上的袍子。再回頭看一眼，他身上的衣裳仍是完好，只是那風塵僕僕的寒氣已是不在。

她扯過被子躺下來，亦將他也圈進這被窩裡，榻上一方天地，此刻終得幾分安穩。

都是困頓了多日，終於鬆弛下來的身體，似船舶入塢般安眠。

夜一點點深，走入盡頭，便與白日交接。將明未明時候，夜倦乏，朝日也懶，鳥卻勤奮啼叫喚人醒。李淳一睡眼惺忪，下意識去探他額頭溫度，卻被他握住手腕。

她醒了醒神，才發覺他也睜開了眼。挨得太近，以至於呼吸可聞，體溫互知，是被迫誠實的姿態。昨晚兩人幾乎什麼話都沒有說，心卻貼得極近，哪怕無言，心中的感受也得以傳遞。

宗亭眼底藏著疲意，燒已退了不少。他的身體有些涼，聲音難得的帶了些鼻音：「我看了藥案。」手指穿過她指間，用力交握。「我錯得有些離譜，我以為那時妳是因為知道自己要走，所以那晚才來。」

「不告而別不是我的行事風格。」李淳一停頓了一下。「那晚我想的是，倘若你能振作起來，就與你一起遠走高飛離開長安。」

她輕嘲般笑了笑。「確實天真。」

少年時候不切實際的想法果然都被現實砸得粉碎，但沒關係，低下頭，將碎屑粉塵掃一掃，收進匣子裡，直起身就可以繼續前行。能放下時，就該放下了。

李淳一出乎意料的平靜，心底藏著的一些懼意似乎也隨那個夜晚過去了。手心下，他的體溫在緩慢升高，連呼吸也變得灼熱，於是她話鋒突轉：「我知紀御醫很厲害，那日他來尚書省，自然不是因為我得了風寒，而是來查探其他。」

她頓了頓，迎向他的眸光。「告訴我結果。」

宗亭喉結輕滾，眸光倏地黯了一瞬，還未及講，她便又追問：「是不是難孕？」這追問甚至藏了幾分自信的揣測，尤其她在看向他時，變得更篤定。

「既然這樣，那許多事倒省心了。」她握住他下頷，抬頭吻上去。

早晨剛剛甦醒的身體略有些遲鈍，但體溫與放鬆的姿態是說不出的舒適。深秋晨冷，被子裡的溫暖令人眷戀，也使人感覺安全。李淳一的手在柔軟的錦被下遊走，指頭探進對方的袍袖裡，貪戀地摩挲。

除去他的外袍，隔著單衣，溫度越顯得真實。彼此無比熟稔地親吻，知道如何取悅對方，又如何交融。時隔多年的接納儘管仍有痛苦，然那貼合卻令人顫抖，連喘息與心跳的節奏都互相配合，似乎這些年的空白輕而易舉就能被填滿，好像再無溝壑橫亙在兩人之間。

屋外漸漸亮起來，有內侍來來往往，室內卻越發熱切而急促。堆積起來的快意即將要衝破理智的樊籠，然李淳一卻仍鎖死了喉嚨，寧願享受窒息的壓抑，也不願出一丁點聲。她在即將失控之際，偏頭看了一眼明亮的窗戶，有人影從白茫茫的窗口走過。她閉上眼，腦海中閃過一片空白，下意識地抓緊他的臂膀，頭低了下去。

她咬了他，這一口比當年在國子監廢樓閣上那一口還要狠，同時她鬆開牙關，局促又失控地喘了一口氣，終於出聲：「相公好好養病，傷也要好好養，不然會留疤。」

喘息難平，結束那壓抑的自控的她才稍微顯出一些人情味，宗亭如獲至寶，儘管代價是皮肉被狠狠咬破。

宗亭黑眸深不見底，喘息聲倒是平息了下來。「殿下將臣的脖子咬成這樣，是不願讓臣見人嗎？」

「是，你亟需休息，我正好送你個理由。不要出去了，就在這裡待著。」李淳一欲起身離開他，卻被他倏地拽回去。

她周身疲憊，被他圈進懷，悄無聲息的肌膚溫存似比熱切的需索更令人身心溫暖。兩人額頭相抵，各自平定了一會兒，李淳一低聲開口：「相公昨晚哭了，我大約清楚你害怕什麼。」

她將手掌貼上他心臟的位置，聲音低得如嘆息：「你還是放不下。」

他在陰雲下，而她似乎已完全走出了雨霧陰霾，即將去迎接嶄新的陽光。

宗亭感受著她掌心的溫度，低聲開口：「臣擔心殿下還會如臣的阿爺、阿娘那般，消失得無影無蹤，所以臣要看殿下君臨——」

她的手瞬往上移，按住他的脣，不讓他往下說僭越的話。

「妳不快樂。」

他忽然開口，這言語幾乎是將手伸進她的胸膛，握起她的心瓣，戳破她的偽裝。「因為不快樂，甚至沒有傾注一絲一毫的感情。」這場情事看起來似乎全力以赴，但實際上，甚至連昨晚未盡的那一場都不如。

倘若說昨晚還可憐巴巴地觸到了她的一絲心弦，方才他什麼都沒有抓到。她的心同屋外白茫茫的晨霧一樣，探不明朗。

她已不太會動容，常年被監控的生活讓她喪失了展露真實情緒的能力，心是冰封的，他伸手去握，甚至聽到碎裂聲，這讓他飛快地縮回手。

而問題是——他也一直在監控她，哪怕出發點不同，本質與女皇所為也沒有什麼區別。

宗亭念至此，竟有幾分心虛，貼著她皮膚的掌心也悄悄起了涼意。

「沒有感情——我讓相公有這樣的錯覺嗎？」她的手沿著他的脊柱往上，指腹下的皮膚依然火熱，隨時會再燒著。這適宜的、全天下唯一真切又用力感知過的體溫，稍有不慎就會沉溺其中，她必須有所節制。

「至於你說的不快樂，我察覺不到。這些年習慣如此，也就不覺得有不對的地方。」她貼著他起伏的胸膛道：「相公想查什麼都可以查到，譬如多年前的藥案，譬如我如今的身體狀況，我在相公眼裡，難道有祕密可言嗎？我宅內外都有你的人，尚書省也有，南衙更有，甚至在宮裡，連紀御醫都是你的人。」

「紀御醫不是臣的人。」他忽然反駁她單獨拎出來的這個點。「臣從不會讓他做事，給他命令的一直都是陛下本人。另外一些人與事，同理。」

李淳一頓時恍然，他卻在這當口忽然抱著她坐起來，下了榻，逕直往內室的湯泉池走去。湯泉池中水霧裊裊，與今晨這大霧天氣十分契合，但因為溫暖，要比大霧討喜得多。

他將李淳一抱下水，繼續之前的話題。「所以說殿下不滿臣的監視也沒有辦法，那些並不是臣安排的人，臣也無法將他們挪走。臣只不過利用他們所在的位置，獲取一些需要的信息。」

話說到這個分上，李淳一已經懂了。他故意安插的那幾個明顯的眼線不過是障眼法，實際上他蠶食的是女皇多年建立起來的監控系統，難怪女皇所知的，他只要想知道也能知道；有些事他不想讓女皇知道，甚至能讓人誤報給女皇，譬如紀御醫稟報給女皇的關於李淳一的身體狀況。

他膽子怎可以這樣大？她不信女皇對此毫無察覺，何況這樣的做法極容易被背叛，他半點兒擔心也沒有嗎？

宗亭低著聲說道：「殿下要明白，誰都可能背叛，不能因為擔心對方會變節而拒之不用，那樣會毫無力量，只能任人宰割。」他的唇瓣挨著她柔軟的耳垂，氣息竄進她的耳裡。「況且這些事都是賭局，膽量也是籌碼之一。」

「這些事，殿下以前沒有做過不要緊，臣會替妳做，也會教妳如何做。」他盯住她的眼，交付忠誠又捕捉她的慾望。「殿下分明很渴望臣。」

李淳一拒絕了他。

外面太陽露了臉，驪山行宮從迷霧中走出來，已是徹底醒了。有內侍在外敲門道：「殿下，賀蘭先生應陛下之召，此時已經到了。陛下命殿下盡快過去。」

李淳一聞聲打算出去，宗亭卻又一把拽住她，冷靜問：「尚書省還未放榜，賀蘭欽來做什麼？」

「相公不知道嗎？」她轉過身面對他，冒著熱氣的皮膚還存留一些情事之後的氣味。「陛下的想法、宮裡的消息，我以為相公都會是最早知道的，看來相公當真是病了，連掌控都弱了——」

她緩緩舒了一口氣，復盯住他的眼。「陛下欽點了賀蘭先生為制科敕頭，且判了從不授人的第一等，今日提前喊他來，自然是給他尊榮，刻意要抬高他的聲望。」

她說完，出其不意地爬上去，迅速扯過袍子套上。

「只是這樣嗎？」

她都快要走到門口了，步子卻倏地一頓，轉過身輕輕將袍子一整，負手對池子裡的宗亭道：「當然不是。」她頓了頓。「如果不出所料，陛下想促成我與老師的婚事，這對於她來說，無疑是拋開關隴與山東最省事的辦法。」

宗亭斂眸看向她。

她眸光也是一斂。「相公不要那樣看我，從局勢上看，倘若不得不成婚，老師的確是比相公更好的選擇。」

有些言行可以徹底拋開感情，因此顯出冷漠。李淳一披上外袍，束好頭髮及玉帶，套上烏皮靴，回頭看一眼僅套了單袍就從內室出來的宗亭，道：「相公留步，行宮人多眼雜，還是謹慎些好。倘要休息，就在此歇下；倘要回去，請等到晚上。」

言罷，她衣冠齊整地出了門，連頭也沒有回。那腳步聲遠去，宗亭瞥見了特意留在案几上的傷藥盒，這才隱隱察覺到刺痛。他順手從妝奩中拿起鏡子一瞥，細薄的皮膚上是明顯的牙印傷口，血到現在還在往外滲，衣袍領口血跡斑駁。

傷藥盒底下放著乾淨手巾與紗布，貼心至極，卻也令他胸悶氣短，以至於滿腔惱火不知要往哪裡宣洩，最後連傷藥也懶得抹，拿過手巾壓住傷口便又躺回了榻上。

人生許多問題都難解，情愛更不是萬能藥。他沉溺於與她親近，渴望一直占有，然而對方飛出紗帳樊籠，去尋她自己的天地。

「從局勢上看」——僅這幾個字，便足以證明她已經跳出男女情愛去面對自己的路了。

這是好事，但也是矛盾所在。他樂得見她強大，卻又擔心她因此振翅高飛，將過去悉數拋個乾淨。他在能很好地處理這些矛盾之前，只能揣著得失心忐忑焦慮。

鋪天蓋地的睏意沉沉覆下來，他仍在發熱，後背甚至竄起寒意，縱情過後的身體十分疲憊，他只能枕著錦被中她的氣味，沉沉睡去。

行宮清早寒意料峭，秋意很濃了，紅葉承接著晨霜，在日光下很快化成了露水。內侍端著小罐蓄了露，用來煮一些稀奇古怪的飲品。隨同女皇來行宮的光祿寺少卿緊盯著食單，有些暴躁地催促僕人準備宴食。石甕寺鐘聲接連響起，山谷雀鳥被驚起，越過寒冷的溪澗在蕭索林間追逐不停。

餐碟被陸續擺上食案，說是私宴，但規格也絕不隨便，從光祿寺少卿手上的食單上便能窺知一二。

今日來的這位，對女皇而言是極為重要的客人，她曾請他做太子的老師，卻被他拒之門外；而今他將成為制科敕頭，女皇甚至命人懸其策文於尚書省，以示大國得賢之美。

賀蘭欽靜坐室內，等候召見。因還未授官，便仍是白身，一身素色道袍，盡顯出塵之氣。

內侍小心翼翼進屋，喊他道：「賀蘭先生，筵席已準備妥當，請隨某來。」

賀蘭欽起身與他一道出門，邁入宴廳時，僅有幾個內侍在，除此以外便只有來來往往送宴食的侍女。

內侍領他入席，又道：「陛下就快到了，先生請再等一會兒。」

然這「一會兒」卻整整拖了兩炷香的工夫。室內連個樂工也無，只有不吭聲的內侍像偶人一樣杵著，再沒人與他說話。

氣氛一度凝滯，外面內侍忽朗聲傳道：「吳王殿下到——」

諸人紛紛低頭行禮，李淳一著親王服跨進了宴廳。她今日氣色很好，舉止也透著從容。坐於案後的賀蘭欽起身看過去，脣角輕彎，竟是俯身與她行禮。「吳王殿下。」

昔日師生身分倒錯，他向曾經的學生行禮並不奇怪。

「請坐。」李淳一顯然接受得很坦蕩，隨後撩袍在對面案後坐下，內侍便上前替她添滿茶水。她抬首，並未發覺賀蘭欽有什麼變化，他永遠是這副模樣，從七年前到現在，似乎一直都未變。

她一貫認為賀蘭欽快到了不以物喜、不以己悲的境界，差那麼一丁點兒就能得道成仙。然宗亭說得沒錯，賀蘭欽不可能是毫無目的之人，因此李淳一信他敬他，但也不盲從他。

「江左一別，後來再見賀蘭先生，卻是在制科考場上。」她手執茶盞，略有停頓。「先生近來可好嗎？」

他淡笑回道：「有勞殿下掛念，某很好。」

兩人各自都端著講話，體面又和睦，全無不妥的地方，而此時女皇正坐於簾後，閉目靜聽。她倏地睜開眼，悄無聲息地從邊門出去，外面響起內侍的傳報聲。

「陛下駕到——」

李淳一聞聲即刻移至案旁，伏跪下去，身為子女的恭敬，多少帶了些卑微；賀蘭欽卻不同，那脊背雖也彎下去，卻有不卑不亢的意味。

女皇步入廳內，步子很快，甚至帶起一陣風。她頭風不發作時看起來總還是有精神的，甚至帶了幾分愉悅。她至主案後坐下，對兩人道：「都坐。」

一旁的光祿寺少卿得此言，趕緊出了門，令內侍接著上宴食。

隨女皇一道進來的還有起居舍人宗立。宗立正是宗亭族弟之一，也是與西戎那場擊鞠賽中的騎手。他得了女皇授意，與賀蘭欽道：「陛下看了賀蘭先生的策文深感觸動，因求賢若渴，這才迫不及待與先生見上一面，望先生勿要覺得唐突。」

「莫大榮幸，又豈敢覺得唐突。」賀蘭欽對宗立道，也是同女皇講。

雖都是場面話，但氣氛和悅，也是個極好的開端。女皇不太開口，諸多問話都交給宗立。身為起居舍人，宗立將聖意揣摩得十分透澈，問的都是女皇的意思，最後猶豫一番，又問：「賀蘭先生可有妻室了嗎？」

「某不曾娶妻。」

宗立看向女皇，女皇緩緩開口：「今科敕頭，總要安排一樁好婚事才妥當。」她這一言，等於同時向他點明「你得了制科敕頭」、「朕要與你指一門婚」這兩件事，但到此為止，也不提李淳一，只等賀蘭欽的反應。

換作別人，這時自然會說「有勞陛下操心，某自有打算」、「某謝陛下掛念，一切全憑陛下安排」云云，然賀蘭欽毫無回應，只當是很順理成章聽到了這一句，繼續等她下文。

他不講話，女皇自然不能逼著他講。她眸光一斂，看向宗立。「依宗舍人看，誰人可與賀蘭先生相配？」

宗立頓時進退維谷，他隱約知道女皇有意要撮合這一對師生，但倘若實實在在表明是李淳一，卻又不好。

他接了這燙手炭，渾身都不自在，然他眼角餘光瞥到李淳一，瞬間就將燒紅的炭拋給她。「兩姓結好，最恰當還是要兩情相悅。臣對賀蘭先生不甚瞭解，更不知賀蘭先生會傾心何等女子，臣聞吳王殿下曾以賀蘭先生為師，不知吳王殿下可有所瞭解呢？」

聰明人不會將問題留在自己手裡，而是拋給旁人。不過李淳一倒是不打算拋，她直言拒絕：「身為學生又怎可揣摩老師心意？本王沒有琢磨過此事，宗舍人想必問錯了人。」

宗立只剩尷尬，但這尷尬好過一言不發。他無奈看向女皇，女皇面上漠無表情。就在此時，外面內侍又報道：「宗相公求見陛下。」

諸人都停頓，女皇握在手中的茶盞也擱下。她道：「皇城內諸事都由太女處理，讓他回去。」

內侍飛快將女皇的意思傳達出去，然回話也迅速傳來——

「宗相公執意要見陛下，說是元鳳四年度支奏抄事關元鳳五年支度國用，中書門下議事不決，太女殿下更無力決斷，需陛下處理，才可發敕。」

女皇閉目又睜開，波瀾不驚地開口回說：「讓他進來。」

內侍傳達完聖意，宗亭即撩袍而入，衣冠齊整，全無一點兒狼狽，根本不像是高燒初醒之人。李淳一也是有幾分驚訝，但他不看她，逕自走入殿內對女皇簡單行了禮，即將手中奏抄遞上去，開門見山道：「據元鳳二年國庫收納數推算，元鳳五年的支度國用恐有不妥。」

女皇按著奏抄不動：「哪處不妥？」

他言簡意賅：「供軍支用。」

帝國的財政開支，總體分供國、供御，以及供軍。

所謂供國，無外乎是供養官吏衙署、轉運交通、興造除害、物價水利等支用，供御則主要是皇室宗族開支，至於供軍，便尤為複雜起來。各地府兵、官健兵等等，都需國財來養，爭議便在於財政怎麼撥給，按照什麼來撥給。

山東與關隴素來在此事上爭奪不休，尤其是在兩邊僱用的兵員數量都不斷增長的情況下，就更爭得面紅耳赤，幾乎要撕破臉。

元信此次從山東回京，當然是醉翁之意不在酒。

元信要盡可能為山東爭取利益，而關隴卻稱隴右去年逢大旱，原本賦稅就不夠吃，當然要從國庫多撥給。每年支度國用都有個限度，這邊多給，山東自然就不能再增，兩邊為這件事已經是勢不兩立，吵的雖是一本奏抄，爭的卻是龐大的口糧。

女皇當然心知肚明，但她要讓他們爭，讓他們奪，讓他們互相殘殺，而自己閉口不談，坐收漁利。

現在宗亭顯然是要來為關隴爭上一口糧，但她如僧坐定，不打算理會，更不願意翻開面前這本奏抄。

女皇閉口不言，宴廳內便如死水般沉寂。賀蘭欽靜等一顆石子入水，起居舍人宗立也不插話，最後只有李淳一跳入這水中，打破平靜。

她開口問：「相公面色略差，是病了嗎？」

宗亭不理會她。
女皇睜眸看向他，他脖頸間壓著一塊紗布，顯得格外奇怪。她終於開口：「宗相公的脖子怎麼了？」
宗亭不苟言笑回說：「臣被狗咬了。」
他一本正經說自己被狗咬了，宴廳內諸人竟沒一個信的，紛紛屏息不言，就連李淳一也只是收斂了眸光。
到最後只有女皇樂意配合他。
「宗相公遇上的狗亦仁慈，竟未將相公脖子咬斷。」
「仁慈又豈會咬人？那條狗分明凶惡至極。」
宗亭面上寡淡得要命，儘管意有所指，卻根本不屑睨一眼李淳一，全當她不存在，剛才進來時甚至未與她行禮。
李淳一聽到這話便知他又在生氣，他那架勢像是恨不能與她打上一架；然李淳一對此毫無反應，只抿了一口茶，權當聽笑話。
她這事不關己的態度實在惱人，但要事在前，宗亭忍了一忍，將話題扯了回來。
「眼下尚書省皆等著政事堂發敕，事關支度國用，時間著實緊迫，請陛下盡快做決斷。」
他竟是理直氣壯催起女皇來，且還擺了一副為國事操心的冠冕模樣。

女皇仍按著那奏抄不動，看都不想看一眼，化繁為簡地說：「中書門下怎麼吵，朕從不去管。這些事有章可循，度支是怎麼算的，比部（註5）拿出來的數又是如何，一目了然，按規矩辦事很難嗎？」

她言語裡有幾分不耐煩。

「何況朕已令太女監國，此事由門下省直接申與太女即可。你拿回去——」她言罷將奏抄扔到了案下。「只要有太女畫諾，就發敕送尚書省去做。」

她大方地將未來一年的支度國用決策權放給了李乘風，實際上卻是將魚食拋出去，還是讓他們自己去爭。君相分權，政事堂才是諸衙署的領袖，李乘風身為儲君，有沒有本事左右政事堂，很重要。

奏抄原封不動落在腳邊，宗亭低頭撿起來。他明白女皇是想探一探李乘風的實力，不過用別的事試探也就算了，這件事絕對不行。於是他「忠言」提醒：「隴右大旱才過，關隴兵亂剛剛平息，倘這時候再缺衣少糧，後果誰也無法預料。西戎野心越盛，西北邊上從不太平，關隴倘若不穩，陛下恐也難安眠。」

他上前一步，重新奉上奏抄。「度支侍郎擬的這奏抄，陛下還是有個

註5　比部司。管理審計財政、核查賦稅、百官經費俸祿、倉庫出納、軍資器械帳目。

數為好。」

這言語裡藏了威脅。鬼知道上次關隴兵亂是什麼內幕，現在居然又拿這點來嚇唬人。女皇額角隱隱跳痛，頭風似乎又要發作。她頓時滿心煩躁，低頭翻開奏抄，將供軍部分瀏覽了一遍。度支的計畫明顯有所偏向，對大旱剛過的關隴而言的確是有不妥之處。

她本心是想削關隴的兵，但西北軍防一旦薄弱，西戎便會乘虛而入；但就這麼養著這頭猛虎，她既不甘心又不放心。

額顳猛地疼痛幾下，連帶著眼眶都抽疼，她抬手一按，壓著聲音道：「朕知道了。」又轉而向起居舍人宗立道：「讓度支侍郎到行宮來。」

宗亭也不打算再拿回那即將變成廢紙的奏抄，往後一步，躬身行禮。「臣先告退。」

他挺直脊背，堂而皇之地走出宴廳，讓賀蘭欽師生見識了他的得勢與囂張。然這對師生看著他背影遠去，最後消失在門口，也只是各自執起茶盞飲茶，彷彿剛剛什麼都未發生。

但筵席到底有了變化，女皇頭風又有發作苗頭，不能繼續待著。一旁的宗立便尋了個理由提醒她：「陛下，曹御史今晨就到了行宮，恐是有要緊事，可要召見？」

「不用讓他過來，讓他等著。」女皇執盞飲完茶，霍地起了身，很是隨和地與李淳一及賀蘭欽道：「不用出來送了，繼續吃吧。」

師生兩人隨即起身，女皇飛快地穿過宴廳走了出去。

宴廳內秋風湧入，鈴鐸聲也被帶進來，顯出難得的清淨。無絲竹擾耳，飯食豐盛，便是宜人的宴會。師生兩人沉默地各自享用了一會兒美食，李淳一先起身，賀蘭欽亦跟著站起來。

內侍恭送兩人離開，李淳一走在前，賀蘭欽行在後。

待出了廊廡，李淳一卻轉頭。「說實話，老師前來參加制科，我感覺很突然。方才不便詢問，現在老師可否告知學生為何來應舉呢？」

賀蘭欽卻道：「殿下應先從改口開始，我已不是妳的老師了，哪怕私下裡也不要再如此稱呼。」

李淳一卻說：「一日為師，則終生為師，何況先生於我有再造之恩，學生私下還是不能造次。」

賀蘭欽繼續前行。「殿下要明白，這世上並無永恆不變的關係，一日為師，終生為師，大多是一廂情願的固執，其實是沒道理的說法。」

既然他都這樣說了，李淳一便不再糾結於稱呼。

避開了行宮守衛，兩人往東去。

林木秋色濃，澗溪流水急，兩人繼續前行，賀蘭欽隨口問：「殿下身體還好嗎？」

李淳一似乎在想別的事，只顧著往前走，他便喊她一聲「幼如」，她這才止步回頭。「哦，好，很好。」

「沒人同妳說妳有哪裡不妥嗎？」他問。

李淳一本要脫口而出講「沒有」，但她驟想起晨間從宗亭那裡獲知的「難孕」一事，便皺皺眉，回賀蘭欽道：「有。」

「那就是了。」賀蘭欽道：「紀御醫的診斷雖不易出錯，但是——」他看向李淳一，緩慢提醒：「醫者也非神明，所言並不絕對，諸事都有意外，妳還是小心些為好。」他分明已知李淳一難孕的事實，這話講出來便有了另外的意思。

難孕不等於不孕，倘若放縱情事，萬一現在有孕，對她來說是不利的，因此讓她小心。

李淳一心中咯登一下，賀蘭欽又說：「妳與過去的人與事牽扯甚多，雖看起來扯不斷，但其實都無甚要緊。」

他負手看她，脣角是平和的微笑。「最要緊的是妳心中有不平、有決斷，明白自己想要什麼，哪些又可以扔掉，這樣取捨起來便沒什麼可為難了。」

李淳一幾乎未與他提過宗亭的事，但他彷彿瞭如指掌，甚至清楚她回來之後又與宗亭糾纏不清，還特意提醒她「要節制小心」。

他如何知道？李淳一想捕捉一些蛛絲馬跡，驟想起賀蘭欽趁她不在時到別業拜訪那次。雖然宋珍沒主動同她提及，但她後來還是透過別的渠道得知了。那時宗亭恰好住在她宅中，或許兩人有過交手。

賀蘭欽似乎認為她與宗亭糾纏沒什麼大不了，簡直像是小孩子胡鬧。他像長輩一樣，輕描淡寫地盡到提醒風險的責任，自然不會逼她做出什麼驚天動地的決裂之舉來。

李淳一本想將女皇意欲指婚一事講給他聽，最終還是作罷，只提議道：「走出來太遠了，現在回去嗎？」

「我再走一會兒，殿下先回吧。」他負手立於林間，看她往回走，隨後轉過身，等那位紫袍郎君從樹後繞出來。

如此「巧遇」，真是令人發笑。

他不點破跟了一路的宗亭，只對那大樹說：「宗相公也覺得這林子很美嗎？」

上次躲在屏風後被他戳穿，這次躲在樹後又被他發現，宗亭差點以為他有眼睛在空中飄。但宗亭不糾結於此事，也不打算再避，於是從樹後走出來，行至他面前。

兩人差不多個子，紫袍玉帶與素色道袍相對，是明顯的士庶分別。

如果說宗亭此時全身上下都透著咄咄逼人的架勢，賀蘭欽則不會給對方造成壓力。他平和從容，也從不與人發火，或許長到這個年紀都沒跟人打過架、拌過嘴。

宗亭將他細細打量後終於得出結論，分明才三十出頭，卻像是一潭死水，連策文也寫得十分老氣，全身上下都透著隔夜菜的陳味，實在無趣至極，怎會有人覺得他魅力無窮？

老男人。宗亭在心中嘀咕了一聲，隨後頗為自信地振了振紫綾袍袖。

林間的風再次湧動起來，吹得落葉簌簌，像是要拚了命將這季節中苟延殘喘的葉子都搖到地上去。

宗亭終於開口回他方才的話：「這林子確實很美，但落葉總是要化成泥，春季只歸新葉所有，賀蘭君說是不是？」

他對賀蘭欽有預設的敵意，賀蘭欽卻根本懶得與小孩子計較。

忽有窸窸窣窣聲響起，宗亭低頭一看，見一條黑蛇自叢間蜿蜒而來。那黑蛇吐著芯子，模樣十足凶悍，似乎下一瞬就要騰起來咬人。

鎮定如宗亭，喉嚨竟是忍不住緊了一緊，後脊背也竄過一縷寒涼。

然那條蛇卻貼近賀蘭欽的足，隨後盤曲而上，賀蘭欽對牠伸出手，牠便爬了上去，穩而自在地將頭停留在他手中，直直盯住宗亭，凶神惡煞地猛吐芯子。

賀蘭欽輕輕撥轉牠的頭，牠便轉向，不再針對宗亭。

他偏頭看向宗亭脖頸間仍尷尬捂著的紗布，眼角蘊起極淡的笑意。

他道：「相公吃相有欠文雅。」

賀蘭欽一言雙關，既是說宗亭在男女情愛一事上吃相難看，又是指其今日在女皇面前要口糧的模樣很著急。言罷，他看一眼宗亭，對方顯然聽懂了這言語中的深意，但壓住不發作的模樣也是好笑。

蛇頭此時忽然轉向，竟是猛地朝宗亭一竄。宗亭雖沒被嚇得往後退，但也被駭了一跳。對待其他禽類的進犯，他還能伸手反擊；但面對蛇，宗亭明顯連碰都不想碰一下，因為涼膩膩的實在噁心透頂。

壓下心頭不適，他快速回道：「文雅又有何用？文雅到最後不過是餓死。」

「文雅的確無法當成飯來吃，然吃得太著急、太快，卻更易成為同類的眼中釘。人、畜生，皆是如此。」

賀蘭欽說完，黑蛇已是收回了咄咄之勢，悄然鑽進他的袍袖裡。他很善意地提醒宗亭不要太高調，同時又莫名地說：「宗相公在公私輕重上似很有分寸，這很好。」言罷一拱手，先行告辭。

分明還是白身平民，卻占據高地、有理有據地對中書相公的為人評判起來，甚至連反駁的機會也未給，捶過一拳後就自覺地退得遠遠的，宗亭哪怕不贊同也無處反駁。

仍在發燒的宗亭，心裡由此蓄了滿腔怒火，直直竄到腦子裡，燒得他神志更是癲亂。

這癲亂令他無法繼續待在這人跡罕至的蕭瑟林間，因此他步子一挪，像被魘住一般，不自覺地就往吳王的居處走去。

守衛和內侍對宗亭皆是視若未見，他再次入內，李淳一卻並不在。顧不了那麼多，他逕直走進去，隨即往榻上一倒，連衣冠也未脫就昏昏睡了過去。

李淳一被女皇叫去應付前來告狀的曹侍御。

曹侍御與李淳一因制科相識，也算有些交情，但這時候翻臉不認人起來，當著李淳一的面就直言不諱地說她治所的秋冬季勾帳有問題。告狀告到本人頭上，真是勇氣十足。

此時女皇不在，許多事甚至可以私下遮掩處理。但李淳一面對質疑，卻回道：「淮南治所的帳是經比部勾檢的，且淮南監察御史也對過帳實，本王倒是不知有哪裡不對，那麼就請曹侍御講個明白吧。」

曹侍御道：「殿下既然這樣講，臣便直接問了。」

他遞上一本小冊子。「既然殿下認為淮南治所的帳沒有問題，那麼建寺觀這部分支出又是從何而來？難道是從天而降的嗎？」

李淳一迅速一想，低頭睨了一眼，將手收回，抬首看他道：「曹侍御。」她毫不心虛地回道：「本王僅永業田便有一百頃，私產並不算少，難道本王動用私產建寺觀，如今也受御史臺管了嗎？」

曹侍御毫不退讓。「殿下私產自然是支用自由，但當真只是建寺觀嗎？據臣所知，那幾處寺觀，養了不少『閒人』。」

他刻意強調「閒人」，言下之意是說李淳一可能在利用寺觀名義在養幕僚爪牙，心有不軌。

針鋒相對，分明是要逼得李淳一心慌意亂。

「曹侍御是在紅塵中奔忙的人，認為修道之人即是閒人也情有可原。」她頓了頓。「御史臺雖可以風聞奏事，但有些話還是謹慎些再講為好，畢竟誤傷並沒有意義。今日倘若是陛下在這裡，大約也會同曹侍御這樣講——」

她顯然沒有了繼續聊下去的想法，只告訴他：「本王建寺觀之事，陛下恐怕比曹侍御更清楚細節。」

她將那冊子遞還給他，直到他低頭接過，這才逕直走出門去，吩咐門口內侍：「請曹侍御回去吧。」

她往前走到廊廡盡頭，拐進西邊走道，短促地呼一口氣，一條黑蛇便向她遊走過來。她低頭一看，蹲下來伸手迎牠，隨後抬頭兩邊看看，卻未見賀蘭欽的身影。

那黑蛇對她表現出十足的親暱，就差要往她袖中鑽。她料定賀蘭欽就在這附近，遂抱著牠起身，蛇尾瞬時就纏上她的臂，蛇頭卻指引方向，似在帶路。

雖才到午餐時辰，但天色轉陰，竟有幾分遲暮的味道。空氣又犯潮，風也越發大，似乎又要下雨。李淳一踏著落葉一路尋，卻並未見賀蘭欽的蹤跡。她已漸漸遠離了行宮主殿群，走到了西繡嶺的一座道觀前。

這時有小道士匆匆迎上來，終於透露了賀蘭欽的行跡。他講賀蘭欽自前幾日便客居此地，方才恰好回來了，並吩咐說倘有人來找，便請之入內。

李淳一抱著的黑蛇果然興奮地朝門內吐起芯子來。賀蘭欽素來熱衷故弄玄虛，李淳一早見怪不怪，她走得有些疲乏了，恰好進去歇一歇。

道觀中的無欲清淨是塵世難及的，任由落葉占滿庭院走道，自然和諧，並不會令人覺得邋遢難看。李淳一隨小道士往後行至寮房，卻正逢賀蘭欽在庭院中與一道長切磋功夫。

李淳一站在一旁靜看，小道士也看得發愣。道家亦有門派之分，功夫自然也生了差別。道長出手剛強，賀蘭欽卻要柔得多。他雖慢，卻如行雲流水，對方竟是難尋弱點下手攻擊，待到最後收拳腳，他竟也保持著鎮定的體面，連粗氣都未喘上一口。

那道長不禁嘆妙，撫鬚笑起來，又令小道士前去煮茶，這才看向李淳一。李淳一著親王衣冠，身分一眼明瞭，道長遂行一揖，便識趣離開。

黑蛇從李淳一手上爬下去，自在愜意地奔向賀蘭欽。

賀蘭欽道：「遇上什麼事了？」

「先生火眼。」她果真改了口，隨旁人一樣喚他先生。

「我猜猜看。」他在架高的廊廡上坐下，從身旁漆盤上拿過手巾略擦了擦汗，續道：「陛下未見曹侍御，而是將妳喊去了。曹侍御是告誰的狀？」

他猜得不錯，李淳一遂道：「我。」

賀蘭欽放下手巾，沉吟道：「告妳的狀……那除了寺觀便也沒什麼可講了。諸人都知陛下對小動作很是忌諱，倘被抓實了『心懷不軌、另有圖謀』，恐怕就要落得與妳阿兄一樣的下場了。」

「幸虧當初建寺觀，先生讓我向陛下遞了摺子。」

「不要慶幸得太早。」賀蘭欽道：「眼下陛下對妳有所求，妳是有恃無恐，但寺觀這件事始終是問題。妳不能明目張膽養士，用這種辦法避人耳目，但實質還在，有心之人仍可以翻出花樣來整妳。」

李淳一微抿脣，又問：「依先生看，誰會是這有心人呢？」

「最近有人進京了吧？」賀蘭欽忽問她。

「是。」李淳一眸光瞬斂。「先生的意思是，此事是元信授意？」

「陛下和太女指望妳誕下皇嗣，但他未必。妳與宗相公走得近，他與宗相公又是敵對已久，倘妳生下的皇嗣有宗相公的血脈，他會樂意嗎？」

賀蘭欽端起漆盤上的茶盞飲了一口。「他未必要置妳於死地，但現在不順心，就要整整妳。反正御史臺風聞奏事又不用擔責任，抓到一塊軟肋便咬上一口，總不會損失什麼。」

「這些構陷傾軋的事，妳不要放太多心思在上面。」賀蘭欽拿了素粿子給她。「以退為進，不要主動去害人，做事不妥當會被反咬。」

他又飲一口茶。「何況齷齪的事，還有宗相公去做，他已經深諳此道了。」

李淳一挑眉看他。

賀蘭欽又道：「他對我雖有不小敵意，卻並未將我當成對手。真正與他交鋒的是元信背後的山東勢力，這點他分得十分清楚。」他頓了頓。「何況他對江左新貴並不排斥，不然也不會放任妳在制科取落上做手腳。身為世家子弟，有這樣的胸懷也很難得，這是與山東那些故步自封的門閥所不同的地方。若要結盟，他的確是上選，殿下很有看人的眼光。」

他誇完宗亭，甚至連帶將李淳一也誇了，最後說：「吃完這些妳就回去吧，給他一些好處，這個人死心眼。」

言罷，賀蘭欽就起身進寮房了，只留下一盤素粿子、一盞冷茶與李淳一在外面。

李淳一於是就著冷茶，將盤上粿子吃了個乾淨，這才折返回行宮。

陰天裡，夜幕也迫不及待地到來。她回到行宮時，燈悉數都點了起來，侍女看到她，忙迎上來，躬身行禮。「殿下總算是回來了，陛下方才送了些補品來，說是殿下近來操勞政務，該好好養生。」

李淳一自不會吃這些養生補品，遂大方決定都賞給宗亭。她同侍女說：「知道了，熬些溫補的藥膳送來吧。」

侍女轉身離去，她進得門內，再往裡走，忽有一根羽毛飄在空中，瞬時又落下，再往前幾步，竟是有一把漆黑的烏鴉羽毛！

一盞燈幽幽晃動，案上擺了一只空碗，邊上則是一堆碎骨頭。

李淳一頓時火大，掀開紗帳便怒氣沖沖地質問：「烏鴉呢！」

宗亭坐起來，抬眸盯著她。「殿下何必這樣生氣？左右賀蘭欽那裡還有一隻，妳將那隻再要來養就是了。」

「你能不能講點道理？」李淳一氣得手都在抖，上前一把揪住他的前襟。

「吵吵嚷嚷不讓人眠，所以拔毛以示懲戒，臣很講道理。」他理直氣壯的模樣更是激怒了李淳一，只轉眼間，兩人便廝打起來。

少年時期的「鬥爭」彷彿重現，但這次又有不同，之前宗亭次次落於下風，這次卻死死壓制住她，根本不讓她動分毫。

他緊盯著她，問：「覺得老師送的烏鴉死了所以要與我打架？老師的烏鴉竟比我還重要嗎？」

李淳一痛失愛寵，氣得咬牙切齒，簡直說不出話來。

他看她不言語便又燒昏了腦子，頭低下去，隔著袍子，狠狠咬住她肩頭。

肩頭痛痛突襲而至，李淳一縮肩皺眉，然他緊緊咬住不放，鼻息也變得急促，像凶惡的狼，渾然一副要將人咬死的架勢。

李淳一忽然回抱了他，偃旗息鼓請求道：「鬆口好不好？我很疼。」

話音剛落，肩頭壓力又陡加一層，他好像將力氣用完才甘心將牙關鬆開。李淳一倒吸一口氣，將手移上來按在他腦後，解開他髮帶，將手指插進那墨色長髮中安撫似地摩挲，一句話也不說。當年她還只會梗著脖子惡狠狠地僵持，但如今已懂得如何示弱緩兵。

人總是逐漸圓滑起來的，只有宗亭還停在多年前，毫無進步。

那髮帶握在她手中，隨她的手悄然下移。她握住他的手，在他全身鬆弛之際，卻忽然不動聲色地反捆了他雙手，隨後在他驚異抬頭之際，扯過蹀躞帶死死束住他的腳。

動作一氣呵成，毫無停頓。

空寂臥房中驟響起一聲哀苦委屈的「呱——」音，李淳一甩袖下榻，循聲走到屏風後，只見她的愛寵孤零零棲在桌案上，羽毛幾乎被剪了個精光。

烏鴉瞧見她，頓時更委屈地「呱呱」啼叫起來。

李淳一暗吸一口氣，心火陡盛，一把抱了那烏鴉放到榻旁，怒氣沖沖質問榻上被捆束了四肢的人。「如此凶蠻殘暴，相公還有沒有良知！」

宗亭借暗光睨一眼那光禿禿的醜陋黑禽，面上無半點悔改之意，反而理直氣壯道：「牠擾了臣睡覺，不過是拔毛，難道委屈牠了嗎？」

李淳一見狀，收起最後一點兒善心，抓過手巾爬上榻，飛快地塞進宗亭的嘴。她絲毫不介意欺負病患，手移下去捋起他身上中單，按住他無法反抗的腿，指頭死死掐住皮膚上的短細毛髮，猛地往上一拔，毫無人情味地質問：「痛不痛？」

宗亭痛得皺眉卻無法出聲，只得忍著這毫不留情的復仇，受著咄咄質問。

「換作如此對你，你覺得委屈嗎？」

光禿禿的烏鴉虛弱地守在一旁，十分配合地「呱」了一聲。頭腦燒得迷迷糊糊的宗亭則深吸一口氣，不要命地搖搖頭，死心眼地表示自己一點兒也不委屈。

李淳一壓著他又要下手拔毛之際，屋外卻傳來侍女腳步聲。侍女抬手敲敲門。「殿下，該用膳了。」

「放在外面。」李淳一且壓下這怒火，坐到榻旁看看那隻可憐巴巴的烏鴉，忽又扭頭咬牙切齒同宗亭道：「簡直無理取鬧，下回再這樣，別怪本王不客氣。」

她言罷起身，走到門口將飯食拿進來，坐在案前將素食吃了個精光，最後只留下一罐烏雞湯。

怒氣隨食欲平息下去，失落的情緒卻返潮般湧上來。

她坐在案前背對著榻上的宗亭，心中充斥著難以咀嚼的悲傷。他的患得患失影響了她，讓她動搖，甚至讓她一瞬間回到她不想再回首的過去。他對失去的恐懼與日俱增，如今甚至到了有些癲狂的地步，所以想牢牢地抓她在手中，證明她還活著，還有溫熱的血液在皮肉下流淌，以此來安撫空洞冰冷如深谷一般的內心。

李淳一伏在案上平復了一下情緒，手往前移，指腹貼上盛湯的罐子，確認還是熱的，便直起脊背，端了那湯罐起身，面無表情地坐到榻旁，扯掉塞在他嘴裡的手巾，也不替他鬆綁，只打開罐子，溫熱的一杓湯便遞到他嘴邊。

沉寂的空氣裡，只有食物熱意浮動。食慾化解一切糟糕情緒，也能緩和一觸即發的緊張關係。

一罐湯餵下去，她又起身處理了烏鴉的傷，隨後折回床榻解開他的束縛，躺進被窩裡從背後抱住他。

宗亭頭腦昏沉沉，但還是下意識握緊她的手。屋外最後一場秋雨，就這樣悄無聲息地浸淫了天地。

青鳥

第七章

制科放榜姍姍來遲，正式授官前卻還有一套例常活動，以便新士族們更好地融入朝堂。制科活動不比進士科那般隆重，但賜宴與月下擊鞠是必不可少的。

因時值初冬，女皇身在行宮，所以這制科歡宴的場地便從曲江池畔搬到了驪山。

光祿寺少卿反覆確定食單，忙得腳不點地。太府寺樂工也抓緊時間籌練新樂曲，免得屆時出了差錯。游手好閒的則是那些新科舉子，以及不慌不忙前來赴宴的京司各衙署高官。

這日逢旬休，該來的都來了，譬如宗亭、元信，以及長住行宮的女皇和李淳一。偌大的宴廳幾乎坐滿了人，炭盆靜靜燒，佳餚接連送，室內溫暖如春，一派和悅氣氛。

然而「吃」永遠不是真正主題，光祿寺的食單劃到最後一道菜，諸人便紛紛按捺不住，甚至有人起身問：「擊鞠何時才開始呢？」

場地已安排好，就等著女皇移駕，其餘人也好跟著一同去湊熱鬧。

恰是月明之夜，燈全部點亮，體態豐滿的二十匹駿馬依次排開，鼓聲激越，驚得林間野兔亂竄。月下擊鞠，刺激與危險並存，碎首、折臂之事也時有發生，然這些對於尚武的大周人而言都算不了什麼——

酒勁上竄，鼓聲陣陣，諸人喝彩，越發催人振奮。

有十幾位舉子已按捺不住，皆躍躍欲試，想要在女皇跟前一展身手；而作為敕頭的賀蘭欽卻像個嗜靜的老人家一般，無動於衷。

女皇眸光移向他，問：「賀蘭卿為何不願一試？」

他卻回道：「臣近來抱恙在身，實在心有餘而力不足，恐是無法上場了。」

一南衙將軍聞聲看過來，竟是輕嗤道：「連擊鞠都不行，又哪裡來的氣力為大周國事操勞？敕頭可是害怕受傷才這樣推辭？」

賀蘭欽卻並不在意這激將法，只隨他去講，甚至懶得應答。

然這時有人跑過來稟告道：「陛下，還差一人。」

那南衙將軍又道：「敕頭既然不願上場——」他看向李淳一。「吳王身為主考官，可是要與舉子們打上一局？」

他話音剛落，舉子中便有人應和起來，顯是十分歡迎李淳一入場擊鞠。

又有聲音道：「臣聽聞吳王也是擊鞠好手，素有巾幗不讓鬚眉之勇，今晚臣等可是有幸一睹殿下英姿嗎？」

女皇聞聲閉了閉目，卻見李淳一當真起了身。李淳一太清楚這情勢，哪怕她推辭，女皇也會將她推上場，且今晚這麼多人應和絕非偶然，避無可避，大概就是如此。

然她起身的同時，宗亭卻跟著站起來。

那南衙將軍輕挑眉。「相公乃我大周數一數二的騎手，莫不是要上場做主裁？」

「殿下身為主考官都上場擊鞠，某身為制科考策官，做個主裁難道奇怪嗎？」他講完便不再理會對方，而是逕直走去牽馬。

擊鞠有三位裁判，兩位在邊上計數，另有主裁在場中央把控基本規則與秩序。

諸人紛紛執鞠杖騎馬入場，氣氛瞬時緊張了起來，騰騰鼓聲更將眾人情緒架在火焰上，好像隨時都會沸騰。

馬蹄達達，雜沓而急促，騎手握緊鞠杖，驅馬爭逐場內唯一一顆球，時刻準備將其擊入對方球門。鞠杖揮舞起來十分無情，駿馬則隨球轉向，時而往西、時而往東，爭逐相撞，鞠杖互擊，根本顧不得對方是誰，遂不必留什麼情面。

因李淳一在場上，場下目光紛紛投向她，雖月光、燈光照耀有限，但諸人仍能從一堆舉子中一眼辨出她英姿。

她確如傳聞中一般擅長擊鞠，且十分靈巧，就在眾人屏息盯著那一群人追逐之際，她已用手中鞠杖毫不猶豫地將球勾過，精準擊入了對方的球門中。

鼓聲瞬起，高亢的報分聲便傳到了人群中。女皇斂眸靜觀，賀蘭欽也是一樣，面上全無眾人的半點興奮與高昂。

達達的馬蹄聲再次響起，圍看者也越覺緊張，只有寥寥數人竊竊私語，議論吳王這個模樣竟有幾分女皇當年的風采。

溫柔的江南並沒有將她養得柔弱，反而添了幾分韌性，也賦予了她人生更多的可能。

雙方的爭奪無一絲一毫的退讓，因此比分也始終無法拉開差距。在這初冬夜晚，騎手們拚盡技巧與氣力，已是出了滿身的汗。

因為著急，局面甚至有些混亂。作為主裁的宗亭，策馬執杖控制著局勢，然就在他提示兩名騎手爭逐出界時，另一邊卻爭奪到了你死我活的境地。

李淳一與對方兩名騎手各執鞠杖奪球，那球在鞠杖間來來回回數次，已陷三面圍困之勢，似不論如何都無法逃離這死局。

忽然，李淳一俯身一勾，竟是將那球從地面帶起，她正要擊其往東，卻有一支鞠杖朝她這邊擊過來。然那鞠杖，目標卻不是球，揮下去時狠狠擊中了李淳一的坐騎。

痛苦的馬嘶聲驟響，宗亭聞聲扭過了頭。

李淳一側身擊球，本就未能坐穩，這時坐騎前腿猛地屈膝著地，她身體前傾，便狠狠摔了出去。

耳畔是雜沓紛亂的馬蹄聲，她的手臂幾乎被馬蹄踩斷，然就在此時，有人忽緊緊抱住她。她忍痛睜眸去看，對上那雙漆黑眼眸，可那眸光卻倏變，她頓時感受到鋪天蓋地的重壓，與此同時，馬蹄從他背上踏過去。

呼吸滯住了，一口氣悶在胸膛裡怎麼也上不來。紛亂的鐵蹄聲陡然靜息，高亢痛苦的馬嘶聲響徹天際，人群中的驚叫聲後知後覺地到來。

李淳一什麼也聽不清，視線中只有宗亭閉上又睜開的眼。那眼眸光彩驟暗，神情中卻不見痛苦，他甚至對她笑了笑，確認她還活著，暗淡眸光裡不禁流露出安心來。她彷彿聽到他嘆了一口氣，那嘆息中盛放著的所有擔心，此時終於可以放下。

她想說話，但張了嘴，出不了聲，因缺氧而昏沉的腦袋疼痛無比，被踩斷的臂根本抬不起來。她頓感肩頭一沉，緊緊抱著她的那雙手臂也鬆弛下來，忽有雜沓的腳步聲逼近，終於有人將壓在她身上的宗亭抬走，耳邊只剩下賀蘭欽的聲音。

「沒事的，妳不要怕。」

他俯身查看她的傷勢，嘈雜的議論聲就迴盪在上空。有人匆匆跑來，固定了她的手臂後，便將她抬上板架。李淳一模模糊糊睜開眼，眼角餘光只瞥見有人亦將宗亭抬起來，急急忙忙往另一邊去了。

場邊火光仍跳躍不停，鼓聲卻止歇，夜風將計分旗吹得獵獵響，月亮悄無聲息地隱入雲後，兩人之間的距離越來越遠。熟悉的無力感牢牢制住了李淳一，她不知宗亭是否失去意識，也不確定他的傷勢如何，她甚至連一問究竟的力氣也沒有。胸腔像是被碾碎，連呼吸都痛得很，血腥氣翻湧上來，將僅存一點兒的意志也衝垮了。

一場制科球賽，以激昂開頭，卻以混亂收尾。多數人不知所措，只一小部分人忙著處理這突發事件，而女皇穩坐不動，面色則差到了極點。她看得格外清楚，李淳一落馬之際，宗亭幾乎是不顧一切衝過去，將其緊緊抱住，為李淳一擋了那無情的鐵蹄。

見得這一幕，女皇臉色幾乎瞬變。男歡女愛是一回事，願為對方去死是另一回事。意識裡將對方的一切看得比自己性命還重要，就已不是少年時期簡簡單單的懵懂情愛了。

他們之間的關係，比她預料的更堅實、緊密，甚至透著近乎絕望的固執。

他幾乎是用本能去救李淳一的。

女皇在原地枯坐，不遠處跪了一排舉子。他們剛從擊鞠場上下來，額頭甚至還冒汗，但此時個個脊背生冷，生怕女皇大怒。

女皇的確怒火叢生。這些人竟敢算計到這上面來，實在膽大包天！但怎麼治？怎麼查？難道將今晚的舉子們都重新黜落嗎？月下擊鞠是科考傳統，刺激又危險，諸人心知肚明，何況球場上無君臣，親王上場也沒什麼好顧忌，出現這種事全可推給意外，想追究也無從下手。

諸人屏息不言，火光將女皇的臉照得一片肅穆。她安靜得可怕，眼眸中一點兒波瀾也無，教人摸不清她真正的脾氣。

她身後坐著的元信此時也不開口，先前一直攛掇李淳一上場擊鞠的那位南衙將軍也不言聲了。

忽有一舉子上前，又撲通跪下，額頭磕在冷硬的地面上發出咚咚聲響，連語聲都打顫：「某該死，請陛下降罪。」

這時候紀御醫急急忙忙跑了來，悄悄與女皇稟道：「殿下臂折了，肺大約是有些挫傷，亟需靜養。宗相公更嚴重些，骨頭斷了，一時恐怕醒不來，全看造化。」

「務必救回來。」女皇閉目又睜開，冷冰冰地下了命令。老實說，出於私心，她很想看宗亭就這麼死了，但她見識過當年桓繡繡去世後的關隴那一場鬧勁，可以想像萬一宗亭死了，關隴會有什麼樣的反應。

眼下要穩，實在不宜節外生枝。

紀御醫神情沉重，但還是接下了這死令，躬身應了聲「喏」，隨後便轉身告退，倉促的腳步聲漸漸消失在夜色中。

他走後，女皇面前的問題依然在。那舉子不斷磕頭，額頭都磕出血來，然女皇無動於衷，只與內侍道：「交給吏部，不要讓他死了。」

她言罷起身，內侍接了口諭，趕忙去尋吏部尚書。一眾人見她要走，紛紛下跪恭送，偌大的場地裡揚起風，這初冬涼風吹得人骨頭都疼。

門窗擋了朔風，室內銀炭燃著，藥味瀰散開來。

女醫從榻旁起身，放下紗帳同賀蘭欽道：「傷藥已是換好了。」她頓了頓道：「殿下雖無性命之虞，卻也不是幾日就能痊癒的，還請先生轉告殿下要多注意休息才好。先生深諳醫道，某就不多造次了。」言罷拎過藥箱，與內侍一道離開。

李淳一睡不太平，因胸腔悶痛，呼吸有些急促，時不時伴著咳嗽；又因手臂被捆著，亦不能隨意翻身，一晚上的洶湧惡夢，讓她根本無法好眠。

她半夜坐起來，只有侍女在內室守著，那侍女趕緊持燈迎上來。「殿下醒了，可是要奴去喊御醫嗎？」

「不用。」她語聲嘶啞，著急下榻。

侍女被她這模樣嚇到，趕忙上前阻止。「御醫囑咐殿下一定要臥床休養才好，殿下有什麼事令奴去做就好，免得再傷到了……」

「隨她吧。」

外室忽有人聲傳來，那侍女應聲縮回手，只能放任李淳一拖著病體下了臥榻，朝外面走去。

賀蘭欽並沒有避嫌，因女皇默許精通醫道的他留在行宮看護李淳一。他從外室走出來，見到李淳一沒多講什麼，手裡卻多拿了一件斗篷。

他走上前，替她披上斗篷。「能站起來便沒什麼大礙，若想去看，現在可以去了。」

於是他轉身推開門，同她道：「以謝搭救之恩的名義去見，可以光明正大，旁人沒什麼可說道的。」

朔風不斷往裡湧，內外簡直是兩個季節。李淳一摸出帕子捂住嘴，低頭吐掉一口血痰，抬腳邁出大門。

因夜晚不便挪動，宗亭便被安排在行宮內接受救治。紀御醫為了將他救回來，幾乎耗去一整晚。此時天將明，紀御醫與內侍交代了一些事，疲乏地從門內走出來，還未行兩步，便撞上了前來探望的李淳一。廊燈下，她的臉看起來慘白，為忍疼痛，眉間也緊鎖著，斗篷更是被風吹得鼓鼓囊囊。

紀御醫看一眼賀蘭欽，又躬身與李淳一行了禮，這才道：「殿下臟腑也有些挫傷，此時實在不宜走動，免得落了病根。」

他回頭看一眼門內，忍不住勸道：「殿下還是看完就走吧。」

言罷，紀御醫退開幾步，讓她進去。

李淳一卻有幾分懼，啞著聲音問：「這會兒怎樣了？」

紀御醫實話實說：「算是救回了一條命，但——」他略頓了頓。「傷得太重，醒來之前都不好說，得隨時盯著才行。」

她聽了不說話，鼻息呼出來都瀰漫成了白氣，欲言不明。

於是一旁的賀蘭欽打破這沉寂，微微躬身與紀御醫道：「紀御醫忙了一整晚，也該去休息會兒了，這裡暫且有某與殿下照看，請紀御醫放心。」

紀御醫也一躬身，十分識趣地告辭了。

頭頂一盞燈晃了晃，李淳一進得門內，藥味撲鼻而來，空氣裡隱約浮動著新鮮的血腥氣。宗亭套著白袍子，安安靜靜躺在榻上，薄被遮了身體，只露了乾淨的臉與脖頸。他脣色蒼白，面無血色，是病中昏睡的模樣。

她屢次見他病容，而這回無疑是最重的一次——

他甚至對她的到來毫無回應。

臥榻旁的木盆裡全是沾了血的手巾，內侍跑上前來，著急忙慌地將木盆拿走。李淳一坐下來，將能活動的那隻手伸進單薄被中，尋到了他的手。

柔軟的被褥之中，那隻手很涼，指骨仍然分明，卻多了一些繭子。她甚至摸到一些凸起來的疤，這是她先前都未細察過的。

早年他在國子監，不過是埋頭讀聖賢書的少年，手上最多也只有握筆生出來的薄繭，滿是書生之氣；然在經歷了在關隴的漫長生活之後，他卻彷彿脫胎換骨，破繭成蝶——

成蝶的苦痛自是難避，這一手傷疤與繭子，便是鐵證。

當年他們都被迫選擇了充斥著艱難與未知的人生道路，但也都咬牙走到今日，成就了現在這一副模樣。

錦被下的手指交纏，李淳一想要用體溫來喚醒他，然他卻毫無反應。這一刻，她忽然感同身受起來。她能體會到他心中對失去的恐懼，是那樣強烈洶湧。

她一樣害怕失去他，希望他活著，蓬勃有力地活著，能喘息、能哭笑、能愛恨——

李淳一忽然痛苦地彎下腰，似乎脊柱一時間難支撐那突如其來的疼痛。她低頭喘了會兒氣，手卻從被下抽離，起身放下紗帳，轉過身往外走去。

黎明已至，灰濛濛的天邊緩慢有了光亮，李淳一在廊廡蹲下來猛咳，手心裡全是血沫。

那痛來得劇烈，胸肺的傷像是崩裂開來，卻讓人神志更清明。

初冬還未落的紅葉在枝頭苟延殘喘，霜氣濃重，天邊的晨風將烏雲悉數推開，太陽姍姍露臉。驪山行宮伴著寺觀鐘鼓聲醒來，湯泉池迷霧氤氳，紅葉宛若霧中花，日光撥開夜間的涔涔冷意，卻無法緩解身體的傷痛。

李淳一走到池邊洗了手，血在泉池水中蔓延開，很快不見痕跡。瘦削的手被溫熱的水浸得有些發紅，她胸膛悶痛，呼吸仍然不暢，以至於面色發白，脣上一點兒血色也無。

水面照影被風撩得扭曲變形，臉也跟著猙獰。她沉默起身，轉身就要往女皇寢宮去，賀蘭欽卻上前攔住她。「現在不要去討說法，陛下自然會來。」

她抿起脣，顯然接受了這建議，於是按捺下心中不平，逕自折回居所。飲完藥，她在案前坐下，手下靜靜按著一只幻方盒，凌亂的木塊毫無章法地湊成一堆，她忽將它們全都倒出來，再一一排入盒中。

心緒越亂，思路卻越清楚。小木塊依次入盒，無一點兒錯漏，彷彿在心中已推演了千遍萬遍。

賀蘭欽立在一旁，一言不發地看她推演。

他記得多年前她就是這樣，遇上事就用幻方來理順思路。面對女皇的重重監視也好，面對淮南水患帶來的種種煩憂也好……好像諸事都與幻方一樣，最終總能各自歸位，求個結果。

昨晚的事決計不是偶然，使勁攛掇她上場的南衙高將軍是皇夫的舊部，而場上揮杖「誤擊」到她坐騎的那舉子亦出自山東士族一派，這樣一想，主使似乎好猜得很。

是元信嗎？之前讓曹侍御來試探她，擊鞠場上又令人暗算她。如此明目張膽地害人，當真只是為除掉她嗎？山東有必要除掉她嗎？

李淳一移動木塊的手忽遲疑了一下，收回那木塊，又換了一個數字放進去。她越想越覺得自己並不是元信的真正目標，嚴格來說，她與元信之間並沒有直接對立，元信的最終目標不該是她，而是一直氣焰囂張的關隴，是宗亭。

然而今晚宗亭的表現，幾乎等於向所有人表露軟肋。他當眾對她示好，當眾表達他的在乎，甚至不惜性命救她，還有比這更明確的弱點嗎？

元信在試探的同時，也將此事實暴露給女皇——倘能拿捏住她，便等於握住宗亭的七寸，甚至還可以增加控制關隴的籌碼。

元信在告訴女皇，在「生皇嗣」之外，她還有更值得利用的地方。而元信本身是不懼追查的，曹侍御的彈劾毫無被追責的風險，擊鞠場上的慘劇也可堂而皇之地被修飾成意外，最後除了那個倒楣舉子，他們都可以全身而退。

手握權力的可惡就在於此，李淳一這時甚至能體會到一些女皇心中咬牙切齒的憎惡與厭倦。

她將最後一個木塊放進盒子時，外面忽有內侍出聲稟道：「陛下駕到——」

這聲音離得很近了。她忽用帕子捂了嘴，又吐掉一口血痰，迅速地躺回榻上。

爐上的藥即將沸騰，藥味釃釃，室內一片沉寂。然就在女皇進門瞬間，內室驟響起了淒厲的咳嗽聲，而那咳法彷彿要將臟腑都咳出來，聽著令人心顫。

女皇眉頭一緊，此時賀蘭欽已至外室來迎。

女皇便問他：「吳王可還好嗎？」

賀蘭欽道：「雖不如宗相公傷勢嚴重，卻到底傷及了臟腑，並不太妙。」他的確是據實講的，李淳一眼下這境況，不好好養著怕是要落下大病根。

女皇唇角下壓，卻不再問，逕自往裡走。她對小女兒的感情極複雜，既想見又希望對方離得遠遠的，有時甚至希望她們兩人之間毫無牽扯，但莫名的心理作祟，導致她又無法真正放下。

但她到底是不希望李淳一出事的，不論是從皇嗣的角度看，還是從控制關隴的層面考慮，李淳一的存在都非常重要。

她入內後瞥了一眼案頭，案上幻方盒中，齊整卻又繁雜地排布著數字方塊。她知李淳一擅長推演，也清楚其天資實際上是三個孩子中最好的，但她從一開始就放棄了這個么女。

世事就是這樣棘手，比那盒子中變幻無窮的幻方，還要棘手。她在榻旁坐下，瞥向李淳一斷掉的那隻臂，最後注意到其蒼白的面色。

女皇道：「傷勢重成這樣，又何必半夜去探望別人？」她語氣很冷漠，連半點溫情也沒有。

果真什麼都瞞不住，而李淳一也沒有想瞞。她偏過頭又是一陣咳嗽，帕子拿下來全是血。那無神紅腫的眼看向女皇，啞聲回道：「兒臣並無大礙。」

女皇破天荒伸手替她掖被。「不要逞強，病了就該歇著。謝意等人醒來再表也不遲，宗相公眼下還昏睡著，妳去了他也不會知道。」言罷，她又說：「此事朕已教大理寺去查了，是故意也好，無意也罷，總要有個交代。」

李淳一沒有表態，又猛咳了一陣子。

她幾乎可以斷定，女皇、李乘風都沒能預料到此事會發生。元信籌謀這些事必然瞞了李乘風，由此可見，他與李乘風在某些事上，立場並不一致。

山東不需要她生下的皇嗣來穩固勢力，因此她的性命對山東來說不值一提。山東甚至認為讓太女過繼一、兩個宗子宗女也無所謂，他們只是不想眼看著關隴越發壯大，也不想與關隴分羹，擺在山東面前的主要矛盾，從來都不是皇嗣問題。

女皇又坐了一會兒，隨行內侍提醒她還有些政務要處理，她便從榻旁起了身。她走之前又看了一眼那幻方盒，最後沉默著走出去。

李淳一臥榻好幾日了，行宮內的時間過得彷彿要慢得多，手臂不見恢復，呼吸一急促，胸腔就疼得要命。

因她病了，宋珍也從府裡趕過來，親自照料她的起居。這樣一來，賀蘭欽也順理成章地離開外室，不整天在她眼前晃了。

這一日她打算下榻走走，宋珍忽匆匆忙忙進來，與她稟道：「相公醒了！」

她眼皮跳了一下，宋珍卻又說：「然他死活不肯吃藥，連碗都摔了兩回，紀御醫也是一籌莫展。」

「為何不肯吃？」

宋珍搖搖頭。

「簡直胡鬧！」她忍不住低斥，胸膛裡又氣又疼，披上外袍便往外走。

宋珍回過神連忙跟上，到門口又自覺止步，只讓李淳一自己進去。紀御醫見她來了，也帶著內侍出了門，室內便只剩她與宗亭兩人。

宗亭躺在榻上根本無法動彈，然他還是睜開眼去看李淳一，瞥見她捆著的手臂時，眸光倏地一黯，但最終還是不顧身體的痛苦，同她笑了笑。

這一笑將李淳一心中怒氣全化成了疼惜，她站在榻旁，不知是該慶幸還是該難過，原本預備好的一套說辭此時全成了泡影，完全派不上用場。但她低頭看一眼滿地的碎瓷片，心頭的火又升騰起來。「你這又是做什麼！」

他臉上有勝利的微笑，甚至還藏了幾分狡黠。老實說，他並不確定李淳一會心疼他，因此故意折騰了一番，瞧，她果然是怒氣沖沖地來了。

「太苦了，不想喝。」他極低啞的聲音裡，又有些恣意妄為的滿不講理。

「良藥苦口，何況連蜜棗都備上了，你還想要什麼？」李淳一瞥一眼新端上來的那碗藥，邊上罐子裡塞滿甜甜的蜜棗。

「什麼都不想要，就是不願意喝。」

他簡直討打！李淳一氣得肺疼，卻束手無策。

然她倏地坐下來，端過那碗藥飲了滿滿一口，俯身低頭，貼上他的脣迫他開口，將湯藥餵給他。她不厭其煩，他也樂得接受，那藥碗即將見底時，他卻抬起乾燥的手攬過她後頸，不願放她走。

苦澀的藥味在舌尖瀰漫加深，脣齒間的親暱仍然熟悉得要命，糾纏溫柔又暗藏渴望；然就在此時，門外驟響起內侍尖利的通報聲。

女皇到了！

那通報聲已歇了下去，李淳一著急避開他的糾纏，然他卻壞心眼地不放開她。室內安靜得要命，只聽得彼此劇烈的心跳聲，而屋外腳步聲也越發迫近。

推門聲驟然響起，就在女皇步入內室的瞬間，宗亭倏地鬆了手，李淳一直起腰，迅速站起來。

女皇迎面而來，她正要行禮時，女皇卻道：「不用了。」

女皇瞥向她的臉，眸中有探究意味，但很快又斂起，轉頭與榻上宗亭道：「相公醒了，朕很欣慰。」

她瞥一眼滿地碎瓷片及案上空掉的碗。「該吃的藥必須得吃，相公的身體關乎我大周朝局，十分重要，不可敷衍。」

「謝陛下惦念，臣知道了。」他無法起來，只啞聲謝了聖恩。

女皇應了一聲，又看一眼李淳一，隨後轉過身沒好氣地往外走。身後的紀御醫趕忙跟上，待出了門，女皇轉過身問他：「宗相公的狀況到底如何，今日你同朕說個實話。」

紀御醫面色略是難看，卻是平靜開口：「宗相公這條命雖說是保住了，但被踏的位置不太妙，依現在這狀況來看——」

他似乎琢磨了一下措辭，最後十分嚴肅地回稟女皇：「恐怕是廢了。」

女皇聞言，袖中的手忽然輕握一下。

縱然紀御醫已算是數一數二的大夫，然女皇道：「不著急下結論，先讓太醫署會診。此事暫不要與外面講，尤其不能讓吳王知道，宗家那邊倘若問起來，也往好裡說。」

紀御醫低頭領命，回說：「臣知道了。」

女皇一直板著臉，幾番欲言又止，最後回頭看了一眼，只交代道：「宗相公在病中不宜打擾，不要總讓吳王過來探望，畢竟她也還病著。」

「喏。」紀御醫躬身送她離開後，隨即回到房內，與坐在榻旁的李淳一道：「相公喝完藥該睡了。」

李淳一明白這是逐客令，且也猜到是女皇的意思。她正要站起來，宗亭卻下意識握住她的手。他狀況明顯又差了下去，額頭滾燙，仍發著高燒；因不想表露痛苦，這會兒連眼皮都重新闔上。李淳一欲抽回手，指頭卻被他握得更緊，她不顧一旁的紀御醫，俯身低下頭在他耳畔輕聲道：「相公好好休息，我還指望你好起來呢。」

她脣瓣似有似無地吻了他耳垂，隨後掙開他的手起了身。她走到紀御醫身邊正要詢問，紀御醫卻搶先開口，壓低了聲與她道：「傷後反覆發熱很是危險，相公需靜養，殿下亦是如此，這段時日還是互不打擾得好。」

「知道了。」李淳一勉為其難地應下這請求，回頭看看再次睡過去的宗亭，沉默地走出了門。

風越發大了，早上還在枝頭苟延殘喘的紅葉，此時全部凋落了。

到了晚上，太醫署幾位御醫悉數趕到行宮，紀御醫甚至將蒲御醫也一併請了來。蒲御醫乃國醫聖手，同時也是紀御醫的老師，講話一向很有分量。如今他雖已不再處理太醫署的事務，然凡有什麼疑難雜症，諸人還是會首先想到他。

病室內多點了幾盞燈，西面的小屋也是燈火通明。幾位御醫會診完，沉默地在屋裡坐著，紀御醫開口：「諸位可有什麼見解？」

胡御醫道：「恰好傷了脊柱，往後的日子恐怕是不好過，說句不吉利的，眼下能不能挨過這關都危險。」

燭火跳了跳，另一位御醫道：「哪怕挨過這一關，將來在朝堂中行走也多有不便，真是可惜哪。此事可告知宗國公了？」

「還不曾，國公只知孫子傷到了。」一年輕御醫回道。

「國公倘知事情到這個地步，那還得了？宗家可就是……」

蒲御醫終於發話：「你們都沒法子了？」

一眾後輩紛紛搖頭。蒲御醫說：「那便擬個結論報給陛下吧。」

這時內侍上前，準備筆墨容主筆御醫撰寫醫案。紀御醫身為首席，自然責無旁貸，寫完後遞予蒲御醫看。蒲御醫閱畢飲了口茶，示意妥當，便交由其他御醫簽字。

最後那醫案交到內侍手中，頂著夜間寒風送到女皇案前。會診結論不理想，甚至連蒲御醫都未給出什麼解決的辦法，女皇憂心忡忡卻無計可施，只叮囑太醫署務必保住宗亭這條命，至於是否殘疾的消息則能拖就拖，眼下絕對保密。

深夜的行宮風平浪靜，按部就班走向黎明，太陽卻未露臉。

宗亭徹夜高燒，年邁的蒲御醫守了整晚都沒能讓他退燒。夜幕撤去，屋外卻陰雲沉沉，初冬的雪眼看著要降下來。又過了半個時辰，熬好的湯藥送進來，僕從衣袍上已攏了數片雪花，推開窗，竟是好大一場瑞雪。

冬降瑞雪，對百姓而言是好兆頭，但朝廷裡似乎沒什麼值得高興的事。太女和政事堂為支度國用計畫差點打起來，度支侍郎夾在中間難做人，最後只得頂著風雪到行宮來告狀，卻恰好撞到女皇頭風發作，碰了滿鼻子灰。

支度國用最終還是發敕到尚書省執行，李乘風基本占了上風，於是乎關隴沒能撈到半點好處，反而比今年更加吃緊。

度支抄發敕後，金部、倉部（註6）越發忙碌起來。尚書省其他衙署也不閒著，吏部終於結束了制科的授官事宜，多數人都得到了安排，而那位擊鞠場上犯事的舉子，則不再敘用，將來亦不得再參加考試，這就算是全部的懲罰了。

至於賀蘭欽，初授官便進入核心權力的門下省，也算是開國以來第一例，難免遭遇議論。

註6　金部司，掌管審核全國庫藏錢帛出納帳籍、錢幣鑄造和有關度量衡的政令。倉部司，掌管全國糧食倉儲出納。

像雪花片一樣紛至沓來的，除了對賀蘭欽的議論，還有乍起的流言。宗亭還在行宮養傷，但朝中瘋傳「宗相公從此就殘疾了」的消息，這話頭也不知是從哪裡開始的，最後越演越烈，變成「宗本家大概要絕後了」。

這傳言從皇城各衙署一路往東，越過灞橋，跨過渭水，攀上驪山，最後傳回了行宮。按說，如果外面都是捕風捉影，行宮內的人應該最接近真相了。

但他們也只是知道好幾位御醫坐鎮病室，有數不清的藥送進去，宗相公卻從未出來露過臉。所以，宗相公應還有口氣在，但下不了床也是真的。

至於殘不殘疾，諸人心中多少有點兒數。畢竟早年間一位右威衛將軍被踏斷肋骨，沒過幾天就死了，宗相公這樣只落個殘疾都還算好的。

風雪依舊肆虐，且囂張得有點過了頭。驪山白茫茫一片，卻迎來了山下的客人。

這一日，宗國公拚著老命上了驪山，拄著拐杖滿面焦急地來探望唯一的孫子，據說老淚縱橫，差點沒背過氣去，抓著蒲御醫詢問情況。蒲御醫又什麼都不肯說，最後兩個老頭子扭打著鬧到了女皇面前。

女皇也聽了不少傳聞與議論，明知道瞞不住卻仍然裝聾作啞。

宗國公一把年紀，悲痛得連皺巴巴的手都在發抖。「老臣已這個年紀了，在乎的事也不多。今日老臣只求一句話，到底還能不能治好？」

他說著看向蒲御醫，蒲御醫也是老狐狸，裝傻充愣就是不言聲，將問題全拋給女皇。

女皇抿唇閉目，說：「太醫署已盡力醫治，能不能好只能看造化。」她雖然沒將話說死，但在宗國公眼裡這基本等同於沒治了。

宗國公悲痛頓足，用拐杖咚咚咚搗地，將邊上幾個內侍都嚇了一跳。但想想也是，白髮人曾送黑髮人，眼下又親眼看著唯一的孫子變成沒用的殘疾，換誰都受不了。

女皇忽讓內侍都出去，蒲御醫見狀也一揖告退，殿內便只剩下女皇與宗國公。

屋外風雪恣意嘶吼，聽得人都冷。宗國公老淚往下掉。「當年如舟與繡繡的事，老臣什麼都未與陛下計較，但這次倘若就這樣算了，老臣便真是不能瞑目了。」

他猛將宗如舟與桓繡繡的事翻出來，是戳女皇的軟肋，因分家當時敢下那樣的手，離不開女皇的授意與支持。倘若這件事捅給關隴，關隴再炸一次也不是不可能。

女皇被翻了舊帳自然不悅。「眼下太醫署已竭力救了，還要如何？」

「為救吳王，好好的人變成這副模樣，吳王又豈能沒個說法？」宗國公手執拐杖猛地又捶地。「傷得委實太冤枉了！」

「因救吳王變成這樣，難不成國公要吳王給他賠命嗎？」

「賠命又有何用？吳王死了，臣的孫兒還是站不起來！」老傢伙不要命地咄咄逼人，完全沒了君臣之間該有的規矩。

「那到底要如何？」

「讓吳王給個交代！」

那邊劍拔弩張，病室中卻只有輕柔水聲。侍女絞乾手巾，遞給坐在榻旁的李淳一。李淳一俯身替宗亭擦臉，下手柔緩又仔細。

他的燒終於退了，整個人瘦了一圈，因太久未打理，看著甚至有些潦倒。李淳一打算替他修面，於是令侍女打了水，先替他洗了臉。

她沒有做過這些事，為了不顯得生疏，甚至還特意同嬤嬤學了，於是此時像模像樣地替他修起面來。到收尾時，重新替他擦乾臉，卻忽有一隻手抬上來抓住她的臂，但那眼睛還是閉著。

「醒了？何時醒的？」

他露出狡黠又虛弱的笑，彷彿告訴她其實他早就醒了，只是在裝睡。被她如此耐心細緻地對待，雖然身體的傷痛仍侵襲意志，但心頭已蓄起暖意來。

「外面下雪了嗎？」他的聲音是她從未聽過的沙啞與疲倦。對抗傷病需要體力與意志，反覆的發熱與疼痛幾乎耗盡一切，把精氣神也磨光了。窗戶就在不遠處，李淳一抬頭看了一眼。「你要看看嗎？」

「是。」他聲音低到幾乎是用脣語答的。

李淳一於是起身，稍稍將窗子推開一些。「太冷了，凍著不好，只能開一會兒。」她走回來重新在榻旁坐下，又替他多加一層毯子。

「沒什麼新鮮事嗎？」他盯著她問。

「沒有。」李淳一風平浪靜地回道，彷彿這陣子當真什麼話也沒聽著。內侍們紛紛退去了，有細碎的雪絮湧進來，將藥味也沖淡。與那寒冷一道進來的，還有從窗外路過的議論聲。

「宗國公眼下正與陛下爭著呢，我們因此都出來了，也不知會是個什麼結果，畢竟宗相公傷到這個地步，甚至都——」

李淳一忽然俯身捂住宗亭的耳朵，然她能用的僅有一隻手，遮不了雙耳。

「都殘疾了！」外面的議論聲到此頓止，內侍們大約是察覺到窗戶開著，趕忙停下議論，紛紛避走。

傳言遠去，風雪卻仍往裡湧，火盆好不容易攢起來的一點點溫度，全被撲了下去。

有些話早晚都會聽到，倘若局面當真落到這般田地，耳朵也是白捂。念至此，李淳一鬆開手，探進被窩裡踏實地握住宗亭的手。她捕捉到他瞬間黯淡的眸光，決定無視那些言之鑿鑿的傳言，堅定地直視他道：「太醫署還未有結論，諸事應有轉圜餘地。哪怕沒有——」她略頓。「我也會對相公負責。」

她手心難得溫暖，力氣也恰到好處。她一向不太擅長用言語安慰人，更無法與他傾訴多日以來的憂懼與痛苦，只能同他表明立場與心中決斷。

宗亭未料到她會如此乾脆，但他面色仍然難看，因這打擊甚至透出幾分厭世的頹靡。這時李淳一再次俯身，貼著他耳朵，一字一頓道：「這次我不會再放棄相公了。」鄭重其事，發自肺腑，手心裡傳來的力量也堅定得要命。

哪怕他不殘疾，李淳一恐怕也會這麼做。多日來他反覆告危，病中的脆弱與痛苦模樣讓她意識到，哪怕平日裡再厲害，他也不過是肉體凡胎，其實和所有人命一樣脆弱又容易消逝。

眼下這些事雖全部跌出了她的計畫，但她不能懊惱喪氣，她有必要守著他，且局勢也會讓她守著他。

她呼吸時胸腔仍然疼，心中憂懼亦未能散，卻只輕嘆一口氣，和緩地說道：「相公如果難過想哭，我陪著。」

李淳一左手受傷，無法張開雙臂擁抱他，便只能陪在他身旁，與他一起挨過這漫漫大雪天。

而宗亭眼裡幾乎是沉寂的，因為疼痛，連呼吸、說話也很困難，他甚至沒有多看李淳一一眼，只沉靜地偏頭，隔著紗帳望向窗外。

屋外的風漸漸止了，雪花也筋疲力盡，落得越發緩慢，殿內則早已陷入了長久的僵持。女皇與宗國公彼此對峙，一個憤怒又無可奈何，另一個則放棄了長者的威嚴與為人臣的本分，失聲慟哭。

女皇聽著那老態又不加節制的哭聲，脊背失力般漸漸鬆弛。她望向白茫茫的窗外，留了幾分客氣開口：「宗相公遭遇如此不幸，國公傷心是在情理之中，但諸事得講道理，哭又有何用呢？」

那長者聽到這話果然止了哭，也不再拿拐杖咚咚搗地了，只長長地嘆了一聲，最終沉默地坐下來。

炭盆安靜又努力地供暖，女皇言聲緩緩：「場上情況危急，宗相公隻身過去救人，誰也未能料到。何況吳王也傷得不輕，手臂折了，動也不能動，眼下還在咯血，都已是這般境地，又如何能給交代？」

宗國公卻對李淳一的傷勢閉口不談，轉移話題道：「他為何會去救人，陛下豈能不知？明知會被鐵蹄踏傷，還要撲過去，是他心中仍裝著吳王。那年匆匆一別，吳王倒是走得瀟灑，這孩子心裡卻落了病，惦記著到現在，連安穩覺也未睡過。一看吳王有難，倒是不顧性命地撲上去擋了，可吳王哪有半點良心？陛下倒是評理看看。」

他索性將宗亭的心思全剖開，甚至添油加醋說給女皇聽。

女皇當然知道這些。當年李淳一走得突然，宗亭放不下，到了關隴仍寫信給李淳一。她也知道李淳一將那些信全都退回，原以為這段感情早就斷了，但她如今清楚根本不是這麼一回事。

宗亭的纏勁與執著超出了她的預計，估計連李淳一也沒料到事態會到這地步。

兩位老者談論起多年前晚輩的感情來一點兒也不避諱，宗國公甚至表露悔意。「若知如今會釀成此禍，老臣當年也不會反對。但事態至此，老臣孫兒都已經殘疾，且這些年也就這一樁心願，陛下不如幫他了卻，將來他也能更死心塌地為陛下效勞。」

話到這裡，幾乎已算是表態，宗國公是要女皇成全這段年少時未成的關係。

他千方百計要將女皇繞進去，女皇卻壓著聲音道：「國公一心只考慮孫兒，朕也一樣，朕掛念么女的將來，不想讓她將餘生隨隨便便搭進去。」

宗國公方才分明點到讓宗亭「效勞」，暗示倘若女皇成全這段關係，則闕隴也將在握。女皇對此不可能不動心，但她有遲疑，而拒絕也在情理之中。

天下沒有談不妥的事，全看條件。

女皇自然不可能因這隨隨便便一句承諾，就放任如此重要的一顆棋子嫁到宗家。她心中有她的籌碼，賭局該怎樣玩，這些年君臣之間早有默契。

就在君臣兩人打算談條件時，內侍忽稟報道：「吳王求見。」

女皇瞬時收斂了眸光，瞥一眼哭紅了老眼的宗國公道：「國公略顯狼狽，不若先避一避。」

宗國公到底不想在晚輩前失了威嚴，當真拄著拐杖起身，由內侍領著到了偏房，隔著一簾聽主殿的動靜。

李淳一攜風雪入內，一身寒氣。

她對女皇行完禮，女皇有些淡漠地問她：「不好好靜養，突然過來可有事嗎？」

「兒臣想求娶宗相公。」

她講得認真又乾脆，沒有半點玩笑與戲謔的意思。女皇瞬間斂眸，簾後的宗國公也是略感意外，只有李淳一面上一派風平浪靜，彷彿這已是深思熟慮的結果，不需再細想了。

她從未主動向女皇求過什麼，人生第一次開口卻是為求娶個男人。身為親王，她早到了選婿的年紀，要說想娶個人其實一點兒也不稀奇。但——

「妳先前不是自詡是出家人，不願理會這些紅塵俗事嗎？」女皇板著臉回駁她的請求。

然李淳一道：「道家講求自然，凡事遷流變化，下一刻都是無常，人心自然也會變。遭遇此事，死裡逃生，兒臣也須重新考量將來的路。既然宗相公是為救兒臣落到這般境況，兒臣自然不能不顧此因緣，必定要給他一個交代。」

「王相結好不是兒戲，交代也不必是娶了他。妳知道其中利害嗎？」

「太複雜的道理，兒臣恐怕不懂。」李淳一揣著明白裝糊塗。「還請陛下明示。」

女皇頭一次覺得么女的反應伶俐，但這會兒她顧忌簾後聽牆角的宗國公，以至於許多話不能明講。她同內侍使了個眼色，內侍匆匆忙忙正打算去將宗國公先帶走時，偏房內卻忽傳來一聲「哎唷——」，轉而是拐杖砸到地的聲響。

李淳一聞聲看過去，那簾子動了動，內侍尷尬地跑過去，宗國公已是重新拄著那拐杖走出來。他今日雖顯狼狽，但到底透著歲月歷練出的從容。

「既然吳王也來了，舊帳新帳，今日不如一起算妥當，陛下覺得如何？」

吳王親自來求娶，老狐狸此時便多捏了一籌，暗地裡已經心花怒放，也更理直氣壯起來。

女皇的頭隱隱作痛，但還是撐著。她直視宗國公道：「天家親王沒有下嫁的道理，與天家結親只能入贅。倘若真按吳王所求，不論將來有沒有孩子，宗家也是絕後了。朕不想絕宗家的後，如果宗家無法另立嗣子，這樁婚便是不能成的。」

她終於堂而皇之拋出第一個條件，即宗家必須換掉繼承人。而本家子息單薄，意味著這個繼承人必須從分家過繼，這對於本家以及宗國公而言，都未必是容易接受的事。然而此事一旦成了，宗亭便不再是宗族嗣子，且無權再干預宗家事務，如此一來，相當於將宗亭從世家權力中剝離出來，關隴與宗家的關係，就會乾淨得多。

宗國公略一沉吟。「此事也並非不可行，倘若吳王肯收這個過繼的孩子，老臣自然不會反對。」

「國公錯了，嗣子不能過繼給宗相公與吳王，應過繼給國公為子。」女皇不急不忙地補充道。

因如果將孩子過繼給宗亭，恐只會成為傀儡繼續受控；而如果過繼給宗國公，新嗣子便是宗亭叔父，有輩分撐著，宗亭也不好造次。

宗國公不著急表態，只沉默著等她提出更刻薄的條件。

女皇將目光移向李淳一，言辭也逐漸不留情面起來：「雖然宗相公幾無可能再有後，但我天家的血脈不能因此就斷了，朕畢竟還指望妳開枝散葉。朕雖不強求妳『三妻四妾』都養全，但婚後總該有個孩子，且這個孩子只能姓李。」

宗國公皺巴巴的臉上騰起一絲不悅來，李淳一卻抿脣不言，過了好半晌，她才回道：「兒臣明白。」

將所有的話都挑明，女皇闔上了眼。就在宗國公也打算提條件時，女皇卻又倏地睜開眼，看向李淳一。「妳務必記住，妳才是王，納妾、休棄，都是妳說了算。」

就在她要應下時，女皇又說：「在那之外，朕也會替妳做決定。」

女皇至此將控制權悉數收回，這樁婚不論如何，只要她想喊停，就必須停。

李淳一撩袍跪下去，深深頓首，壓下肺部隱痛，沉沉穩穩地應道：

「兒臣謹記陛下教誨，兒臣謝陛下賜婚。」

驪山風雪漸漸歇止了，傳聞亦似乎成真。徹底退燒後的宗亭沒能自己走出來，只有一把木輪椅推進了病室。

這連日趕製的椅子由太醫署送來，便基本表露出結論——相公站不起來了，但也沒必要天天臥床養著，坐輪椅也可以。蒲御醫等人陸續離開行宮，連紀御醫也不再常來探望，宗亭無所事事，每日沉默寡言地坐在窗口看積雪融化。

不經意從窗口路過的內侍總要被嚇一跳，但也忍不住多瞥上兩眼，見證一番曾經如日中天的長安權貴如何一落千丈，成了一個只會發呆聽風的頹喪殘疾人。

山中日月更迭都似乎比山下的要緩慢些，日子也顯得格外長。

日頭稍稍傾斜，空中蘊含著寒氣，宗亭仍孤零零地看著窗外，卻忽有一隻手探進視線內。

手指細長白晢，掌心上穩穩當當托著一只小花盆，裡面栽種著青蔥嬌小的金錢菖蒲。容他看清楚這小小菖蒲，那手的主人也出現在窗外。

李淳一仍吊著一隻胳膊，能活動的那隻手則托著那盆小菖蒲。隔著窗子，她將菖蒲遞進去，送到他面前。「你不在，我也將它養得很好。」

這小菖蒲是早些時日從中書省公房內特意拿來的，正是他替她養了很多年的那一盆。

這情形似曾相識。那年他父母猝然離世，他病殃殃地坐在窗口，忽有一隻手抓了一大把潔白的蓬茸闖進他視野，像是給困在窗子內的人送去一點兒慰藉。而這一點兒慰藉，卻又往往能夠救上一命。

如多年前收下那蓬茸一般，他伸出手接過了這盆溢滿生機的青蔥菖蒲。

金錢菖蒲的香氣若隱若現，還伴著桃花香。他輕嗅，發覺那是她帶來的香氣。桃花香令人愉悅，而他因為病重已很久不熏香了。不過現在，李淳一卻用上他的香。

待他接了那菖蒲，她忽然從矮窗口邁進室內，俐落地將窗戶關上。「太冷了。」她說著便單手抓住椅背，略是艱難地將那輪椅轉了個向，不急不忙又道：「是時候回京了，中書省需決斷的事務堆成山，家裡有些事也該去看一看。」

那天李淳一毫不猶豫地應下了女皇提出的所有條件，宗國公亦是擺了一副無話可說的模樣，算是基本認同這樁賭局。

關係生疏的兩人出了殿，李淳一對宗國公一揖，宗國公卻只拄著拐杖咳聲嘆氣一陣子，最後說：「老臣這就回家去籌備過繼事宜。」

他既然這樣講，李淳一便認定他心中早有了新嗣子的人選。

事實與她猜想的幾乎無差，因宗亭在為人處世上頗有些離經叛道，對尋常人熱衷的娶妻生子更是毫無興趣，因此宗國公從一開始便未對他抱有「延續香火」的希望。至於本家的將來，宗國公早就有了過繼新嗣子的打算。如今順水推舟，也好名正言順將選定的分家孩子推上新嗣子的位置。

被選中的孩子叫宗如萊，與宗亭的父親宗如舟同輩，是這輩中年紀最小的一個。宗如萊的父親死在十幾年前的西征戰場上，可憐宗如萊那時還未出生，就這樣成了遺腹子。其母體弱多病，在他還不諳世事的幼童時期也撒手人寰。

萊是野菜，逢田陌荒地便可生，頑強又旺盛。孤子正如萊，從此就叫宗如萊。與名字一樣，這個孩子出乎意料地聰慧敏捷，小小年紀便明事理、識大體，性子是十足的堅韌，哪怕環境貧瘠，也生機勃勃。

宗國公關注這個孩子好些年了，如今他雖只有十三歲，但與同齡人比起來，卻已是非常有擔當，將來也定能不負眾望。

宗如萊被接到本家這一天，宗亭也正好從驪山歸來。

女皇送了許多東西到宗家以示慰問，宗如萊替宗亭接受了這些恩典，送宮裡的內侍出門時，卻迎來了宗亭的車駕。

輪椅從車駕上搬下來，隨後宗亭也下了車，坐上輪椅，也不用人推，逕自緩慢行至門口。

宗如萊站在門口不動，旁邊也無其他長輩作陪。眉清目秀的十三歲俊朗少年，已在狠命地竄個子，甚至可以輕鬆地居高臨下看輪椅上的「姪子」，但他還是微微低下頭以示謙卑。

按輩分，宗亭得喚他一聲「三十四叔」，但宗亭只寡涼地看他一眼，輕翹起脣角，幾不可聞地嗤了一聲，便轉著輪椅要前行。宗如萊自覺讓開，宗亭便直入正廳，守住他自己的領地。

宗如萊跟上去，將宮裡送來的禮單奉上。宗亭淡瞥一眼，接也不接，只道：「我來告訴你這樣的禮要如何收——」

「莫教壞他。」宗國公拄著拐杖，咚咚咚地走進來，毫不客氣地訓他：「你學了一身壞毛病，就自己好好收著，別拿出來禍害人！」

宗亭左右著也站不起來與祖父行禮，就坐著回道：「這世道壞人多得很，太過純善會被吃得連骨頭都不剩。」他說著，看向宗如萊。「三十四叔，你要學的東西還有很多。」

宗家嗣子的位置可不是隨隨便便哪個黃毛小兒都能坐的。

他話音剛落，外面忽響起傳報聲：「吳王到——」

宗國公聞聲，轉過身就要往外去，卻又扭頭瞥一眼宗如萊。宗如萊遂上前推宗亭的輪椅，宗亭這下子倒樂得接受，行至門外，只見李淳一大步朝他走來，而她身後跟著的正是現任門下省諫議大夫的賀蘭欽。

李淳一帶賀蘭欽前來，總透著一些不單純的意味。

但李淳一只誠摯問他：「一路顛簸，相公可有哪裡不適嗎？」

「託殿下的福，臣很好。」他甚至露出微笑，手抬起來暗中揪了一下她身上的王袍。

李淳一任他揪，接著俯身道：「賀蘭君精於醫道，不妨讓他給相公看看如何？」

講得倒是冠冕堂皇，不過——

「比太醫署那群老傢伙還厲害嗎？」他抬眸看她，聲音裡透著一絲期待。「如果這樣，臣試試也是無妨。」

李淳一遂直起身，同身後賀蘭欽道：「麻煩了。」

賀蘭欽卻說：「診治時不便有旁人在場，煩請安排一處靜室。」

管事趕緊前去安排，宗如萊隨後將宗亭移至靜室內，待賀蘭欽進去後則自覺退出來。

香爐輕燃，冷清冬日裡幽香浮動，溫度漸漸升上來。賀蘭欽顯然不著急診治，因他隔著長案在對面坐下，只問：「相公眼下境遇令所有人意外，又有哪些人從中得利呢？」

宗亭眸光平靜地看向他。「殿下。」

「殿下為何會從中得利呢？」

「可以名正言順娶我。」

他的回答出乎意料，仔細一想卻又十分合他的脾氣。

賀蘭欽好整以暇地問他：「這犧牲值得嗎？」

「值得。」他回得乾脆直接。「山東滿意，太女舒心，陛下放心，且幼如也安全了。而我不過是站不起來，這損失不算什麼。」

既然球場上他向眾人暴露了「吳王即是他的軟肋」，還不如將計就計，讓他們認為他已經毫無用處，便也不會再惦記著用軟肋來威脅敲打他。

以退為進，人生場上總要演幾回。

賀蘭欽袖中的黑蛇已蠢蠢欲動，隨時準備撲上去嚇人。而宗亭竟是一眼看透他，及時阻止道：「賀蘭君倘想用這個來試我有沒有殘廢就太欠誠意了，我都將心裡話和盤托出了，又何必來試探我？」

他滿心瞭然地接著道：「我知殿下不死心，今日讓賀蘭君前來診治，一是想看看有無辦法治癒，二來恐怕也是存了懷疑，想看看我到底是真殘疾還是假殘疾。那麼請你一定要告訴她，太醫署都拍案定下的結論，你也無力質疑。」

「相公拒絕了某的診治，某又為何要對吳王說這樣的話呢？」賀蘭欽不動聲色，想看他到底是哪裡來的篤定。

宗亭勉強微笑，因傷病瘦削的臉慘白得令人心疼，但眸中神采似乎又回來了。他十分篤定地說道：「因為賀蘭君與我，其實是一路人。」

賀蘭欽面上也醞釀起微笑，明知故問：「願聞其詳。」

「有些話說穿便不好玩了。」宗亭忽然上身前傾，靈敏的鼻子捕捉到一絲氣味，然後倏地坐正看向賀蘭欽。「賀蘭君瞞著殿下的事，不可能比我少，這只是其一。將來的路，我二人會有攜手之時，屆時我自然會放下私人喜惡與偏見，望賀蘭君也是一樣。」

他雖然已放低了身為門閥的姿態，但骨子裡的傲氣一分不減。

賀蘭欽了然起身，但還是留了一瓶藥在案上，溫和地淡笑。「多少有些好處，相公珍重。」

「賀蘭君也要盡量長命才好。」宗亭一時間收斂起之前的咬牙切齒，理智地報以禮貌又疏離的微笑。

他無法起身送客，賀蘭欽便獨自出了靜室。

天邊斜陽終於跌出視野，藏進了低矮的圍牆後。廊廡下的燈籠點起來，微弱的光投在潔淨的地板上，一片橙影。

李淳一已在外面等候了好一陣子，此時目光全投給了朝她走來的賀蘭欽。

宗國公站在一旁，也在等待結果，風捲了他的白鬢，顯出狼藉，卻也掩了面上一絲不安。

賀蘭欽站定，搖了搖頭。

李淳一隨即側過身，與宗國公道：「請國公盡快安排嗣子過繼吧。」

第八章

經歷了風雪頻繁侵襲的長安城終於放晴，積雪融化殆盡，吳王求娶中書令的消息也在皇城各衙署內飛速傳遍。先是從太常寺開始，沿天門街一路往北，只消半日就傳到了中書外省，自然也竄上公房二樓，最終傳到宗亭的耳朵裡。

說是宗相公於擊鞠場上為救吳王不幸殘疾，逼著吳王以身相許，最後弄得吳王連道士也做不成，只好把一紙求娶奏抄遞到女皇面前，將殘疾的宗相公收進內室。

至於宗相公如何逼婚成功，諸衙署雖然各有見解，總體立場卻一致，因其陰戾狡詐的形象實在深入人心，所以結論必定是宗相公不擇手段威逼利誘。相較之下，吳王簡直無辜可憐至極。
「倘若他不去救，吳王說不定也只是胳膊斷了，不會有別的什麼事。可他飛撲上去，倒教後邊的馬慌亂了，所以這被踏不是自找的嗎？還非得可憐兮兮讓吳王娶了他。」
「裴少卿所言總是這樣有道理，某實在無話可說。」
「不過宗相公既然殘疾了，那吳王娶了他——豈不是守活寡？」
「裴少卿不見東宮夜夜笙歌？天家的女兒，哪有守活寡的道理？說不定宗家陪嫁還得帶上幾個妾室呢，吳王總不會寂寞的。」
快到下值時辰，宗正寺開了臨街小窗，與串門的鴻臚寺官員們肆無忌憚地瞎聊。他們正講到興頭上，西邊御史臺竟下值了，一大群御史如蛇般陰森森地從宗正寺外竄過，嚇得屋裡一眾人趕緊揣好手爐，一聲也不敢吭。
承天門上的閉坊鼓聲緩慢響起來，官員們魚貫出皇城，紛紛往家趕。宗亭卻穩穩地坐在中書省公房內，聽樓底下庶僕走來走去點廊燈的聲音。
他閉著眼，彷彿已經睡著，旁邊卻有一少年手捧奏抄唸給他聽。
「三十四叔，你是餓了所以沒力氣嗎？」他閉目，老氣橫秋地問道。

旁邊少年瞬時提了精氣神，聲音也清朗起來。

但一本接著一本，唸得人口乾舌燥，再怎麼強打精神，少年的聲音最終還是啞了下去。宗亭忽然睜開眼，手伸過去，宗如萊便將奏抄遞給他。

他斂眸重新看了一遍，度支抄明顯偏向山東，給關隴的軍費則被剋扣至極，如此一來，關隴想太平也不可能了。他挑眉將那奏抄投進了輪椅右邊的匣子裡，又讓宗如萊抄書，自己則閉上眼繼續假寐。

暮色漸深，宗如萊小心翼翼地點起室內的燈，坐下來老老實實地抄書。自從他來到本家，宗亭口頭上雖喚他一聲「三十四叔」，實際卻對他十分刻薄。宗亭行動不便，本要帶上僕從到衙門裡來服侍，這傢伙卻一個也不要，逕自將宗如萊帶進了中書要地。

宗如萊被迫接觸朝堂裡這些繁瑣事務，每日都要將堆積如山的奏抄唸給宗亭聽，還要推著他去政事堂議事，一連幾天，連坐下來的機會也沒有。

辛苦一天換來平靜得可以坐下來抄書的傍晚，對於宗如萊而言已是特別的恩賜，儘管他飢腸轆轆，很想吃一頓飽飯。

該下值的官員都陸續走了，只剩值宿官員的中書外省安靜得可怕。外面驟響起輕而慢的腳步聲。宗如萊正要偏頭去看，宗亭卻說：「三十四叔，你是在專心抄書嗎？」
宗如萊抬頭，卻見他已睜開了眼。
宗如萊趕緊低頭繼續抄書，宗亭卻又不慌不忙地吩咐他：「吳王來了，記得向她問安。」
宗如萊剛回說「是」，那腳步已到了門口，敲門聲緊隨而至。宗亭動也不動，宗如萊趕緊起身上前開門，極恭敬地俯身向李淳一行禮。「某見過吳王殿下。」
李淳一拎著食盒進了公房。宗亭對她笑道：「殿下在尚書省忙得分不了身，竟有空過來探望臣嗎？」
「對，本王怕相公鬱鬱寡歡不思飲食，特意帶了些開胃飯食過來。」她好不容易從烏煙瘴氣的尚書省出來喘口氣，又聽說他將近一天沒吃飯，便主動帶了食盒前來見他。然聽他這語氣，分明是怨怪她這幾天一次也沒來看過他。
但她今日脾氣很好，便坦然收下這言辭裡隱藏的不滿，坐下來親手整理案牘，將晚餐擺上條案，隨後又偏過頭向宗如萊道：「還未用晚餐吧？坐下一道吃。」
宗如萊走上前，恭恭敬敬地對吳王的賞賜道完謝，這才在側旁跪坐下來。

李淳一分了一碗胡麻粥放到他面前，只說「不必拘束，自在些用吧」，便不再管他。然就在宗如萊打算低頭用粥時，一隻手卻忽然伸到他面前，端走了那碗胡麻粥。

李淳一疑惑地看向宗亭，宗亭卻面無表情地將自己的杏酪粥放到宗如萊面前，若無其事地低頭吃起胡麻粥來。

宗如萊眼眸中瞬時閃過格外複雜的情緒，他甚至抬頭去看神情寡淡的宗亭，卻只得了一句——

「三十四叔趁熱吃，吃完出去站一會，好消食。」

於是乎，識趣的宗如萊飛快解決了面前的一碗粥，安安靜靜地擱下碗筷，起身揖了一下便趕緊出去了。

公房內終於只剩下李、宗兩人，李淳一看看宗亭面前那碗只動了幾口的粥，逕自詢問：「為何要換呢？相公不是不愛吃胡麻粥嗎？」

「心血來潮。」他回得煞有介事。

李淳一無言以對，摸出帕子來遞給他擦嘴，同時又說：「尚書省還有些事，我先走了。碗筷自有公廚的人來收拾，你就不用管了。」她瞥一眼外邊。「還是早些讓那孩子回去吧，這種天在外面待著，會受寒的。」

言罷，她就要起身，宗亭卻像貓一樣一言不發地盯著她。李淳一愣了愣，看著他道：「相公還有事嗎？」

「抱臣起來。」他理直氣壯地提出要求。「臣很睏，想去裡間睡一會兒。」

李淳一先是一怔，後是斂眸，驟想起初回長安時，也是在這間公房內，她因為排演幻方跪坐到腿麻，要求他抱她起來。風水輪流轉，如今她竟也會被這樣要求！但她忽然起身，將他的輪椅轉向，單手撐住扶手，低頭看他。「相公這個要求非本王能力所及，今日恐怕是無法滿足相公的願望了。」

她甩手就要走，卻忽被他咬住袍子。

宗亭咬得死死的，分明是在耍無賴。李淳一的心瞬時軟下去，她彎下腰，打算扶他。「倘我借力給相公，相公可有辦法挪到裡間？」

他將手伸給她，她單手從他腋下穿過，打算用單薄的肩膀撐他起來。然她力量到底有限，哪怕咬緊牙關，想要往前一步，身體卻還是被壓塌，癱倒在柔軟厚實的地毯上。他全部的重量壓下來，但帶了幾分節制，他甚至極有分寸地避開了她的傷臂，另一隻手則及時護住她的後腦。

李淳一失力地低喘一口氣，眸光移向他，剛想要詢問狀況，他卻托起她的後腦，低頭吻了下去。太久未親密糾纏過的脣舌仍彼此熟悉，因為求索急切，憐惜之外也多施加了力氣，呼吸也急促。

漫長的深吻令人耽溺沉醉，眸底慾火與渴求幾乎一觸即發。

李淳一的手指探進他長髮中，甚至捋散了他的髮髻，涼滑的散髮便悉數垂下來。潮膩的吻從脣瓣移向耳根，熱氣噴薄在細薄的皮膚上。李淳一不禁低喘著昂起了頭，同時亦去追逐他，指腹在他後頸摩挲，身上是他沉甸甸的重量。

全身都熱起來，彷彿置身於炭盆，下一刻要燃成灰燼。這親近與先前都不同，若說之前還藏著幾分玩火的膽顫心驚，此時她卻能放下顧忌去愛他。長久以來的失控感似乎遠去了，因為他表現出弱勢，她甚至嘗到了一些安心的味道，因此也不再望而卻步，反而能張開雙臂擁抱他。

在外面跑了一圈又折回來的宗如萊聽到屋內的微弱動靜，登時愣在門口。一向從容的少年竟也有幾分局促，轉過身，臉登時紅到了脖子根。

他著急忙慌地往前走，卻踏了個空，撲通滾下樓梯。

蜷縮在角落裡的少年一點兒聲息也未發出，忍住疼，靜靜待了一會兒，卻忽聞得開門聲。

李淳一手持燭臺平靜地走出來，站在樓梯口向他道：「如萊，搭個手，宗相公摔倒了。」

宗如萊連忙爬起來，整了整衣袍，「登登登」爬上去，隨李淳一進屋將宗亭扶回輪椅上，又幫著李淳一將他挪到裡間床榻上。

李淳一伸手探了一下他的臉，竟還忍不住調侃一句：「相公的臉為何這樣燙呢？難道發熱了嗎？注意休息，本王還有事，就先走了。」

她言罷就往外走，宗如萊送她出門。走到樓梯口，李淳一忽然轉過身問他：「如萊，你吃不了胡麻嗎？」

宗如萊點點頭。「某吃了胡麻會起疹子發熱，小時候因此病過一回，之後便再未吃過。」

「本王今日不該讓你吃胡麻粥的。」李淳一略表歉意，卻又問：「旁人都知道你不能吃胡麻嗎？」

宗如萊搖搖頭。「此事太過微小，某以為除某自己，便沒人在意了。」

但宗亭卻連這一點也注意到了。

李淳一心頭忽然一酸，宗如萊也是一樣。

被那細密貼心的周到所包圍的內心，忽然翻露出所有的柔軟。

她轉過身，踏著濃重夜色裡的階梯往下行，等走到樓梯口，遇到光亮，充滿酸楚的內心卻忽然升騰起一絲不安。

宗亭素來只對在意的事投注關心，如果他連宗如萊身上這些微小的事情都一清二楚，那不太可能是這幾日就達成的事。他彷彿早就開始為家族謀後路，未雨綢繆得甚至比宗國公、女皇還遠。

表面繃著的這一層平靜水面下，是否快要沸騰了呢？

送走李淳一，宗如萊折返回公房，進裡間主動拿了毯子給宗亭，自己則在榻旁鋪了蓆子，悄無聲息地躺下來，扯被蓋上。

分明是在冬季，外面卻依稀有蟲鳴聲。夜間朔風呼嘯著將樹枝颳到窗戶上，似乎隨時都要戳破紙面。

宗如萊躺在地上背對宗亭而眠，他剛閉上眼，便聽得榻上傳來聲音。

「倘我不攔你，你要將那碗粥吃下去嗎？」

宗如萊心裡忽然咯登一下，但仍是躺在被子裡一動不動。

他低聲回道：「殿下的好意，某不知該如何拒絕。」

「窩囊。」宗亭毫不留情地訓起小叔叔來。「難道有人將毒藥放到你面前，你也要一聲不吭地飲下去嗎？」

他雖在偷換概念，卻講得不無道理。他在教少年不要逆來順受，該拒絕時得想辦法拒絕，不要只屈從權勢，一聲都不敢吭。

小心翼翼長大的少年此時在被窩裡點點頭，卻又問：「此事換成相公會如何做？」

黑暗裡一片沉寂，宗亭久不出聲，過了好半晌，才道：「她給的，我自然會毫不猶豫地吃掉。但——」

他話鋒一轉，聲音幽遠起來：「你不要活成我這樣。」

宗如萊若有所思，卻沒有再追問。在他眼裡，宗亭幾乎是無所不能的，但他也隱約清楚其軟肋——宗亭甚至能為這軟肋放棄對整個家族的控制權。對於世族而言，整體的利益總是高於個人的，族中主事必須公正、顧全大局，必要時需要為家族犧牲自己的喜惡與利益，但顯然宗亭自認為做不到這些，這才默許了新嗣子的存在。

宗家總需要有人繼續撐下去，而這人，不能再像他父親和他這樣。

「你先回去吧。」宗亭言畢，忽扔了魚符到地上。

宗如萊應聲坐起來，迅速收拾被褥，拿過魚符一躬身，悄無聲息地退出去，又躡手躡腳地下了樓，穿過燈火通明的中書外省大公房，牽了馬，飛奔在冷寂的承天門街上。

夜深深，少年單薄的肩頭也被朔風壓得沉沉。

又過了一月有餘，冬季就到了最冷的時候，對於皇城諸司官員而言，起早便成了人生最困難的事。

這天卯時未到，宗正寺卿踩著黑漆漆的路，稀里糊塗挪進禮部公房議事。睏魔還在面前盤桓不去，卻還要起早貪黑籌備吳王婚事，宗正寺卿將宗亭和李淳一腹誹了萬遍，這才醒醒神，翻開了面前的陳年舊簿。

旁邊的禮部官員道：「原本吳王婚事儀程參照太女當年的婚事即可，但元都督騎得了馬，宗相公卻不行，這便很頭痛了。」

太常寺少卿抓抓頭。「這有什麼好頭痛的？既然宗相公無法騎馬，乖乖坐車就是了。就同娶婦一般，也沒什麼不可以吧？」

「啊，朱少卿到底年輕。」禮部官員不以為然道：「平民百姓的正經婚嫁尚要顧及兩邊顏面，你這樣講，雖是照顧了吳王顏面，卻會令某中書相公很是不快啊。王相結好，哪是那麼簡單的事情？」

久不開口的宗正寺卿總算捶開糾纏他的睏魔，恢復了精神道：「你們的爭論無非是在親迎上嘛，依某看，到冊封王夫這一關就都循著太女前制來。至於親迎，讓吳王坐著輅車去迎宗相公，屆時同乘一輛車不就妥了嗎？不然宗相公看著吳王英姿颯爽地騎馬在前，恐怕要鬱卒的。」

「妥妥妥。」

「這樣倒是可以。」太常寺少卿連忙點頭。

禮部官員也覺得可以一試，遂喊來書吏擬儀程。

「禮服都做好了吧？」

「都妥當了，正要送去。」

幾人囉哩囉嗦議論了大半天，將細節等等全部定下，已是入暮時分。

幾個人迎著夕陽走出禮部時，政事堂內卻還在議事。宗亭一言不發地坐著，他自傷後便很少發表見解，似乎當真頹靡了不少。李淳一坐在他對面，此時按著尚書省的計帳也是默不作聲。燈火通明的政事堂內，落針聲都清晰可聞。

年底天下諸州及京城各衙署的計帳都經過勾檢送了上來，哪裡作假，哪筆支出有問題，哪些要進行勾徵，清清楚楚。然而，關於新宮城的那筆帳卻爛得一塌糊塗，比部的勾檢也含糊其辭，說是工事拖得太久，帳實都無法核對精準。

龍首原上的新宮城因規模宏大，已築了許久。此工事原本是由太子督建，但太子出了那檔子事後，監督大權自然落到太女身上。

李乘風一貫奢侈，向內庫及國庫伸手一點兒也不含糊。然如今這筆帳爛得不能看，新宮城簡直像個無底洞，底下難免有非議。

按照李乘風的意思，已經查不清的帳就此銷掉，今後重新算起，尚書省卻揪著這點不放，非要弄個明白，且拒絕無度支用左藏庫財富。

外面閉坊的鼓聲沉緩響起，坐於上首的李乘風輕叩著條案，掌管國庫的太府寺卿縮在角落裡不敢出聲。庶僕這時候極不識趣地進來添茶，滾燙的茶水注入杯中，茶粉渾濁卻溢散清香。坐在宗亭身旁的曾詹事忽然起身拿東西，寬大的袍袖一刮，置於案邊的杯子就瞬時傾了下來。

滾燙的茶水悉數灑在宗亭腿上，曾詹事「哎呀」低呼出聲，李乘風已是循聲看過去，卻只見宗亭後知後覺地反應過來，從袖中摸出帕子，低頭去擦袍子上沾了的茶粉。

李淳一喉間瞬時梗了一下，心猛地跳了上來。那袍子上還冒著熱氣，沸水燙到他的皮肉，他卻毫無知覺，連神色都是平靜的。

唯有曾詹事大呼小叫：「不得了，這水太燙了，相公察覺不到，但恐怕已是燙傷了！快、快去拿藥！」

「不礙事。」宗亭風平浪靜地抬首。「今日該議清楚的事還是議完得好，一拖再拖，又不知何時才能清了這筆帳。」

他言罷，看了一眼李乘風。「左藏庫撥給築建新宮城的支用是不是當真只用在了龍首原那塊地上？查清楚了，尚書省也好做事。」

他又看向新提拔的御史大夫曹臺主。「我朝御史素來火眼，查這樣的事難道束手無策嗎？」

他傷後便難得露鋒芒，曹臺主被他這麼一螫，面上自然露出不悅，遂道：「中書相公還是先去處理傷口得好，免得雪上加霜。」

好一個雪上加霜，既強調他已經殘疾了，又講他不幸被燙傷可憐。

李淳一霍地看向宗亭。「相公還是先回去吧。」她很清楚，今日再也逼不出個結果，且因為擔心宗亭傷勢，這才讓他先走。

宗亭看向她，毫無波瀾地抬手撐了一下條案，庶僕趕緊上前幫忙，又喚來在外等候的宗如萊，讓宗如萊推他回去了。

待他走後，曾詹事坐下來，若無其事地飲了一口茶。傻子也看得出來方才他碰倒杯子是故意試探，大概也想看看宗亭是真殘還是裝殘，而此事又極有可能是李乘風授意。

李淳一越想越覺得可惡，壓著一腔火，揣著記帳簿子起了身，放緩了語氣看向李乘風道：「不如今日就到這裡，也不早了。」

此言正合了李乘風之意，她遂起身向眾人道：「鼓聲都快盡了，諸位該回的便回去吧。」

太府寺卿霍地起身，行禮先行告退。其餘人亦反應過來，陸續站起，魚貫而出。

李淳一剛出門，卻被尚書左僕射纏著問了一些事，好不容易擺脫了聒噪的老頭，她揣著簿子急急忙忙就往中書外省追去。

她步子很快，幾乎是跑上了樓，樓上卻無人。她「答答答」往下走，撞上庶僕。庶僕道：「宗三十四郎與相公都沒有回來過，大約是……回府了？」

李淳一避開庶僕趕緊去牽馬，飛奔去宗家。

宗家小僕一眼認出她來，然還未及行禮，她便闖進了門。

宗如萊出來相迎，向她躬身道：「相公並無大礙，藥已上過了。」

他講這話的同時，宗亭卻還在內室低頭上藥。

揭開袍子，是被燙出水泡的皮肉，火辣辣地疼著，藥油抹上去也於事無補。腳步聲越發的近，宗亭側身扯過旁邊一件乾淨單袍遮了一下，不慌不忙地擦乾淨手，抬頭看向門口。

她滿臉急切地推門進來，他臉上露出欣慰的笑。

李淳一快步走到他面前，就要揭那袍子。「讓我看看。」

「殿下欲行不軌嗎？臣袍下可什麼都未穿。」他伸手抓住她快痊癒的手臂。「不要看，臣不會讓它留疤的，放心吧。」

李淳一滿腔都是怒火，他卻轉移話題：「殿下分明清楚爛帳虧空的去向，為何今日一言不發？是怕說出『這些支用被挪去山東補軍費漏洞』會被元信算計嗎？既然這樣，下回就由臣來說吧，臣從來不怕山東那夥人。」

「我不是怕。」李淳一將手撐在輪椅扶手上。「婚事在即，我不想鬧出什麼事來。這節骨眼上，一點兒枝節都可能毀了這樁婚。能與相公結親，我期待很久了。」

「既然這樣——」宗亭脣角微抿。「恰好今日禮服送過來了，殿下可要幫臣試一試嗎？」

他說著看向東側條案，偌大的漆盤上放著絳色衣袍，像深秋紅葉次第豔，沉靜又隆重。

宗亭的禮服是照先前的官袍尺寸做的，但他這些時日瘦了一大圈，原本應當合身的尺寸，如今卻顯得過於寬鬆了，遂又將禮服送回改了改，待這些都妥當，也快到了親迎吉日。

已至深冬，李淳一的傷徹底癒合，氣色也逐漸好起來；仰賴尚藥局的妙藥，宗亭的燙傷也早早結痂，似無大礙了。諸事彷彿都轉好，平靜的長安城因為王相結好一事也熱鬧了起來。

畢竟是天家么女與世族之子的婚事，坊間的各番傳聞屢傳不絕，先前落榜的制科舉子們更是傷透心。美麗的吳王殿下竟要與那脾氣古怪的中書相公訂終身，實在可惜矣！一定是那中書相公不要臉地拿殘疾要脅，心軟的吳王愧疚不已，這才只好應下。

舉子們縱然憤憤不平，但到了親迎這一日，卻紛紛聚到天門街上，想要再睹吳王風采。可惜一眾人萬萬沒料到，吳王未像太女那樣在親迎時騎馬，而是坐著輅車，英姿全被簾布擋了。

作為使者的宗正寺卿騎馬行在一旁，看看那些失落的臉，嘖嘖兩聲：「還好沒錄這幫臭小子，就這點兒出息，哼。」

他說完瞥了一眼輅車內的李淳一，不由得想到幼年時見過的那個風華絕代的男人——

啊，林希道倘能見證女兒娶王夫，又會是一番怎樣的光景呢？只可惜，他都沒能等到女兒出生，就先閉眼入了土。

宗正寺卿長嘆一聲，值此喜景，心中卻默默哼起「美人不長壽」這種調調來。馬蹄聲達達達，高大的車駕平穩前行，親迎隊伍在入暮前終於到達宗宅。

時人循舊禮，仍在傍晚時行婚禮，王侯將相之家也不例外。

一輪紅日還懸在天際，眼看著就要掉下去，風扯著紅綢翻捲，閉坊鼓聲響起來。沒有坊門出入特權的百姓們不再圍觀，踏著那越發急促的鼓點聲，如燕雀歸巢般飛竄回各自的家。王府的親迎人馬停在微微起塵的長道中，靜無聲息地等待著。

李淳一很沉得住氣，一旁的宗正寺卿倒是不耐煩起來。「他們家也真是，明知今日是大喜之日，事情多得沒法說，卻偏偏要擇這日過繼嗣子，弄到現在還沒完，竟還要我們等了！」

「這月吉日不多，安排在同一天也無可厚非，再等等吧。」李淳一大度地回道。

此時宗家內宅的立繼儀式才剛剛結束，幾位家族長者見證完，宗國公又命人將那立繼書妥當收好，身著新服的宗如萊便正式改口，喚他阿爺。

一條腿都已邁進棺材的宗國公面對還未弱冠的少年，老眼裡似乎蘊起潮意。與同儕比起來，他這一生算不上有子孫福，也曾一度心灰意冷，但為了家族的延續，此時也只能將重擔漸漸移到面前這個少年郎的肩頭。

坐在西側的宗亭這時已穿上絳色禮服，他沉默寡言地等這儀程結束，挪著輪椅轉過了身。宗如萊得了宗國公示意，趕緊上前幫忙，將他推出了門。

宗亭成婚當日，宗家也正式宣告另立嗣子，彷彿昭示從此他的身分只剩下中書相公與吳王的王夫，與宗家榮耀、大權並無太多關係了。

身著親王袞冕的李淳一這時還在輅車上等著，宗正寺卿倒是得到消息先進去了。他手裡拿了冊封王夫的文書，撩袍進了堂屋，便見到了久違的宗亭。

宗亭不方便起身迎接，便只安靜地看著他。宗正寺卿輕咳一聲，將文書宣讀完畢，上前遞給他，話裡有話道：「某要恭喜相公成為王夫啊，請收好。」

宗亭堂堂正正接過來，絲毫不覺得入贅有什麼難堪的。

這時由宗國公帶著宗如萊出門迎李淳一，李淳一這才下了車，循禮制與宗國公互相參拜，又客套推讓一番，讓宗國公先行入內，這才跟著邁進了宗家大門。

宗家安排的宴會並不隆重，暮色越發深了，王府那邊還等著開席，這邊自然就不好再多逗留。李淳一快步走到堂屋門口，夕陽將她的影子拖得老長，難得上身的袞冕顯出端重與氣勢。宗亭微微瞇了眼，彷彿要將她這模樣印到心海深處。多年等待後迎來這一刻，哪怕置身危崖隨時會跌落，他也甘之如飴。

李淳一走到他面前，當著一眾外人的面，也只能說一聲「相公久等了」，便毫不猶豫地將他推出了門。宗如萊本要上前幫忙，宗國公卻眼疾手快地抓住他的袖子，容李淳一帶著宗亭先行。

從堂屋到大門口，一路燈火在暮色裡招搖。李淳一趁眾人不備時忽然俯身，在他耳畔道：「出了這門，相公就是本王的了。」

「好。」他應了一聲。為了讓她安心，他這時藏起先前所有的野心與危險，將所有控制權都交給她。

門外親迎隊伍裡火燭交映，宋珍見他們出來了，趕緊上前幫忙將宗亭背上輅車。待他們兩人坐穩，隊伍轉向，穿過坊門直奔務本坊。

與宗宅不同，吳王府內此時張燈結綵，熱鬧非凡。一眾朝官早就到了，宴廳內擺了數張大食案，佳餚美酒豐盛至極。然而宗亭是與這熱鬧無緣的，一來他行動不便，二來御醫反覆叮囑不要讓他飲酒，於是進了王府，行完合巹禮，他便只能獨自留在新房內。

外面禮樂奏響，李淳一與朝官應酬，尚書省內有不少她提拔上來的制科門生，自然都偏向她這一邊，但她也沒有格外地顯示出親近來。因李乘風就坐在她身側，以賀喜的名義來看這筵席裡的站隊。

她仰首飲酒時，李乘風忽然輕扳過她的下巴，瞥一眼席間坐著的賀蘭欽道：「娶賀蘭欽不好嗎？非要娶一個廢人回家，姊姊真是心疼妳啊。」

李乘風言罷，用力捏了一下她的臉頰，遞了一粒血紅的丹藥到她嘴邊。「新婚夜，高興些。」

她張嘴吃了那粒丹藥，李乘風卻不鬆手，如鷹般盯住她，脣角卻彎起來，道：「丹藥不是用來含的，嚥下去。」

李淳一喉間收縮，李乘風這才鬆了手，同時自己也吃了一粒，仰起頭灌下滿杯的酒。

李淳一目睹這一切，終將眸光收回。李乘風嗜食丹藥已經很久了，起因大概要追溯到多年前的舊事。那時她服藥多少帶了些逃避的心思，但上了癮，此後便只能用丹藥和膨脹的權力欲來麻痺自己。

李淳一不說話，將面前的酒飲盡，最後帶著醉意回了新房。

宗亭聞得腳步聲，推著輪椅打算去迎她，剛到門口，她卻撞門而入，幾乎是俯身壓了上來。宗亭略嫌棄地別開頭。「殿下喝這麼多酒是因為開心嗎？」

「嗯。」她呼吸裡都帶著酒氣，內心的確是快樂的。

宗亭聞言，嘴角都彎起來，下一瞬她卻毫無章法地吻起他的耳垂與脖頸來，從貓一樣的舔吻轉而恢復獸一樣的暴虐本性，手也急切下移，想要探入他的禮服內。

幾番糾纏不得，她打算撐他起來，卻因力不支，兩人齊齊跌倒在地板上。

「嘶——啦——」聲驟響，她如小獸一般撕開宗亭的禮服，手亦打散他的髮，除去自己的冠冕與外袍，捧著他的頭，俯身吻下去。

急切求索帶來的喘息聲隨炭火不斷升溫，地板上壓著的簇新禮服頓時皺皺巴巴。宗亭任由她的手與脣在身體上肆虐點火，眼底墨色越來越深。她也試圖取悅他，但醉酒了總是做不好。

宗亭扳過她的臉，壓下喘息，注視她的眼眸問：「幼如，妳清楚今天是什麼日子嗎？」

他彷彿要看到她心裡，而後伸出手，牢牢地抓住她的心，握緊了，再也不讓它溜走。

「知道，我知道。」她語氣、神情裡已顯出迷亂，低下頭胡亂親吻他的胸膛，然轉瞬間卻天旋地轉，忽被翻壓在地。

她眸中閃過一絲困惑，卻無力想得更遠，身體的渴求壓塌了理智，力氣也完全比不過宗亭，沉浮中只記得是他占據了主導。縱情過後的身體疲憊不堪，她在逐漸平息下來的呼吸聲中沉沉睡去。

李淳一再次睜開眼時，外面天快亮了，自己被圈在溫暖懷抱之中，身下則是柔軟床鋪，面前的單薄衣袍滿是桃花香氣。已經醒酒的她忽然一愣，回想起昨晚一些支離破碎的片段，頓時皺起了眉。

為何會在床上？誰將她移到床上的？

她抬頭去看宗亭的臉，卻察覺到對方將長腿跨到她腿上，在她打算掙脫的瞬間甚至下意識纏緊了她。

他在騙她！李淳一徹底醒了，原本該有的一腔甜蜜瞬間全化作了被欺瞞之後的怒火。她正要發作，宗亭卻無賴似地按住她的後腦。這傢伙明明早已經醒了，卻一聲不吭。

李淳一氣得講不出話。他可知道這些時日她自責難過了多久？可他竟全是在唬她，甚至夥同賀蘭欽來欺騙她。難道她比賀蘭欽還不值得相信嗎？

「殿下千萬不要再撕了，昨日袍子已經全廢了，臣現在就這一件。」宗亭睜開眼，卻是求她不要發火。

然他的不信任和欺騙完全激怒了李淳一，她翻身就要與他打架，卻被他死死扣著雙手，低頭去咬，又被他反壓。

兩人之間的廝打力量懸殊，充斥著滿滿戾氣，然而就在宗亭鎖死她的雙腿，將她壓在身下試圖辯白之際，床榻忽然顫動起來。李淳一瞥向不遠處的條案，書籍、燈檯隨地動「嘩啦啦」翻落，她眼眸中的驚恐一閃而過，宗亭緊緊抱住她。

他面色一沉。「地動了。」

震聲彷彿冬雷，宗亭雙手捂住李淳一的耳朵，將她安全覆在軀體之下，任憑屋外嘶喊驚叫聲接踵而來。

整座長安城都顫動了。長安的百姓從晨間睡夢中驚醒，或滾到床底、桌案下躲著，或連冬袍也未裹便奔出了門，在昏暗中看著晃動的屋宅與草木相擁發抖。還在衙署值夜的司天監判官從胡床上跌下來，起身飛奔出了門。偌大的承天門街上燈火全熄，天昏地動，馬嘶驢號，值夜官員們皆撇下案牘狂奔出門，聚在一起喘著氣，不知如何是好。

長安城就這樣猝不及防地迎來一場大雨，太陽不再露面，溫度陡降，寒雨傾倒，凍得人瑟瑟發抖。待震感驟停，坊正、里正便四處奔走，查看轄區內的受災情況。

京兆尹焦急萬分，連早餐都未吃就匆匆趕去了衙署。司天監官員未能預測到這天象，一眾人膽顫心驚地跪在殿內等候懲罰，但他們未料到，更大的危機還在後頭。

長安城的大雨仍未停，山東卻傳來了急報。長安地動的當日，山東大震，廨宇（註7）、廬舍悉數崩毀，地裂斷流，死傷不計其數。上回已經被罰了俸的司天監官員這回再跪到殿內，監國的太女面上醞釀起了之前沒有的怒氣。

那怒意一觸即發，似乎隨時都要燒到面前這一群無用的傢伙身上。

如果說長安地動帶來的損毀尚在能接受的範圍內，那山東這罕見的大震造成的損失就令人相當不安了。年邁的司天臺監沉默地跪著，就在他打算請罪之際，女皇卻從昭應城回了宮。

太女交出了監國大權，女皇重新坐回主位，即刻召集了皇城內五品

註7　屬於官署的房屋。

以上京官入殿議事。沒有廊餐，沒人敢議論，踏著大雨而來的官員們帶著潮氣雁行入殿，黑壓壓一批，數支宮燭也揮散不去這強烈黯色。

入殿前，賀蘭欽與李淳一迅速交換了眼色，各自站於兩旁，便再無交流。宗亭坐輪椅姍姍來遲，因「腿腳不便」也免去了行禮，安安靜靜地坐在西側。

沉默的大殿內能聽到外面如濤般的雨聲，空氣溼冷，費力燃燒的炭火對此也毫無辦法。

女皇低沉又威嚴的聲音緩慢響起來：「山東逢此大災，開國來從未有過，天意之難測，朕甚懼之。倘這是天譴，還請眾卿明言朕之過失，切勿有所忌諱。」

這言辭對老臣們而言並不陌生。從開國到現在，凡帝國蒙受大災，女皇便主動檢視自身政行得失，請朝臣上書直言其過錯，如此一來，反而令朝臣不能痛快攻擊時弊。今日也不例外，殿內果然一片靜寂，無人吱聲。

就在眾人悉數沉默之際，李淳一卻站了出來，轉移話頭：「山東蒙此大災，不好再多耽誤，兒臣願為陛下分憂，即刻往山東救災。」

她主動請纓出乎眾人意料，山東內部勢力一團糟，從來都難釐清，又逢這種天災，李淳一去簡直是孤身入虎穴。

宗亭聞聲，眸光驟斂，卻瞥見了她臉上的無畏與堅定，他接道：「吳王年輕，尚不足擔當此要事，陛下應另遣賢能往山東去。」

大殿內只有他們兩人開口講話，坐於上首的女皇聽了不作聲，只看向左手邊的賀蘭欽。

賀蘭欽道：「按說吳王新婚不宜遠行，然依臣看，吳王治淮南水災時頗有建樹，在賑災重建一事上並不生疏，倒是很合適的人選。」

他只輕描淡寫一說，大多朝臣卻迅速做出決斷。山東是個大泥坑，除了太女黨，誰也不樂意踏一腳，既然李淳一樂意去蹚渾水，且她的老師賀蘭欽也十分支持，那便讓她去。三省六部及諸寺監在內的各主官幾乎對此毫無異議，遂陸續附議起賀蘭欽，表示贊同李淳一前往山東賑災。

山東自古乃要地，遣親王作為使臣前往檢覈賑災，聽起來似乎更能鎮住場子，這理由搬出來，女皇彷彿更無法反駁了。

李乘風這時卻道：「淮南水患與今日震災又豈能相提並論？吳王對山東知之甚少，此行又危險重重，還望陛下三思。」

她拎出李淳一此行之安危來提醒女皇，是說到了點子上。與天家子嗣的延續比起來，山東的災情在女皇心中，似乎也沒有那麼重要。

但山東倘不趁此一治，恐怕將來機會難逢。

女皇的念頭幾乎是在瞬間扭轉，她看向李淳一道：「讓妳去賑災既然是眾意所向，朕便命妳為巡撫賑給使，可量事處置。都水監、水部司、常平署、倉部司、太倉署從旁協助，不得推諉。」

她隨即又補充：「山東災情嚴重，還望吳王多保重。」

「喏。」李淳一頃刻間跪下領命。被點到的各司長官亦紛紛下跪，齊聲稱喏。

殿外雨聲又大起來，宗亭眸光變了又變，最後瞥了一眼不動聲色的賀蘭欽，在內侍宣退朝之際，兀自將輪椅轉了向，行至李淳一面前。

「煩請殿下推臣回去。」

李淳一氣還沒消，眸中更無半點憐惜之意，居高臨下地瞥他一眼，竟是毫無情義地甩袖出去了。這一幕教殿內其他官員瞠目結舌。看來什麼多年情誼的說法都是假的，吳王被迫婚娶才是真，不然又怎會過了新婚夜就翻臉？

宗正寺卿還記得那天親迎時，吳王熱切又發自肺腑的喜悅，眼下這境況又是怎麼回事？啊……難道說宗相公當真傷得不能人道，因取悅不了吳王，一夜成了下堂夫？

在諸人探究的目光下，這位下堂夫磕磕絆絆地出了殿門，又求助內侍下了臺階，倔強地不肯撐傘，硬是淋著雨回去了。

中書省據聖意草擬了制書，飛快呈送門下省審定，待送到尚書省執行時，李淳一與尚書省有關部司已商議了大半天的賑災策略。

入暮時分，雨下得越發急促，李淳一出發在即，要回王府整理行裝。她踏著積水回到府裡時，宋珍趕忙迎上來，很妥貼地說道：「某聽聞殿下要往山東去，行裝已然備好。」言罷將單子遞上。「殿下可還有什麼要帶的？」

李淳一低頭掃了一眼，接過傘，抓上那單子就要往裡走。宋珍卻又追著說道：「相公今日回來時，渾身都溼透了，某給他送的薑湯他也不肯喝。」

「隨他去。」李淳一冷淡地說完，繼續朝裡走。

推開門，即見宗亭坐在兩步遠的地方盯著自己，李淳一轉身將門關上，雨聲彷彿也變小了。

宗亭遙遙看一眼她手裡握著的清單，道：「殿下不打算將臣也加上帶走嗎？」

「帶相公去有何用？是能當著別人的面站起來幫忙，還是能令我省心？」

她故意板著臉說這樣的話，將清單投進了火盆。他沒有殘疾，她心底其實十分慶幸，但他的不擇手段令她不舒服。

飯食送進來，她當著他的面飽餐一頓，一句話也未與他說，起身去刷牙洗臉，又折回床榻向裡側而睡。

接下來將是匆忙旅途，她只想蓄足精神。

雨聲隨黑夜加深漸漸止歇，廊簷有積水不慌不忙地滴落下來，空氣恢復了清新，似乎就要轉晴了。

天還未大亮，宋珍就早早起了。驛所車駕已經到了，該裝車的行李得先裝好。他正指揮小廝忙碌之際，驟見賀蘭欽迎著清冽的晨光騎馬而來。

「啊，諫議大夫如何此時到了？」宋珍趕緊迎上去。「殿下還未起，恐怕要再等一等了。」他隨即領著賀蘭欽往西廳去。

此時李淳一醒了，她甫睜開眼，卻倏地被某人壓在身下。

「殿下要走了是嗎？」

她俯臥在榻，被他緊緊壓著，甚至看不到他的臉，連呼吸也不暢。

他撩開她後背的長髮，低下頭從細薄的脖頸吻至她耳郭，急切且用力。長指探入寬鬆單袍內，一點點喚醒她敏銳的知覺。這時宋珍過來敲門，李淳一想要下榻，卻被他箝住了雙肩。

新婚夜之後便再未糾纏過的身體熱情不減，宋珍卻在外繼續敲門提醒。「殿下，驛所的人及賀蘭先生都已經到了。」

李淳一咬死了唇瓣，最終身體癱下來。他伏在她背上平抑氣息，溫存地觸吻她柔軟的耳朵，壓低聲音道：「山東逢天災是民之不幸，卻也是機會。該告訴殿下的，臣都放在妝奩裡了，上路了再打開看吧。」

別離在即，他又擁了她一會兒，替她繫好袍子，又捋順她的頭髮，鄭重其事地看向她的眼。「此去保重。」

李淳一下了榻，束髮服袍將臉洗淨，欲言又止，卻最終什麼也沒說，關上門踏著晨光出去了。

長安城終於又迎來了陽光，但仍然天寒地凍，令人渾身打顫。臨行前，南衙衛兵竟也到齊，女皇給李淳一的那支衛隊，將一路護衛以保她的安全。她瞥了一眼，卻見騎在最前面的竟然是中郎將謝翛。

這時賀蘭欽向她道：「四品中郎將親自護衛，可見陛下很在意妳的安危。」他頓了頓。「淮南水患那會兒已足夠危險，震災只會有過之而無不及，注意安全。此事不會太容易結束，妳這個巡撫賑給使，心裡最好有個底。」

他言罷，取出一個包袱遞給她。「帶上吧。」

一件圍脖，恰好可遮去她脖頸間難掩的吻痕。李淳一接過來，默不作聲地上了車，同時打開妝奩，從中取出宗亭留給她的信。

馬蹄聲交疊響起，車隊遠去。宗亭坐著輪椅行至門口，賀蘭欽轉過身。「宗相公，到你我攜手的時候了。」

青鳥 ㊤

作　　者／趙熙之
執 行 長／陳君平
榮譽發行人／黃鎮隆
協　　理／洪琇菁
總 編 輯／呂尚燁
執行編輯／陳昭燕
美術監製／沙雲佩
美術編輯／李政儀
國際版權／黃令歡、高子甯
文字校對／朱瑩倫
內文排版／謝青秀

國家圖書館出版品預行編目資料

青鳥 / 趙熙之作 . -- 1 版 . -- 臺北市：城邦文化事業股份有限公司尖端出版：英屬蓋曼群島商家庭傳媒股份有限公司城邦分公司尖端出版發行, 2023.09
冊；　公分
ISBN 978-626-356-981-2（上冊：平裝）

857.7　　112011742

出版／城邦文化事業股份有限公司　尖端出版
台北市 104 中山區民生東路二段 141 號 10 樓
電話：（02）2500-7600　傳真：（02）2500-2683
讀者服務信箱：7novels@mail2.spp.com.tw
發行／英屬蓋曼群島商家庭傳媒股份有限公司城邦分公司　尖端出版
台北市 104 中山區民生東路二段 141 號 10 樓
電話：（02）2500-7600　傳真：（02）2500-1979
劃撥專線：（03）312-4212
戶名：英屬蓋曼群島商家庭傳媒（股）公司城邦分公司
劃撥帳號：50003021
※ 劃撥金額未滿 500 元，請加付掛號郵資 50 元
法律顧問／王子文律師　元禾法律事務所　台北市羅斯福路三段 37 號 15 樓

台灣地區總經銷／中彰投以北（含宜花東）　楨彥有限公司
電話：（02）8919-3369　　傳真：（02）8914-5524
雲嘉以南　威信圖書有限公司
（嘉義公司）電話：（05）233-3852　　傳真：（05）233-3863
（高雄公司）電話：（07）373-0079　　傳真：（07）373-0087
馬新地區總經銷／城邦（馬新）出版集團 Cite（M）Sdn Bhd
電話：603-9057-8822　　傳真：603-9057-6622
E-mail：cite@cite.com.my
香港地區總經銷／城邦（香港）出版集團 Cite（H.K.）Publishing Group Limited
電話：852-2508-6231　　傳真：852-2578-9337
E-mail：hkcite@biznetvigator.com

版　次／2023 年 9 月 1 版 1 刷　Printed in Taiwan